JN061321

「昭和」のかたりべ

日本再建に励んだ「ものづくり」産業技術史

元東北電力・土木技師
土木学会名誉会員・技術士
大島達治［著］

日本地域社会研究所
コミュニティ・ブックス

目次

まえがき

「この間、孫が来てネー。〝日本はアメリカと戦争したんだってネー。そして敗けたんだってネー〟と言うんだよ」

今から20年は前でせうか。戦後50年は経った仙台（ネービークラブの）の酒席でのことです。居合わせた全員が唖然としたが、考えてみると、私にとっての日露戦争が、生まれる25年前のこと。無理もない話ではあるが、**歴史の風化**を思い知らされたことでした。

この本は、小学生時代を昭和12年からの日支事変、中学生時代を昭和16年からの大東亜戦争の渦中で過ごし、昭和20年からの被占領時代に高校・大学で学び、独立日本の電気事業に就職して日本再建の一員として取り組んだ私の生の実体験その侭を、その時代の実相の一端として、次世代に引き継ぎたいと纏めたものです。

そもそもは、令和に改元される機会に仙台ロータリークラブが「平成の終わりに振り返る昭和史」シリーズのスピーチを企画し、年嵩の私には〝東京での飢餓体験〟が割りあてられたことがきっかけです。記憶を辿って整理するうちに、一生懸命務めた事どもが連鎖的に止めどもなく思い出されて、半年かけて『かたりべ「昭和の撫子」』（平成31刊・50頁）の冊子に纏め、２５００部刷って知友人がたに差し上げました。これを本書の前篇に収めましたが、20年も前に、小学校の級友で古希を記念する文集『昭和の撫子』を作った土台があったのです。

それに、還暦を過ぎて「先輩の技術哲学を伝承するかたりべ」の務めとして2冊の『技術放談』～「過去に生きるおとこ」(平成15年刊、400頁)、「半寿の娑婆にまなぶ」(平成27年刊、250頁)を纏めて1500部ずつ刷り、お世話になってきた方々にお配りしていました。

令和改元が無事に発足して、日本再建の道標と実績が固まった昭和後年のことも纏めるよう、周囲からのお奨めを受け、〝ものづくり〟の一員として懸命に尽くした私の体験と、戦後の産業界挙げての努力を、知る範囲で記しました。「かたりべ」だから**記憶だけが頼りの内容です。学術論文ではないので内容に正確さを欠くことはお許し願います。その代わりに身に沁みる先輩がたの言動を時代の流れのままに記しました。**

また、意識的に当時の漢字用語を使いました。一部、現代仮名遣いの混乱もあるが、ご面倒でも字引を片手に当時のことに思いを馳せて、優れた表意文字を土台にする日本文化の良さを再認識して下さい。

気付いてみると、一生懸命やったことは記憶が残っているものですね。何事も一生懸命、失敗を怖れずやるものです。再建当時の日本は、国を挙げて失敗を怖れず真摯に取組んでいました。

それにしても、現在の経済繁栄のなかで、基本となる**「ものづくり」の存在**が薄れるように思えて憂うのは私だけではないでせう。次世代の方々には、**浮利を追わず、社会の底辺の役目を地味に果たしている**この分野を大切にしてほしいと願う微意を込めました。

I 前篇

いま顧みる　少国民の戦中・戦後

「かたりべ昭和の撫子」

「平成」が終わり、「令和」がはじまりました。「昭和」が前々世代の、過去のことになろうとしています。90才を過ぎた我々昭和一ト桁族は、あの苦難の時期の経験を次世代の日本にとって**価値あるものに残したいと思う方が大多数でしょう。**

仙台ロータリークラブが「平成の終わりに振り返る昭和史」の卓話シリーズを企画され、私に東京での体験が割り当てられた機会にかたりべの役に目覚め、『かたりべ「昭和の撫子」』を思い出す侭に実体験として纏めましたが、その土台となったのが、次に紹介する『昭和の撫子』です。

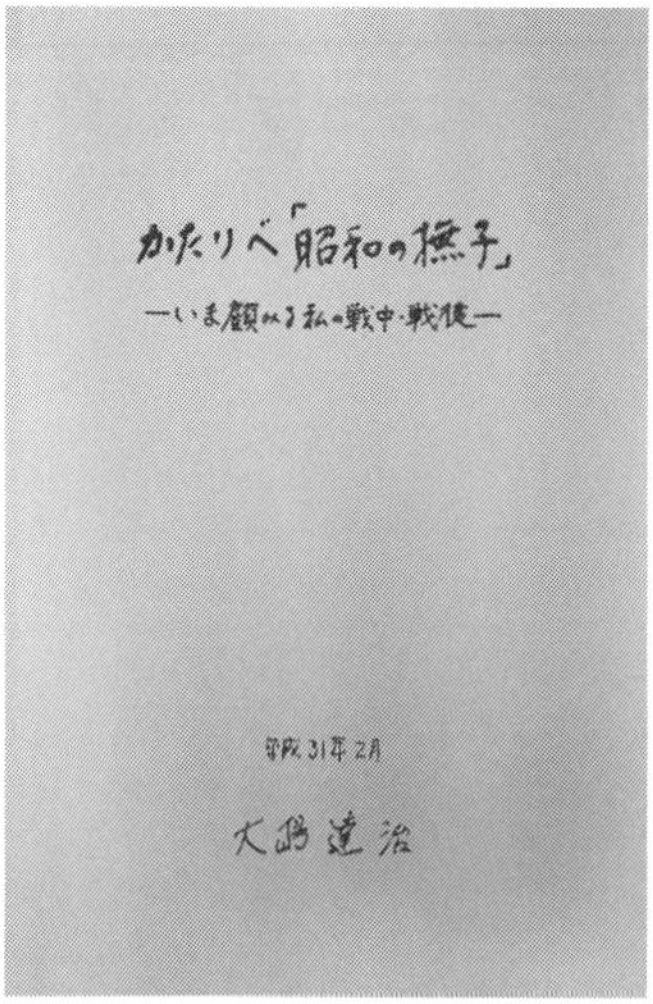

『かたりべ「昭和の撫子」』

「昭和の撫子」の由来

私たち、東京池袋にあった豊島師範附属小の昭和4年生まれ昭和17年卒業の生き残り、約90名が「喜寿記念文集」を計画し、『昭和の撫子』のタイトルで平成18年刊行に漕ぎ着けました。（A5判、写真を含め200頁）。**撫子は豊島の校章**です。

地元校と違って通学校は卒業後に日常会う機会がなく、この間克明に住所を追い、丹念に連絡を続けて呉れた幹事諸兄姉がたのご尽力のお陰で、毎年の集まり**赤組会**をいまだに楽しんでいます。東京から離れて久しい私もそのお陰を蒙っている事に感謝しながら、この編集にあたったのでした。自由題で投稿を募り、参考用に提示した分類に応じた編集で次のように纏まりました。

Ⅰ　撫子の頃（22頁）
Ⅱ　戦中・戦後の頃（61頁）
Ⅲ　私の歩いた道（一）（33頁）
Ⅳ　私の歩いた道（二）（36頁）
Ⅴ　亡き友を偲ぶ（16頁）

我々が一生懸命に過ごした**「昭和」がまったく過去のことになるのを惜しむ**気運が各方面の話題となっています。卒寿を祝って頂く私も、かたりべの役をひしひしと身に感

じます。この機会に戦中・戦後の私の体験を思い出す侭に記録してみました。私事の細部に亘っている事も恐縮ですが、この歳ともなれば恥も外聞もない。長文を厭わず、**市井の実情の一端を後世に残す**為に洗いざらいご紹介します。

内容が「タッチャン一代記」であり、大島家の私家版歴史のにおいが恐縮なのですが、**庶民の「実体験」を生々しくご紹介する手段**としてお許しください。我が家は父の代に東京へ出てきた典型的なサラリーマン家庭で、決して裕福とは言い難い中で、日本復興に携わった例の一つになると考えるのです。

時代背景

日本史年表と対比して見て、我が国の重要な節目が、私の成長の節目に対応して起きてきたことに気づきました。「かたりべ」の義務感からの発見ですね。

出生（東京市下谷区谷中）	昭和4年（1929）
小学校入学（豊島師範附属小）	昭和11年（1936）
中学校入学（武蔵高校尋常科）	昭和16年（1941）
高校進学（武蔵高校高等科）	昭和20年（1945）
大学入学（東大土木工学科）	昭和23年（1948）
就職（日本発送電→東北電力） 只見川現場配属	昭和26年（1951）
本店配属	昭和30年（1955）
関係会社出向	昭和57年（1982）
東北電力退職（関係会社専任）	昭和62年（1989）

昭和時代	
1927（昭和2年）	金融大恐慌起こる
1931（昭和6年）	満州事変。金輸出再禁止
1933（昭和8年）	国際連盟脱退
1937（昭和12年）	日華事変起こる
1939（昭和14年）	第二次世界大戦起こる
1941（昭和16年）～1945（昭和20）	太平洋戦争
1945（昭和20年）	ポツダム宣言受諾。占領下に入る
1945（昭和20年）	財閥解体。農地改革
1946（昭和21年）	日本国憲法公布。安保条約調印
1950（昭和25年）	朝鮮戦争起こる。警察予備隊設置
1951（昭和26年）	サンフランシスコ平和条約調印
1956（昭和31年）	日本、国際連合加盟
1960（昭和35年）	日米新安保条約調印
1968（昭和43年）	小笠原諸島復帰
1972（昭和47年）	沖縄復帰。日中国交回復
1988（昭和63年）	青函トンネル・瀬戸大橋開通

＊参考文献：『歴史探訪に便利な日本史小典』日笠山正治 日正社

1.「少国民」の見た銃後の戦い

※**少国民**：年少の国民。少年少女。第二次大戦中、小学校が国民学校と改められていたころに用いられた。

小学2年生の夏に日支事変が始まりました（昭和12年7月7日、盧溝橋事件）。時の総理大臣近衛文麿公爵が国民精神総動員を唱え、大政翼賛会という政党を組織したのを子供心に何故か覚えています。統一政党で国論統一を図ったのでしょう。**前線で戦っている兵隊さんを国内の庶民が「銃後」として支える**意識高揚運動が、幼い小学生にも感じられていました。同時に国内の物資をかき集める必要から**統制経済**（※）が始まったのでしょう、庶民の生活物資はすべて配給制度になりました。あとで知ったことですが、統制経済は産業界全般に及び、軍需生産優先で原料物資の配給が行われたようでした。**資源の少ない日本が国を挙げての戦争に突入**した姿なのでした。

※**統制経済**：国家が資本主義的自由経済に干渉したり、これを規制したり、計画化したりすること。雇用統制、賃金統制、軍事的強制労働組織などを含む労働統制、価格統制、配給統制、資材・賃金の統制、生産統制などを行なう。

中学1年生の秋に大東亜戦争が勃発しました（昭和16年12月8日、真珠湾攻撃）。

時の東條英機総理大臣は、「西欧諸国による東南アジア植民地化が資源収奪の結果となったことを打開する為の戦争」を唱えて大東亜戦争と命名し、大東亜会議を招集したことを覚えています。印度のスバス・チャンドラ・ボース（彼の死後弟のラス・ビハリ・ボース）、タイのワンワイタヤコン殿下、ビルマのバーモウ将軍、インドネシアのスカルノ将軍、支那の王兆銘主席、満州国の溥儀皇帝など、各国指導者の名前をいまだに記憶しています。

中学生活動の一つとして夏休みに東南アジアの鉱物資源を調べ、全校展示したことがありました。私はマンガン鉱の資源量を担当した他、佛印（今のベトナム）のホンゲイ炭鉱が電気製鉄炉のカーボン電極に使われる、世界一の無煙炭だったと強い印象をもったのでしたが、現在は話題にもならないのが不思議ですね。

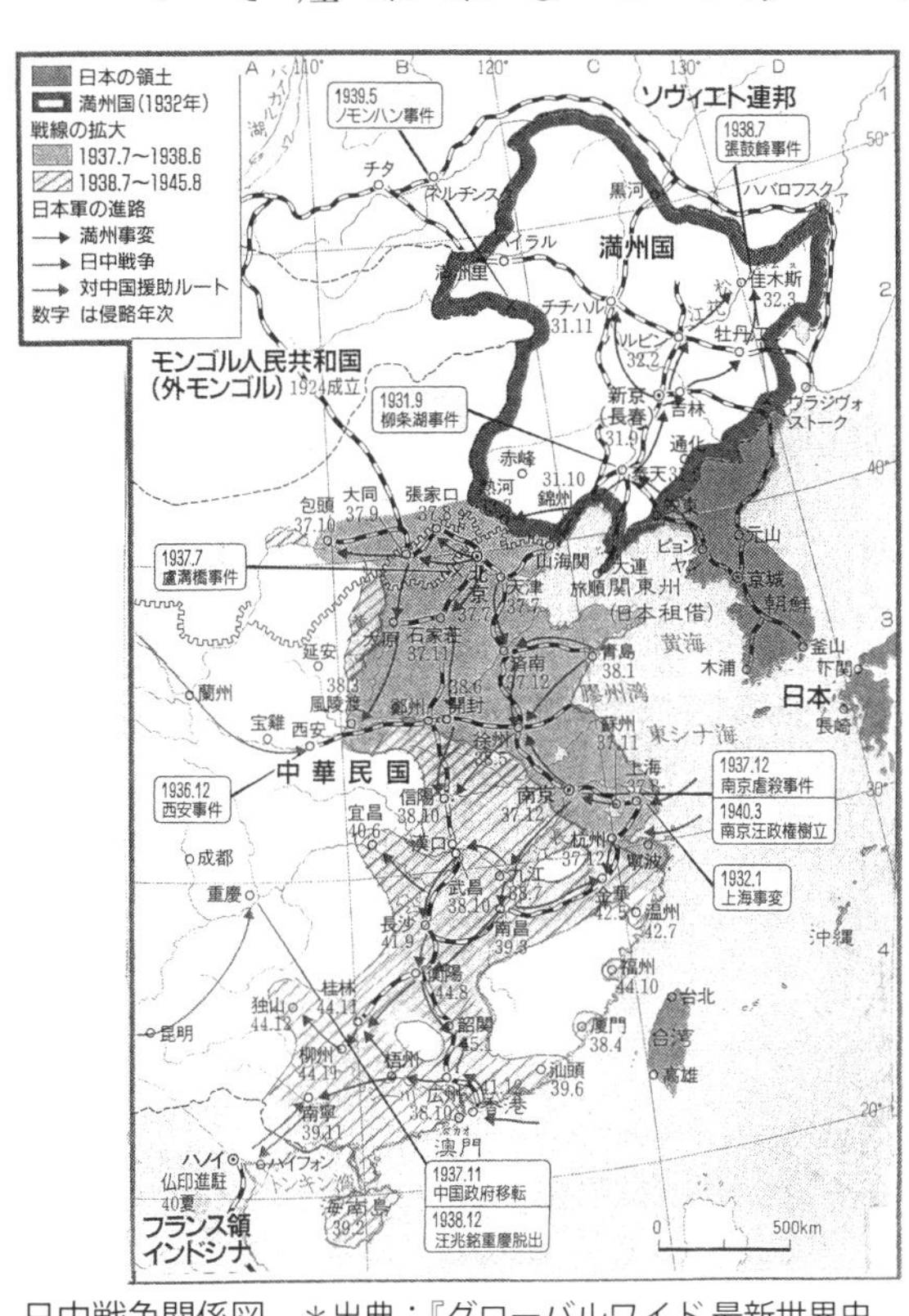

日中戦争関係図　＊出典：『グローバルワイド 最新世界史図表』（改訂 13 版）　第一学習社

この戦争は当初2年間は「勝ッタ、勝ッタ」と景気がよく、国中が沸いていました。国を挙げての協力体制が感じられた時期でしたね。我々中学生も少国民と持ち上げられて真面目に勤(いそ)しみました。

現在の評論で「自由も平等もなく、いのちは虫けらのように扱われていた社会。そんな暗い時代が長い間つづいていた」(『日本国憲法』童話屋編集部編、童話屋刊、2001年)とまえがきに編集子が述べているが、当時の少国民の感覚とは雲泥の差があります。

近年この本を入手して驚き、編集子宛に**「そんな暗い時代」を「それを暗いとも思わない時代」に訂正するよう申し入れた**がナシノツブテ。時代背景によって言論が変わるのはやむを得ないが、こんなことで後世の歴史が変えられるのは許

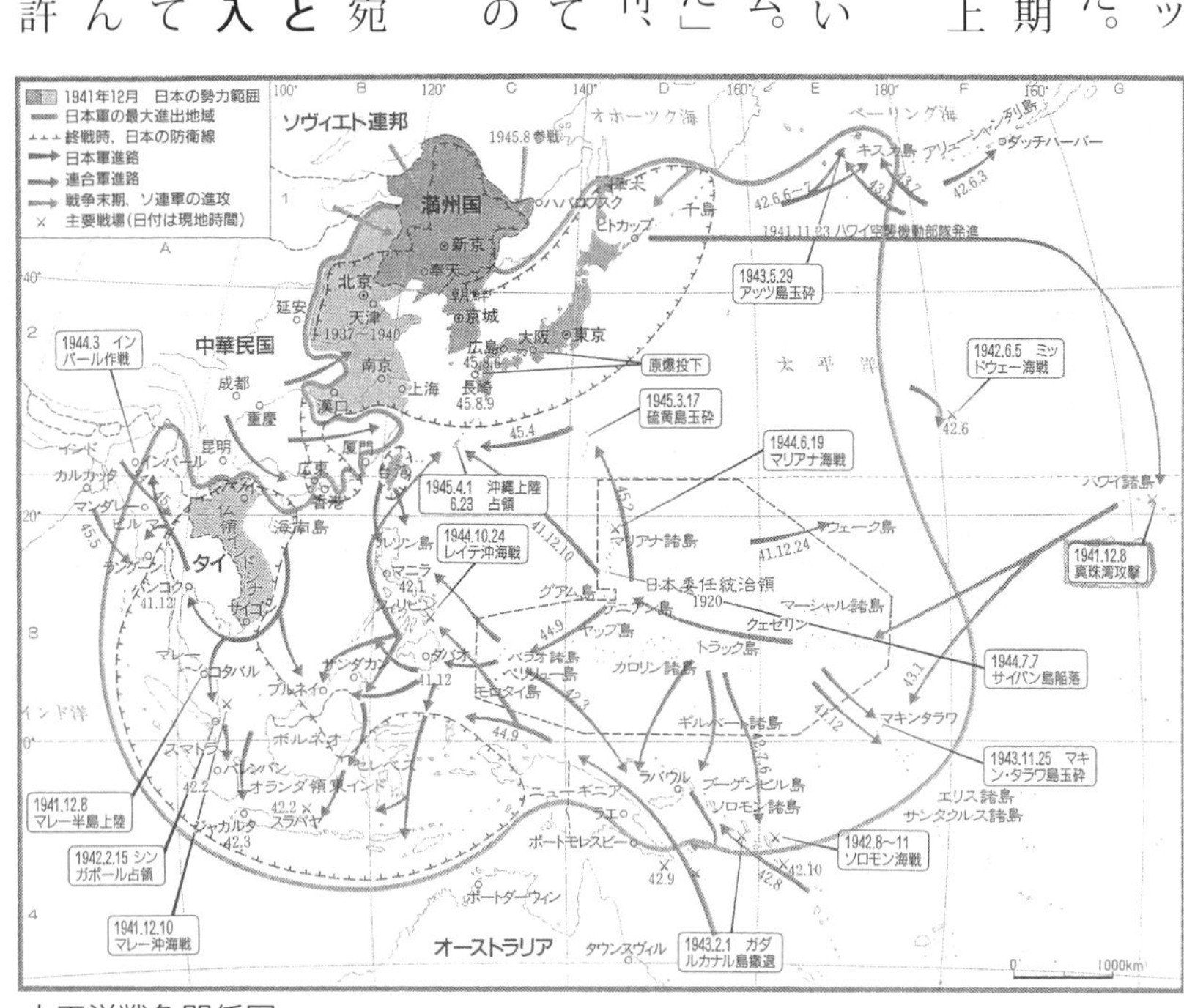

太平洋戦争関係図

＊出典:『グローバルワイド 最新世界史図表』(改訂13版)第一学習社

せない。後年、小泉首相までもが靖国参詣（正式参拝の形を採らず）の際に「**心ならずも**この前の戦争で命を落とした人々の霊を慰めるのは当然」と述べて（『別冊正論』33号）、あの時代のことに無知であると顰蹙（ひんしゅく）を買っています。

「**お国の為に喜んで死ぬんだ**」と教えられた忠君愛国の少国民は、殆どがこれを受け入れて、「海行かば」を愛唱していました。

〽海行かば　水漬く屍
　山行かば　草生（む）す屍
　大君の辺にこそ死なめ
　　顧みはせじ

「海行かば」とは万葉集にある大伴家持の和歌をもとにつくられた軍歌（作曲：信時潔）で、それが靖国神社に象徴されています。この戦争に勝っていれば、小泉の「心ならずも」発言はなかったでしょうし、あの時代の大部分は勝っていた。戦局が傾いてからも沖縄や硫黄島での奮戦でアメリカは本土上陸を思いとどまりました。文字通り「**死んで国を・家族を守る**」、その思いで戦死していかれたのです。

それにしても、やはり負ける武力戦争をやってはいけませんね。軍部に踊らされたと現代人が批判的に言いますが、戦時の国民というモノはコウイウモンダ、と強調します。

当時の銃後のキャッチフレーズを思い出しますね。

・八紘一宇（※）　・撃ちてし止まむ　・滅私奉公　・一億玉砕

・欲しがりません勝つまでは　・贅沢は敵だ　・質実剛健　・生めよ増やせよ

それにしても、こんな近代戦時代にも万葉集などの古典を活かしているとは――。民族性の本質が国粋主義ではなくて活きている。やはり日本なのですね。

※**八紘一宇**：（宇は屋根の意）世界を一つの家とすること。太平洋戦争当時、日本の海洋進出を正当化する為に用いた標語。日本書紀に基づく。

当時の庶民感覚――ベースに格式強調の優越意識が

その頃の日本は明治維新を誇りとする新興帝国として、天皇陛下を頂点とする**権威主義**の**身分制**、**家柄や格式による職業の貴賤**が強調された時代でした。

封建時代の伝統であった「**士農工商**」が重んじられ、特に戦時下での娯楽は〝勉強が嫌いな遊び人が他人（ひと）に阿（おもね）る賤（いや）しい職業〟として正業扱いから外れる、阿（おもね）らないのが芸術家、と教えられ、戸籍に華族・士族・平民の記載が戦後の法改正まで続けられました。家柄も重要視され、学友間でも意識されていました。

現在も制度の残る国のある貴族制や、職業が国家に貢献する度合いからの家業格差などがベースにあったと思えます。その一つが東京での**「山の手と下町」の格式意識**で、下町エレジーなど感覚的に現在でも残っていますね（ＪＲ山手線はあっても下町線は無い）。

東京でなくとも、地方での**家の在り方にも格式意識**がありました。武家社会の名残でしょうか、**本家と分家**の格式が厳然とありました。大家族主義の時代だったからか、一家のうちで長男が家長となる。家を継いでご先祖様から続いている家を残すことが本旨とされ、女は嫁に行くのが当然で家を出る。次男坊以下の男も成人して家を出て分家をつくる。

越後高田にあった私の実家は大島本家（ほんけ）だったから、高田へ帰ると〝オシマのボッチャン〟と大事にされると共に、長男の兄は〝オシマのアニイ〟、次男の私は〝オジゴンボ〟と格差を付けられていました。この長幼序列は人類以外の生物界にもある基本として、いまだに私の身に浸み込んでいます。

銃後の組織――隣組

国家総力戦の組織が**銃後に隣組**（※）**制度**を生みました。江戸時代からの自然発生的な町民、家主と店子などの関係があり、これを国家組織化したのでしょう。

※**隣組**：第二次大戦下、国民統制のために作られた地域組織。町内会、部落会の下に数軒を一単位として作られ、食糧その他生活必需品の配給などの調整を行なった。１９４０（昭和15）年制度化、１９４７年廃止。

私の住んでいた〝東京市下谷区谷中天王寺町34番地〟は日暮里駅の上にあり、〝山の手〟でした。谷中墓地の外れの一郭に孤立した17戸の集落だったので隣組が組まれ、父が組長を務めました。三共ベークライト株式会社（今の住友ベークライト㈱）の管理技術者の働き盛り、と応召した陸軍兵技中尉であったことによってでしょう（44頁の地図参照）。

〽トントントンカラリと隣組。障子をあければ顔馴染み。
回して頂戴回覧板。知らせられたり知らせたり。

の歌が普及・流行していました。気が付けば、現在の**町内会の回覧板**はこの時に始まったのですね。今に受け継がれる貴重な民族の美徳、隣り近所の連帯感が表へ出た始まりでしょう。

戦時下銃後の制度として特筆されるのは、情報管理、配給制度、供出制度。それに防火対策。それらを纏めました。

情報管理

「大本営発表。帝国陸海軍は本12月8日未明、西太平洋において米英両国と戦闘状態に入れり」の放送を覚えている方々も少なくなったことでしょうが、私の耳にはいまだに残っています。登校直前だったと思います。多分この時から〝大本営発表〟が始まったのではないでしょうか。私はホヤホヤの中学生だったから、朝日新聞が毎日届いていたものの、内容の意味を理解することなく、唯聞くだけでした。

情報・通信の手段は東京愛宕山の放送（日本放送協会、現在のNHK）に限られ、他に隣組の回覧板があったが子供の見るものではない。新聞も見出しだけで中学生にはニュースの裏まで考える能力は無く、奨励もされない佇に時が過ぎていきましたが、短波放送を内緒で聞いていた人もいたと後で聞きました。

家庭でも母は5人の子育てに忙しく、父は戦争の話を殆どしなかったと思います。

配給制度

何時始まったかは定かでないが、政府は国民の栄養補給の義務からでしょう、**2300キロカロリー**を確保する努力を基本にしていました。米食中心の食習慣から「**2合3勺**」（※）のお米を中心に組み立てられ、お米が不足してくると2100キロカロリーに下げられ、お芋（サツマ芋、ジャ

※2合3勺：合は尺貫法における面積、容積の単位。2合3勺は375g（1400キロカロリー）。

ガイモ等)、さらには魚介類のカロリーも算入していたのでしょうか。お米は**配給切符**を持って米屋へ。**旅行者は外食券**を持って旅先で飯にありつく。昼飯も同様。この制度は戦後暫く続けられました(戦後10年くらいか?)。

お米の配給量には格差を付けて甲・乙・丙のランクがあり、一般が甲で重労働者が丙。

隣組長には配給世話役の役割があり、ショパン弾きとして高名なピアニスト野辺地瓜丸さんが隣組長の父に〝ピアニストは重労働だからせめて乙ランクにして欲しい〟と申し入れされたのを覚えています。〝音楽なんかをやっているのは非国民〟の雰囲気があって、父も扱いに困ったようでした。

供出制度

戦時下とあって一般市中の金属供出が行なわれ、銅像や梵鐘の供出が盛んに行われていたことを知る人も多いでしょう。兵器、とくに砲弾の薬莢に使う銅(真鍮の原料)は最も重要な物資の一つでした。

農漁業などの一般生産者も、**自家用を除いた生産物を統制経済に供出**する事が義務付けられていました。然し当然のこと乍ら、低水準の公定価格を嫌っての自家保有分が可成り残っていたと想像します。このことは戦後の食糧難時代の買い出し体験から言えると思います。農家はその〝お芋〟を、水っポクて不味いが多収穫品種の〝沖縄百号〟を供出用に作り、自家用にはポクポクして美味しい品種を作っていたからです。

何れにせよ、命綱の米麦芋類は大切にされ、現在でも私は呼び捨てに出来ない。**お米、お芋、お魚**と必ず〝おの字〟を付ける習慣が身に付いているのです。

この外(ほか)に銃後(じゅうご)(※)の努めとして松の根を掘って松根油(※)を造る(液体燃料用)。ヒマ(唐胡麻(とうごま))(※)を栽培してヒマシ油を造る(潤滑油用)ことも奨励されていました。資源の乏しいなか戦争に踏み切った〝国を挙げての総力戦〟の姿でしたね。

※**銃　後**：戦場になっていない国内／直接戦争に加わらない国民。(広辞苑)

※**松根油**：松の根株または松枝を乾留して得る油。成分はテレビン油に似る。ペンキ、ワニスなどの溶剤に用いる。太平洋戦争中、日本で航空燃料の原料とした。

※**唐胡麻**：トウダイグサ科の植物。アフリカ原産。種子は蓖麻子(ひまし)といい、猛毒リシンを含む。ひまし油を製し、便秘薬などに使われる。

トウゴマ

防空対策

まず防空壕

開戦当初は隣組活動として、毎晩「カッチ、カッチ、火の用心！」と拍子木を鳴らしながらの夜番が、隣組長一家の日課の一つでしたが、大東亜戦争に突入して空襲の気配が高まるにつれて一変したのでした。

その頃の道路は殆どが未舗装で（後年、大学で習った〝当時の〟舗装率は、イングランドの100％に対し、日本は5％）、庭先や空き地のほか道路のいたる所に防空壕が掘られました。五尺幅程の、人が入れる深さを素掘りして、木材の覆いの上に一尺程の土を被せたシロモノでした。

直撃以外のバクダンから充分身が守れるのです。

女はモンペを穿き、頭に防空頭巾。男はゲー

防空壕（神田橋電停付近待避壕）
＊写真提供：日本写真公社撮影 / 東京大空襲・戦災資料センター

トル巻きと配布された鉄兜。これが銃後の標準スタイルでした（鉄兜は高射砲弾破片対策）。

夜の燈火管制も厳密に行なわれました。家々の窓を暗幕で遮蔽し、民間の監視員が外からチェックして漏れる光を注意して廻る。ガラス窓には縦横斜めに和紙を貼り付けて目張りをし、ガラス破片の飛散を防ぐなど、空襲対策は初期の頃から入念に進められていました。

ガラスの目張り（灯火管制下の部屋）
＊東京大空襲・戦災資料センター展示室にて撮影

防空スタイル（栄養学校の救護訓練の様子）
＊写真提供：東方社撮影 / 東京大空襲・戦災資料センター

硫黄島攻撃

昭和20年２月、硫黄島が攻撃されて空襲が切実になり、警戒警報、空襲警報のサイレンが日常のことになると、中学高学年の我々は銃後の先頭に立つのが役目だと張り切ったものです。空を見上げて戦闘機を「隼だ」「鍾馗だ」と型式を見分け、得意になっていました。海軍機は来ないからゼロ戦を見たことが無いのがいまだに残念です。

「南方海上に敵１機」と断続サイレンの警戒警報が鳴り、敵機が「富士山を目指して本土に来襲中」と継続サイレンの空襲警報が鳴った敗戦前年12月８日夜の陰うつな体験がいまだに思い出されます。

その夜はさなきだに（そうでなくてさえ）雨の来そうな曇天でした。夜８時頃になって警戒警報が鳴り、**かえって安心しました。何時来るかの不安感のほうが大きかった**のです。12月８日以前から、彼等は今にして判るレーダー爆撃をやっていました。その頃の技術では、地形からでしょう、上野の崖を見誤ってか、桜木や赤羽に２５０kg爆弾を降らせ、桜木小学校や、後に中曽根首相参禅で有名になった勝海舟ゆかりの全生庵の本堂が一発で吹き飛んでいます。

その時、防空壕に潜んでいた私にも、グラグラと大きな振動が伝わってきたのを覚えています（距離２kmくらいか）。**焼夷弾に備えた防火水槽とバケツ、火叩き**が各戸に備えられ、学校ではプールを使ってバケツ投水の訓練が行なわれていました。バケツ半量程の水を、散らさぬよう、集中して飛ばすのです。バケツ１杯全量ではうまくいかないが、習熟するとプール対岸の15ｍまで飛ばせる。

これは後年、只見川現場で部落の火事に出動した時に思わぬ役に立っています。

集団疎開と防火帯

いざという時に足手まといになる幼児や学童を都会から離す疎開が、組織的・大々的に行なわれました。我が家でも若年小学生の2人の妹が高田の母の実家で祖母に預けられたし、学校ぐるみの集団疎開の経験者も数多く現存して居られます。この中には、足手まといではなく、地方の労働力を補う役目を果たした方々も数多く、「昭和の撫子」文集にも、当時中学低学年から高校生までの多くの体験記が寄せられています。

空襲火災の被害が続出する前にと、**江戸火消しの破壊消防**の手法が予防的に取られ、東京では防火帯を造る為の家屋の取り壊しが大々的に行なわれました。該当家屋は柱の根元を鋸引きした後、集められた人たちが綱で引っ張って壊す。通学中に何回か私も実見しましたが、家を壊された人々の気持ちはどんなだったろうか。戦時下の非常対策とはいえ、粒々辛苦の結晶である家屋を目の前で強制的に破壊された方々の心情は察するに余りあるが、当時は**銃後市民の当然の勤め**とされていました。

昭和20年3月10日の東京大空襲

昭和19年7月、サイパン島が陥落し、B29という爆撃機のその秋からの日本の重要軍事施設、とくに工場への爆撃が日増しに増えていきました。我々は高射砲や戦闘機が頭上で少数ながらB29を撃墜する度に快哉を叫んでいたのですが、事態が深刻に進んでいたことは知らされていませんでした。この間に、**日本の木造都市を焼き払って戦力を喪失させる戦略**が進められていたのです。今、思い出すのは難しいが、試験的に焼夷弾攻撃を受けた都市が幾つかあった筈です。今のナパーム弾に近い、溶剤に溶かしたゴム液を内蔵した長さ約2メートル、直径6インチ程の六角形の焼夷弾を何十個か束にして落とし、空中で束を爆発させて広範囲に散らし、着弾して発火飛散させたゴムが建物に付着して火炎を広げる。銃後で用意したバケツ消火や火叩きなど全然効果がない。こんな事が国際法で保護されるべき非戦闘員を対象に進められていたのです。

陸軍記念日

3月10日は、今は全く忘れられている陸軍記念日。日露戦争での日本

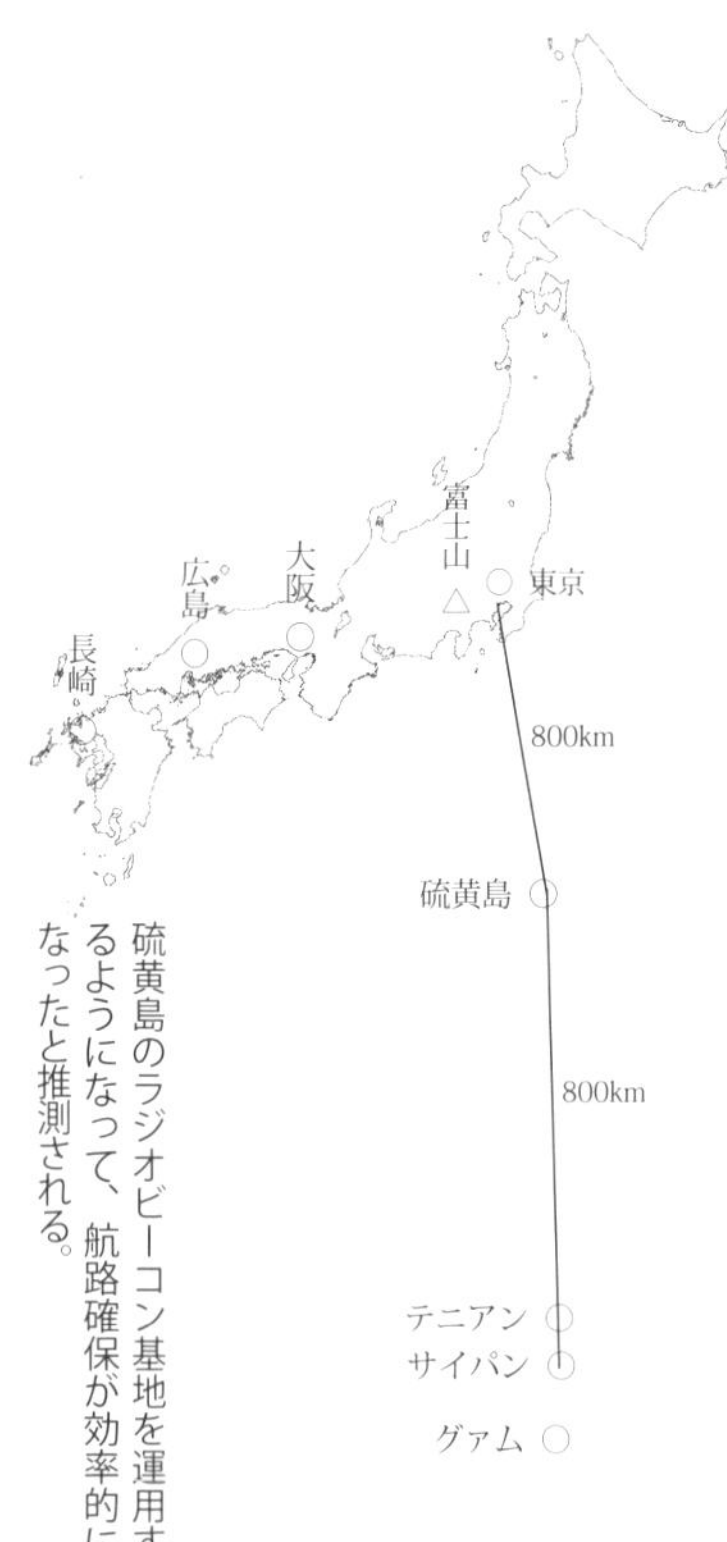

硫黄島のラジオビーコン基地を運用するようになって、航路確保が効率的になったと推測される。

海海戦勝利の5月27日の海軍記念日に対応する奉天（今の瀋陽）攻略の日で、2月11日の紀元節、4月29日の天長節、11月3日の明治節の3節と共に国を挙げての記念日なのでした。アメリカはこれ等の日を選んで戦意喪失の手段にしたことなのでしょうが、我々小国民にそんな意識はない。

夜半に警戒警報から空襲警報になり、東部軍管区情報がラジオで、「南方海上から富士山目掛けて上陸し、西へ転じて東京を襲う」、何時（いつ）もの通りの手順だったが、その日は何時もと違う――。同じ情報が繰り返し放送されるのです。

今にして思うと、夜間のレーダー爆撃を使った大編隊の波状攻撃だったのです。控えめな火災情報も繰り返されたと思うが思い出せません。午前3時頃でしょうか。東京全体が火の海にされたのでしょう、高台の我が家の屋根に、

東京都は 100 回以上にわたり空襲を受けたが、その中でも昭和 20 年 3 月 10 日の空襲は大規模で、民間人や地域にも甚大な被害が出た。繰り返された空襲で見渡す限りの火の海になった。死者 10 万人といわれる。
＊写真提供：東方社撮影 / 東京大空襲・戦災資料センター

兄貴と2人で腰掛けて見る東の方角、江東・深川の見渡す限りの下町全域が紅蓮の焔を上げ、文字通り黒煙が天に沖していました。

その上空の天上は漆黒の闇。

ややあって6時の日の出が近付いたのでしょう。紅蓮の焔が連なる背景が明るみを帯び、青味から少し藍色ずんで天上の闇に続いている。被災者がたには申し訳ないのですが、何とも色の変化が美しく、大きい景色だったのを、今でも覚えています。


敵機Ｂ29は、夜だからと昼間の1万ｍの高空から３０００ｍと伝えられる低空で、欲しいままに東京全体を蹂躙していました。

地上火災の反射に照らされた大きいＢ29が何回も頭上を過ぎていくのを、鉄兜を被った重い頭を上げて私は憎らしく見送る他はありませんでした。

後で知ったのですが、夜間着陸設備を持たない日本空軍は迎撃出来ず。敵はこれを知っていたのですね。

B 29 陸上爆撃雷撃機

エンジン	2,200 Bhp × 4
全長	30.18 m
全幅	43.04 m
全高	8.47 m
離陸重量	61,899kg
爆弾搭載量	9,072kg
最高速度	669km/h（高度 9,144 m）
航続距離	5,697km
実用上昇限度	12,893 m

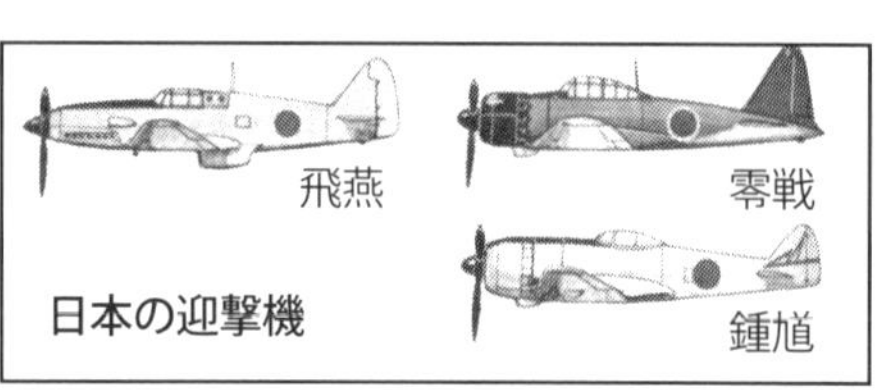

日本の迎撃機

朝晴れエッセー　父の機転　2020. 3. 8

昭和20年3月9日深夜のときの話になると夫と義母は「ここからも東京方面の空がまっ赤に見えたよ」と言う。実はそのまっ赤な空の下に私の家族は逃げ惑っていたのだ。

私は5人姉妹の末っ子として生まれた。戦争が激しくなると、私とすぐ上の姉の2人は母の実家の群馬県のいとこ夫婦に預けられたので、焼け出されたときのことは後から姉たちに聞かされた。

その夜、父は鍋や釜を防火用水に沈め、積めるだけの家財道具を大八車に乗せ、母、姉3人、身寄りのない、わが家で小僧として働いていた清ちゃんの6人で火の粉の飛ぶ中、風上へ風上へと逃げたそうだ。

そしてしらじらと夜が明け始めた頃、公園に着き、ほっとしていると残り火の粉が大八車に積んであった布団に燃えついた。父は咄嗟（とっさ）に「清、しょんべん、しょんべん」と言って火を消したと言う。

その後父は母と姉を電車に乗せて私たちの疎開先に向かわせ、自分は防火用水に沈めた鍋や釜を取り出して大八車に積み足し、清ちゃんと2人歩いて家族のもとへ合流した。

姉のひとりは「風上へ逃げたこと、鍋や釜を水に沈めて焼かれずにすんだのは、お父さんが機転を利かせたからなのよ」と言った。

今、両親はもちろん、姉2人も亡くなったが、今年92歳になる清ちゃんは囲碁を趣味として元気にひとり暮らしをしている。

「産経新聞」（2020年3月8日）より

我が家は被災を免れたが、被災家族の的確な投書が産経新聞に寄せられているので、ご紹介します。

鍋釜を防火水槽に沈めて逃げた当時の庶民の知慧を、戦後75年たった今でも鮮明に思い出しました。

焼夷弾

焼夷弾は我が隣組にも降りました。我が家の庭に2発が不発で転がっていました。大人3人で抱える程の庭の大欅の枝に引っ掛かって発火しなかったのでしょう、危ないところでした。他にも町内に何発か不発で落ちていました。

「軍の宣伝する、アメリカの粗雑な工業力の産物だ！」物知りオジサンが分解して中味のゴム溶液を自転車のパンク直しに使いました。この豪の者、野村おじさんは、戦後ヤミ市のメチルアルコールで失明して亡くなった、と風の便りで聞きました。

それはさて置き、**木造都市火災の激しさは言語に絶す**

るものがあります。その代表的な一例として小学校火災の体験を挙げます。その小学校は省線（鉄道省路線、現在のＪＲ）、京成電鉄合計して12車線の向かい側。１００ｍ以上も離れた木造2階建てでした。

周りのメラメラと燃え上がる火が迫ると先ず窓ガラスの全体が一斉にメラリと溶けて落ちる。すると校舎内部で高温のためガス化していた煙が出る。と直ぐに引火して、あとは手が付けられず燃えるに委せる他はなく、その火焔熱が１００ｍ離れた対岸高台の私の頬に火照って感じられました。

木造火災の放射熱がそれ程強烈なことを特筆しておきたいのです。この経験がラス入りガラスに生きています。

一面の焼け跡は、それこそ悲惨でした。生き残った被災者がたは、焼け残った防空壕に、同じく焼け残った残材を使っての仮住まいを、戦後暫く続けていました。戦後は焼け跡での野菜づくり等、喰うに精一杯で住まいなど遠い話。〝縁を頼って東京を離れる手段〟に見放された被災者がたの苦闘は想像を絶するものだったでしょう。そんな中でも逞しく生き抜いておられました。

こんな暴虐な戦術を使ったとは――。

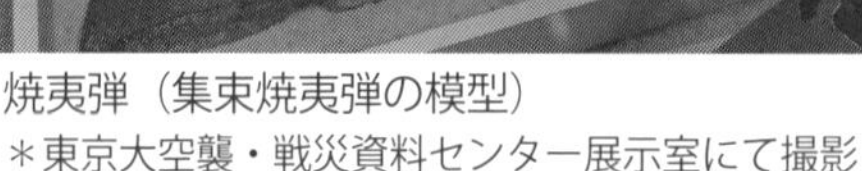

焼夷弾（集束焼夷弾の模型）
＊東京大空襲・戦災資料センター展示室にて撮影

東京・広島・長崎など10万人単位の民間死者が記録されています。**南京と違い架空ではない実数**です。非戦闘員への配慮がある国際法を云々(うんぬん)しても始まらないが、国家総力戦を強調した軍部の戦意昂揚をアメリカが逆手に取って〝国民全体が戦闘員〟として攻撃の対象にしたのでしょうか。

山手線で秋葉原を通ると眼下の青物市場の焼け跡に黒焦げの死体がゴロゴロしていました。あの仏さん達は、私の自宅裏、地続きの谷中墓地の一角に大きな穴を掘って埋める等、各所で集めて埋葬されました。その後、だいぶ経ってから改葬されたようで、今は其処へ行っても児童公園になっていて何も残っていません。

亀戸天神方面の焼け跡　＊写真提供：日本写真公社撮影 / 東京大空襲・戦災資料センター

太平洋戦争による死亡者数

中国	1,000 万人
朝鮮	20 万人
ベトナム	200 万人以上
インドネシア	200 万人
フィリピン	105 万人 （軍人、抗日ゲリラ 5 万人 一般市民 100 万人）
インド	350 万人 （大部分はベンガルの餓死者）
シンガポール	5,000 万人（虐殺による死者）
ビルマ	5 万人
ニュージーランド	1 万 1,625 人（軍人）
オーストラリア	不明
日本	221 万 3,903 人 （軍人、軍属 155 万 5,308 人 一般国民 65 万 8,595 人）

＊出典:『グローバルワイド 最新世界史図表』（改訂 13 版）
第一学習社

焼け跡の生活（焼け跡にある住宅の梁に登る人）
＊写真提供：東方社撮影 / 東京大空襲・戦災資料センター

空襲によって亡くなった方を埋葬した仮埋葬地は今、児童公園などに姿を変え、平和利用されている。

2. 庶民のくらし――大島一家の実態

大島家のルーツ

明治33年生まれの父・竹治の口伝（くでん）によると、大島家の遠祖は伊豆の国大島の庄に住まいし、赤旗の平氏に隷属していたが、源氏の白旗に追われて越後に逃れ、能生谷の奥に隠れ住んでいた。代を経て時の長男が次男に追い出されて越後の頸城へ逃れ、旭村の神主となった由です。

これが近祖で、旭村（現在の大島村）に大島姓の神官が現存して居られ、父は一度訪問したいと口にしていたが、遂に果たせぬうちに亡くなりました。

時を経て分家したのでしょう、父の5代前が明和年間に高田城下に移り住んだようです。明治元年生まれの祖父文治郎が灘で修業した醸造技術をもとに和田村（現在の上越市茶屋町）で酒造業を起こし、和田村長も勤めた地方名士でした。

長男である父は第二高等学校（仙台）から東北帝国大学応用化学科に進み、当時は農学部所管であったから、祖父は当然醸造を勉強して酒屋の跡を継ぐと思っていたことでしょう。然るに父は当時最先端のプラスチック技術に興味を持ち、高峰譲吉博士が米国から技術を持ち帰って創業した三共ベークライト株式会社に就職してしまいました。祖父のはじめた酒造業が、火災と、2度に亘った酢廃（雑菌による失敗）で家産が傾き、味噌醤油醸造に切り替えられていたこともあったのでしょう。おそらく祖父は存外の事として怒ったことでしょうが、あとの祭り、次代の大島家が東京に移ることとなったのでした。関東大震災前年の大正11年のことです。

母トシは明治38年生まれ。日本海海戦で東郷艦隊が大勝利した年です。信越本線高田駅前で醸造業を営んでいた上田家の長女で、駅裏の長遠寺の、同じ檀家と同業の誼での親同士の間で決めた結婚だったのでしょう。当時はそれが正常（まとも）なしきたりでした。

大島竹治家の住まい——谷中（やなか）周辺

父の就職した三共ベークライト（現・住友ベークライト㈱）の工場が常磐線三河島駅の近くにあった関係で、現在の山手線日暮里駅からの通勤に

児童公園
（戦災死者仮埋葬地跡）
ケヤキ
谷中墓地

日暮里駅南口から山ノ手を見る

便があり、片や文学や古典の素養を持つ父は下谷区（現台東区）で、**由緒の里谷中**に住み付きました。当初は初音町で、昭和３年生まれの兄と同４年生まれの私はそこで出生、と戸籍に載せられています。

程なくでしょう、通勤に更に便利な日暮里駅の直ぐ上の20坪程の家作（借家）を見つけて引っ越していきます。谷中墓地と天王寺に囲まれ、江東深川の下町を眼下に見下ろせる閑静な環境が気に入ったようで、戦後昭和26年に目白に自宅を建てるまで、20年近く此処で一家7人が暮らしました。

記憶にある17軒の隣組・天王寺町34番地
（下地図の「にっぽり」駅すぐ横、斜線を引いた辺り）

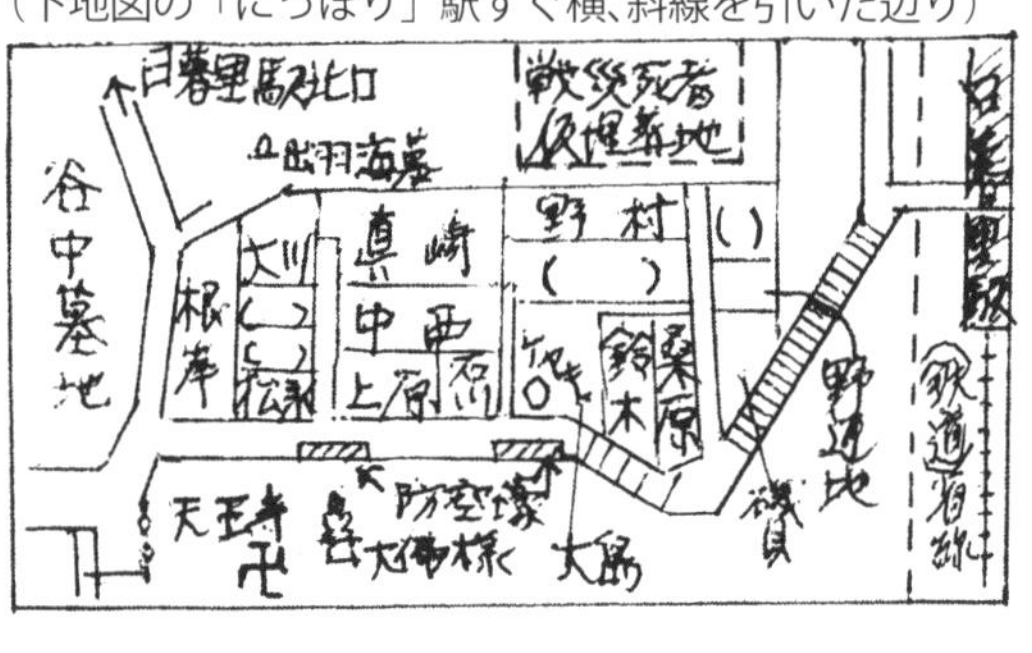

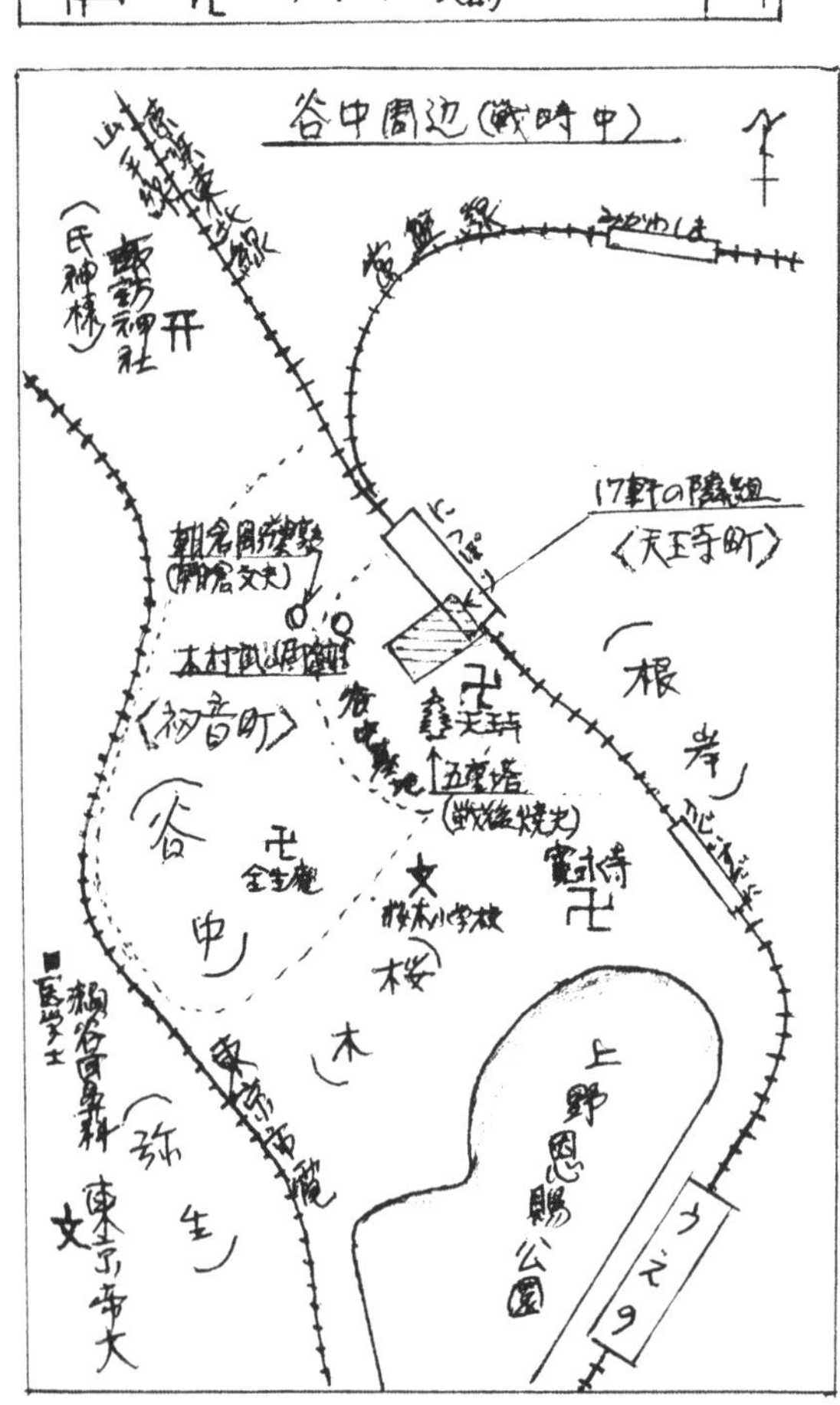

谷中墓地（現在の谷中霊園）は身近に円遊師匠、出羽の海横綱、さらには明治人を鼓舞した『西国立志篇』の訳者中村正直博士など著名人多数のお墓があります。幸田露伴『五重塔』の題材となった天王寺の塔（戦後放火により焼失）もあったし周辺には日本画家木村武山、彫刻家朝倉文夫（現在朝倉彫塑館）、少し離れて鴎外・漱石の旧居などがあり、**文人芸術家が好んだ雰囲気**がある。そんな谷中でした。

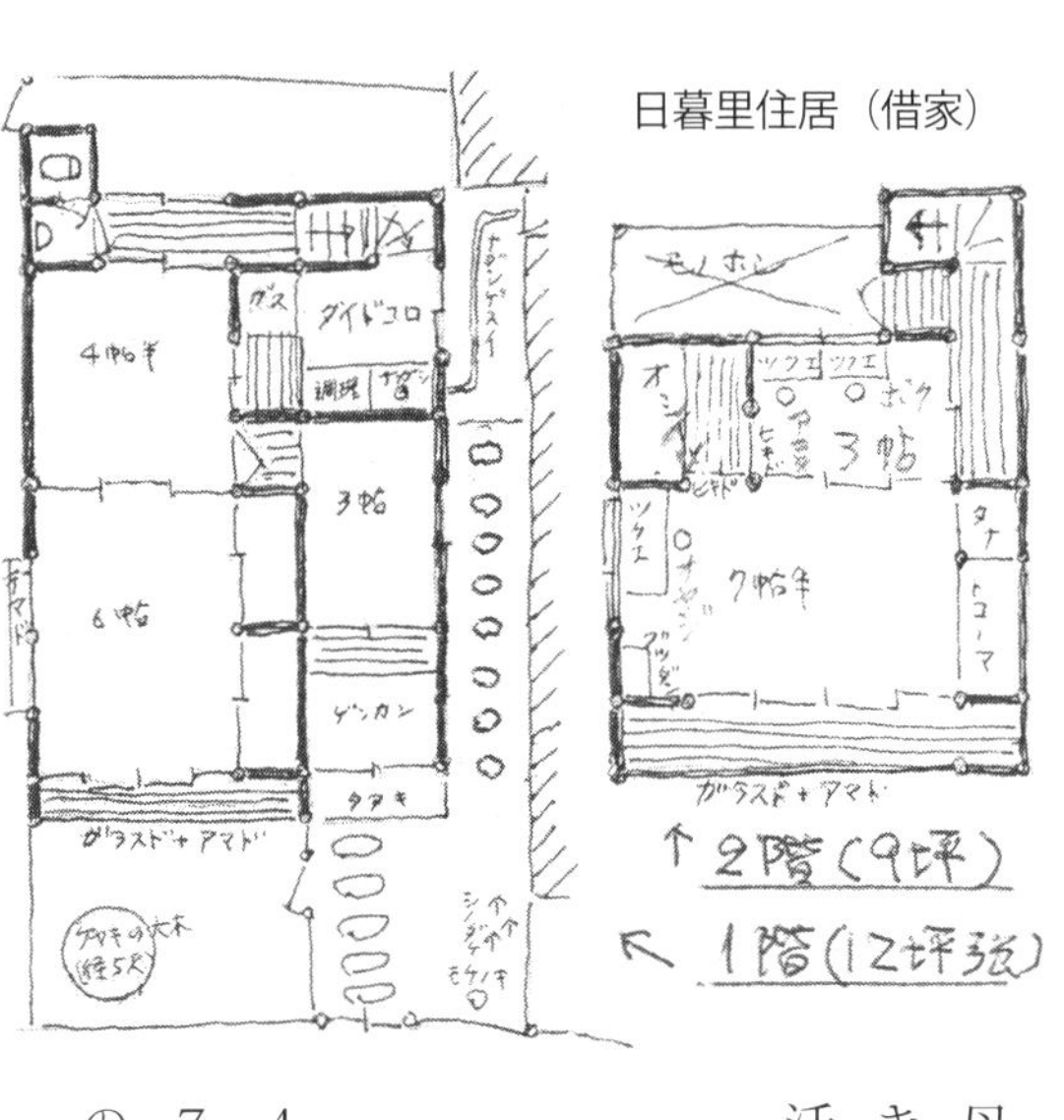

日暮里住居（借家）

暮らし向きのほうは、生活費の切り詰めを強いられた母が大変苦労していましたが、教育費を惜しまぬ父の働きもあって、当時としては乏しいながらも中流階級の生活が維持されていたと、今にして思えますね。

当時の生活実態

私たち一家は、両親と、兄1人（昭和3生）、私（昭和4年生）、妹2人（昭和9、昭和13）、弟1人（昭和18）の7人で、〝生めよ増やせよ〟の当時としては普通でした（この間に2人の流産があった由）。

年子（としご）は大変だろうと兄貴は高田実家の祖父母が入学ま

で預かり、その他実家のネエヤ（女中）が何回か東京へ手伝いに来たのを子供心に覚えています。何かがあったのでしょう。

現在では大家族の範囲に入りますが、**年嵩（としかさ）の児（こ）が家事の手伝いをするのが当然のこと**でした。3〜4年生の頃から家主に家賃を届けに行ったり、日本橋三越の隣の帝銀（現在のみずほ銀行）へ貯金の引出にも行きました。

8才違いの末妹がグズるからと小学校3年生の私が夕食時に背負わされての子守で夕食は私だけ後回し、が何回もありました。兄貴は跡取りだと免除されるのが当然だと受け取られた時代のことです。年の離れた妹弟の世話が次男の私に廻ってきて、随分割りが悪かったことになります（その分、長兄没後の今は一族最長老と威張っていられる）。

文平叔父↓　オヤジ↓　↓オフクロ

アニキ↑　↑ボク　↑フミ子（妹）

当時の生活水準いろいろ

近代国家とはいっても生活水準は低く、**電話開設は上流階級を除いて職業上の必要**に限られ、**庶民は内風呂を持てず銭湯通い**。恐ろしい闇夜の谷中墓地を一人で横切っての体験で、「泥棒・強盗も怖いんだ」と子供心に度胸が付いたのが今も活きています。

一般家庭に水洗便所は殆ど無く、肥料にした江戸時代からの汲み取りオワイヤさんの職業が戦後も随分続いたように覚えています。鉄道客車のトイレも一応水洗だが落とし放し。土木屋になって鉄道へ行った友達が保線職を嫌がっていたのも思い出されますね。

もちろん、夏の冷房設備など考えられもせず、**冬の暖房は専ら火鉢と炬燵**。木炭は不足がちだが何とか間に合っていたようです。

炭の粉を丸く練り固めた〝炭団〟や、木炭・石炭のくずを粉末にして練り固めた〝練炭〟も普及して、随分重宝したように覚えています。これらが切れて止むなく七輪で木片を燃やして皆でマントを被って暖をとり、残った消し炭の炬燵で凌いだことも再三ありました。この時に母は（女は）強しと、つくづく感じたものです。

左右は言っても**電気・ガス・水道のインフラが曲がりなりにも行き渡っていた**のは、流石に首都東京の貫禄だった、といえるでしょう。

日用品・食材の調達

17軒の町内には、墓参用の花屋さんが一軒だけ店を置いている以外は全て給料取りだったから、日用品は日暮里駅前の下町へ行くのが近く、墓地を越えた谷中の商店街は遠い嫌いがある。従って食材は「トォーフイィー〜」とラッパを鳴らしながらリヤカーで来る豆腐屋さん。チリンチリンと振り鈴を鳴らして来たのはリヤカーの魚屋さんか、大八車の八百屋サンだったか。殆ど毎日、合図に応じてオカミサンたちが集まりました。その中で子沢山の母は安いものを選んで求めていました。

魚は専らイワシ。房総で大量に捕れて、肥料用になっていたものを戦時下だからと、兎に角安価でした。それを七輪で焼いて食べるのですが、残す長い中骨が勿体ない、と炭の残り火で焙ってジュージュー言ううちに食べる。これは今でも懐かしい美味で「健康優良児」と称して必ず食べさせられました。お蔭で骨太の体格に今でも活きていて、「俺の葬式には骨箱を2つ用意しろ」と威張っています。

その他、秋田のハタハタが大量に配給されたが隣組内に食べ方を知る人が居らず、一ト騒ぎになったのも覚えています。当時は下魚とされる安価なものが主流で「贅沢は敵」の見本のような安価な配給品

リヤカー販売 / 梅の実売り　＊写真提供：毎日新聞社

が出回っていました。

その反面、**貴重だったのが鶏卵**。病気でもしない限りあり付けない。軍需用に廻されたのでしょう。高価で品薄でした。

そのなかで行商（ぎょうしょう）のオバサンには随分可愛がって貰った記憶があります。現在も細々と続いているようですが、常磐線松戸周辺から、毎朝早くの電車に大勢乗ってきて日暮里で一斉に降りて一斉にお得意さんへ散っていく。私たちの独立集落は駅に近く、店舗もないので行商を含めて出張販売の絶好の穴場だったでしょう。

何れにせよ、今の卵は廉価の優等生。イワシは1匹幾らと値が付くし、ハタハタは高級魚扱い。隔世の感があります。これも軍需が不要な平和の時代と経済構造の大変化のお蔭ですが、昭和一ト（ひ）桁族の私は、**あの時代の質実剛健の生活記憶を失いたくありませんね。**

駅に集まった行商の女性たち　＊写真提供：毎日新聞社

小学生の行動範囲

子沢山の家庭で母は転手古舞い。年長の兄貴と2人の日常は放っておかれました。それを良いことに、私は広い谷中墓地内で自由気侭に遊び回っていました。

兄貴は町内に同年同月同日生まれの女友達が居て、その他にも友達をつくっていたが、次男坊の私は日陰者の位置付けだったのです。当時は植木や自然の大木で飾られた緑豊かなあの広い谷中墓地だったから勢い自然が対手。モチ竿でトンボ取りに精を出し、視力が鍛えられて両眼とも1.2。枝のホンの少しの異常で、止まっているトンボが発見できて、万象の自然を観察する能力を育む訓練になりました。この**トンボ取りは中学2年までやり、**自然観察の癖がいまだに活きています。

市内のお使いには省線と市電。バスは行き先を間違い易いからでしょう、全然使いませんでした。御徒町、神田界隈から水天宮行きの市電で浜町の親戚へ、3年生から独りでお使いに行かされました。池袋方面は幼稚園通いに母が往復付き添って呉れた他、母の叔父丸田治太郎が台湾製糖創立者の一人として、池袋に財界人の屋敷を構えていたこともあり、小学校からは独りで通いました。

汽車での遠距離は小学生の頃から兄貴と2人で高田の実家へ行かされました。

夏冬の休みに、信越線上野発8時30分の準急に乗せられ、午後3時30分着で脇野田駅（現在の上越妙高）にネエヤが迎えに出る。車中のことは車掌さんにお願いするシステムです。横川の釜めしを買う訓練は、当時、停車時間が長かった（アプト式機関車付け替え10分間）ので、1回で卒業しました。

応召した父が、名古屋でトヨタの監督官を務めていた折は、東海道線、午後1時発の特急かもめに、これも兄貴と二人、東京駅で乗せられ、車掌さんに頼んであった名古屋で下車。小学3年、4年と2度行ったと思います。

幼年からこんなに広い範囲に追(オ)ッ放(パナ)されたのは、**自動車による交通事故が皆無の、安心の持てる世相**だったからでしょう。自動車はダットサンとトラックしか知らず、ダットサンが日産の愛称で乗用車の一つと知ったのは社会人になって暫くしてからのこと。それ迄は小型車をダットサンと言うのだと思っていました。

その位クルマが少なく、関心の対象になっていなかった時代でした。現在では幾つになったら児童に独り歩きをさせられるのでしょうかね。今は自立心を持たすのが遅い分、独立心に目覚めると暴走しがちなんじゃないでしょうか。経済力を持つ背景があるだけに生意気が伴い、親の言うことが効かないのでしょう。

「あの方(ほう)」のことについては、両親・周囲から全然教えられないで終(しま)いました。

アノコト？　つまり性行為のコトです。当時は男尊女卑の時代が、伝統的な国民性として根付いていました。男は剛健を旨として雄々しく国を、家を守る。女は女らしく内助の功に徹する。**男女のことはゆかしい秘め事**でした。

生めよ増やせよ、と号令を掛ける一方で、男が女にベタベタするのは軟弱・惰弱として排斥されるし、若年から性行為に耽溺（ちんでき）することを相当に警戒、いや忌避したのでしょう。

私達兄妹弟5人は全て自宅で生まれました。日暮里駅から3ッ先、巣鴨の産婆、今でいう〝助産婦〟さんの香西（こうざい）さんが1時間足らずで来て呉れて、産湯を使うまで我々は2階へ追いやられました。何が起きていたのか、妹たちはそれなりに聞かされたでしょうが、私はいまだに知りませんね。

夏冬の休みに高田の実家に行った折に、裏2階の書棚で『南総里見八犬伝』や『絵本三国志』を読みふけった折、『生殖器全書』を見付けたのが唯一のより所でした。木版クラスの古い本ですが、体の断面図だけで、アノコトは昭和36年に32才で結婚するまでさっぱり分からないで終（しま）いましたね。戦後一辺に流行したエロ・グロ雑誌に影響された現世代には及びもない。これも隔世の感の一つです。

3．学校教育の実相

小学校に通学した時期の大部分は支那本土へ進攻して勝っていた日支事変（昭和12～16年）。中学生4年間の前半は、昭和16年12月8日の大東亜戦開戦から東南アジアを席巻したが（昭和17～18年）、後半は太平洋戦線での反撃で押し返され、昭和20年8月の無条件降伏に到ります。

昭和20年4月から高校生となり、その8月に終戦を迎えて占領下まで続いた大学教育も含めて、総じて、戦時中の生徒の生活を素直（すなお）に通し、現在の私のバックボーンとして活かしている一人として振り返ってみます。

小学校では

昭和11年4月、私は東京府立豊島師範学校附属小学校に入学し、日暮里から池袋へ電車で通いました。昭和11年といえば雪の朝の2月26日に大変な事件があったが、「何か騒ぎか」と子供心に感じただけでした。昭和12年は盧溝橋事件が日支事変に拡大した年で、蒋介石の名や、太原、徐州、武漢三鎮など占領地名も覚えています。

このような国を挙げての、今でいう軍国主義の雰囲気の中での忠臣大楠公と、二宮尊徳を手本とす

る忠君愛国・滅私奉公と親孝行の小学校教育の主眼は「強い少国民を育てる」におかれたことでしょう。教師・先生を養成する師範学校（今の教育大学）だから、国家として目指す方向に忠実だったと思います。

その頃は全国の小学校の校内に「御真影奉安殿」がおかれ、両陛下の公式写真と教育勅語が扉の奥に安置されている小さな独立建物の前で、通学生徒が立ち止まり帽子を脱いで最敬礼するよう、躾けられました。3節の式日には校門に国旗が交差して掲げられ、全校生を集めた講堂では、校長先生が奉読する教育勅語を頭を下げて拝承。明治天皇御製（天皇の作った詩文、和歌）である「身にあまる…」を皆で歌いました。つまり、基本を国家に置く教育が芯棒の一つだったのです。

雪化粧した御真影奉安殿（「撫子だより」45号より）

敎育勅語

朕惟フニ我カ皇祖皇宗國ヲ肇ムルコト
宏遠ニ德ヲ樹ツルコト深厚ナリ我カ臣
民克ク忠ニ克ク孝ニ億兆心ヲ一ニシテ
世々厥ノ美ヲ濟セルハ此レ我カ國體ノ
精華ニシテ教育ノ淵源亦實ニ此ニ存ス
爾臣民父母ニ孝ニ兄弟ニ友ニ夫婦相和
シ朋友相信シ恭儉己レヲ持シ博愛衆ニ
及ホシ學ヲ修メ業ヲ習ヒ以テ智能ヲ啓
發シ德器ヲ成就シ進テ公益ヲ廣メ世務
ヲ開キ常ニ國憲ヲ重シ國法ニ遵ヒ一旦
緩急アレハ義勇公ニ奉シ以テ天壤無窮
ノ皇運ヲ扶翼スヘシ是ノ如キハ獨リ朕
カ忠良ノ臣民タルノミナラス又以テ爾
祖先ノ遺風ヲ顯彰スルニ足ラン
斯ノ道ハ實ニ我カ皇祖皇宗ノ遺訓ニシ
テ子孫臣民ノ倶ニ遵守スヘキ所之ヲ古
今ニ通シテ謬ラス之ヲ中外ニ施シテ悖
ラス朕爾臣民ト倶ニ拳々服膺シテ咸其
德ヲ一ニセンコトヲ庶幾フ
明治二十三年十月三十日
御名御璽

教育勅語

明治天皇御製

身にあまる
おもになりとも
国のため
人の為には
いとはざらなむ

忠君愛国のスパルタ教育

強国になる為のお手本とされるスパルタ教育は、忠君愛国の精神教育と共に厳格な訓練教育でした。3〜4年生を高橋早苗先生（後の東京都教育長）と、5年生を藤田新吉先生が担当された内容は、共に豊島師範を卒業されているだけに富国強兵のスパルタ教育でした。

その中で両先生の姿勢に差があったのは、高橋先生が柔道部由来の精神教育の色が濃かったのに較べ、蹴球（サッカー）部に属した藤田先生は今から思うと闘志を内に秘めたスマートな、バランスの取れた指導だったといえるでしょう。

母親が主体の保護者会（父兄会）では贔屓が片寄っていたようです。私の母は「高橋先生はキライだったが藤田先生は好きだった」と、後年、クラス会のたびに「藤田先生はドーシテタ？」と聞かれました。高橋先生は柔道家の風格を備えたボス的な存在で、後に東京都教育長として教育界の立て者となられています。後年、私が就職していた仙台へ立ち寄られ、ご希望で蔵王山をご案内した折に、盛岡での会議に参加した教育者団体と山の中で出会い、敬意を持っての挨拶を受けられていた光景も私の大切な思い出の一つです。

それはそれとして、高橋式スパルタは、私など泳げない生徒をプールに投げ込んで、皆の前で溺れる寸前まで放置するなど強烈なものでした。父から、下十條のプールへ連れていかれ練習してはいたのでしたが、泳げる迄いっていませんでした。

豊島附小は当時の**成田千里校長の方針で、小学生の実地教育の場**として、房総鵜原に至楽荘と名付けた海浜学校を持ち、毎夏1週間程、団体生活を体験させていたので、泳げる児にしておく必要があったのです。この外、武蔵野の一角、東久留米の地に農業実習の場として成美荘を、箱根双子山の中腹に山の修行道場として一宇荘と**3荘を持ち**、師範生の教生先生が世話に付き添って、**先生稼業の実習場**とした、当時としては特異な学校でした。

3荘での宿泊教育の朝は全員が神棚の前に正座し、祝詞「みそぎはらい」を唱える日本精神の教育から始まりました。成田校長は銚子出身の、戦後教育界初期の東京都教育長を勤められた大物です。偏向思想でない証拠に豊島校長の初仕事として制定された校訓があります。

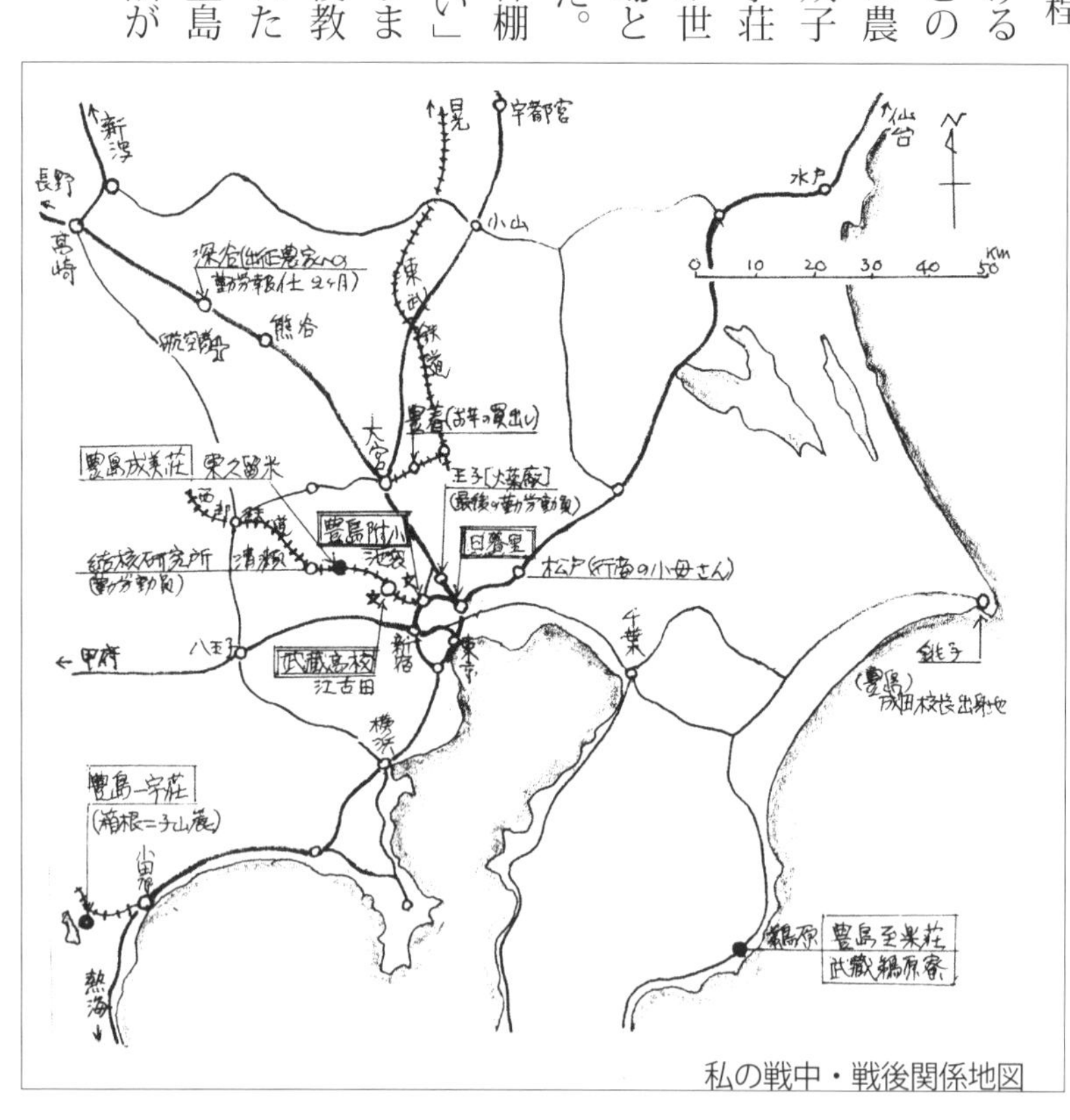

私の戦中・戦後関係地図

バランスの取れたフレーズで、特に後半の「**親しく朗らかに**」は、私が未だにモットーにしているものです。
この校訓は明治天皇御製「身にあまる…」と共に雨天体操場の正面に大きく掲げられていました。

明治天皇御製
身にあまる
おもになりとも国のため
人の為には
いとはざらなむ

校　訓
正しく　強く　美しく
親しく　朗らかに

武技訓練

精神教育の裏付けに4年生からの**武技訓練**がありました。剣道と柔道のどちらかを選ぶのですが、私は剣道にしました。柔道は転ばされて痛いし高橋先生のスパルタが嫌だったこともありました。
その外のスポーツとして**野球も**随分やりました。勿論(もちろん)軟式ボールだったが、私に潜在していた運動神経が目覚めたのでしょう、父からはキャッチボールの手解きを受けていて（兄貴は運動音痴）直ぐに上手くなり、**捕手（キャッチャー）が定位置**になりました。投手（ピッチャー）が得意なクラスメートが多かったので、高橋先生がこのポジションを指定して呉れたのです。

体格はチビの部類だったが、何か取り得があったのでしょう。お蔭でバッターの特徴をまず頭に入れる癖が身に付いて、いまだに他人様と会う時に役立っていますね。

その代わり、マスクを付けないので顔に球を受けて鼻血を出しその始末に熟練したり、突き指など随分痛い思いをしました。右手薬指がいまだに曲がった侭で勲章のようなもの。兎に角忍耐力の訓練にキャッチャーは大いに役立ちました。

二人続きの学習机／昭和の教室風景

二人続きの学習机

肝腎の勉強のほうは、二人続きの学習机で競わせる方式でした。授業の中で例えば、「書き取り」では各自の帳面に漢字を書かせ、交換して字の誤りを見付けること。これで漢字の書き方を、「月の字の中2本が右に届かないのが兎のいる〈つきへん〉。右まで通すのは〈にくづき〉といって、腕だの肌だの体に関係ある字の辺に使うもの」、と正確な漢字を覚えさせられたものです。今は、月も肉月も、どちらも両端に付けるそうですが…。

それと共に言葉遣いも厳しく教えられました。私は現在の日本語の乱れが日常気になって仕様がない。

算術の計算も帳面を見せ合うと間違いが直ぐバレる。今はどうやっているのでしょうか。

3年生までの男女組では年何回かの組替えの時には隣が誰になるのか、『昭和の撫子』を一緒に編集した山内女史が、当時は浦牛原姓で、子供心に才媛と憧れていた彼女が隣に来た時は嬉しかったのを思い出しますね。勉強の励みになったと覚えています。兄貴も「浦牛原さんはドーシテル」と言って居ました。

このように豊島での教育は、質実剛健のスパルタ教育。体力鍛錬に辛いことも多かったが、当時としては高水準の楽しいものでした。その上に特筆したいのは教育勅語です。**人の倫を体で覚えさせることを後世に是非受け継いでほしい**と強く希望するものです（一神教徒は子供の頃から教会へ通わせているが、**今の日本では子供を団体で躾ける場が無い！**）。

そして通学校は地元小学校と違い、〝ガキ〟友達を持てない。クラス会を唯一の拠り所として一生大切にしているのです。

山口潜君（東大医から血液学の権威に）と2人で武蔵高校尋常科へ5年生から進学し、さらに私は仙台に就職したこともあって、クラスメートの卒業・進学後のことに疎かったのですが、東京に残った山口君のご尽力で卒業時の担任藤田先生を中心にクラス会（赤組会）が催されていることを知り、20年振りに諸兄姉と再会しました。

「今井紀栄さんがこんなに美人と知ったら俺が貰うんだった」と絶叫した嘗てのイジメっ子、村山洋一君（東洋大学電気工学科教授、褒章受賞、平成15年没）など、**大人になっても昔に返る**。全員卒寿の今では最も貴重な集まりです。

豊島師範付属小学校 紅組 卒業記念写真 / 昭和 17 年（開戦の年）

↑ 5年修了2人　　　　　藤田先生 ↑　　　↑ 髙橋先生
大島・山口（詰め襟学生服）

戦闘機乗りになったM君

この集まりの可成り後になって、クラスメートの中で唯一人、M君だけが実戦に参加していたことを知りました。彼は豊島を卒業して七年制高校の尋常科へ進み、私と同じく飛行機の設計者を志していました。それが、サイパン島が奪われて彼の設計する戦闘機が戦争に間に合わないと知って当時新設された「特別志願兵制度」に志願し、「少年航空兵」として戦闘機乗りになる決心をしたのでした。

本土作戦に中学生などを戦争に参加させる為の制度で、彼は中学2年で入隊して訓練を受け、技倆抜群だったのでしょう、15才で最新鋭戦闘機「飛燕」に乗って東京の防空にあたり、エンジン

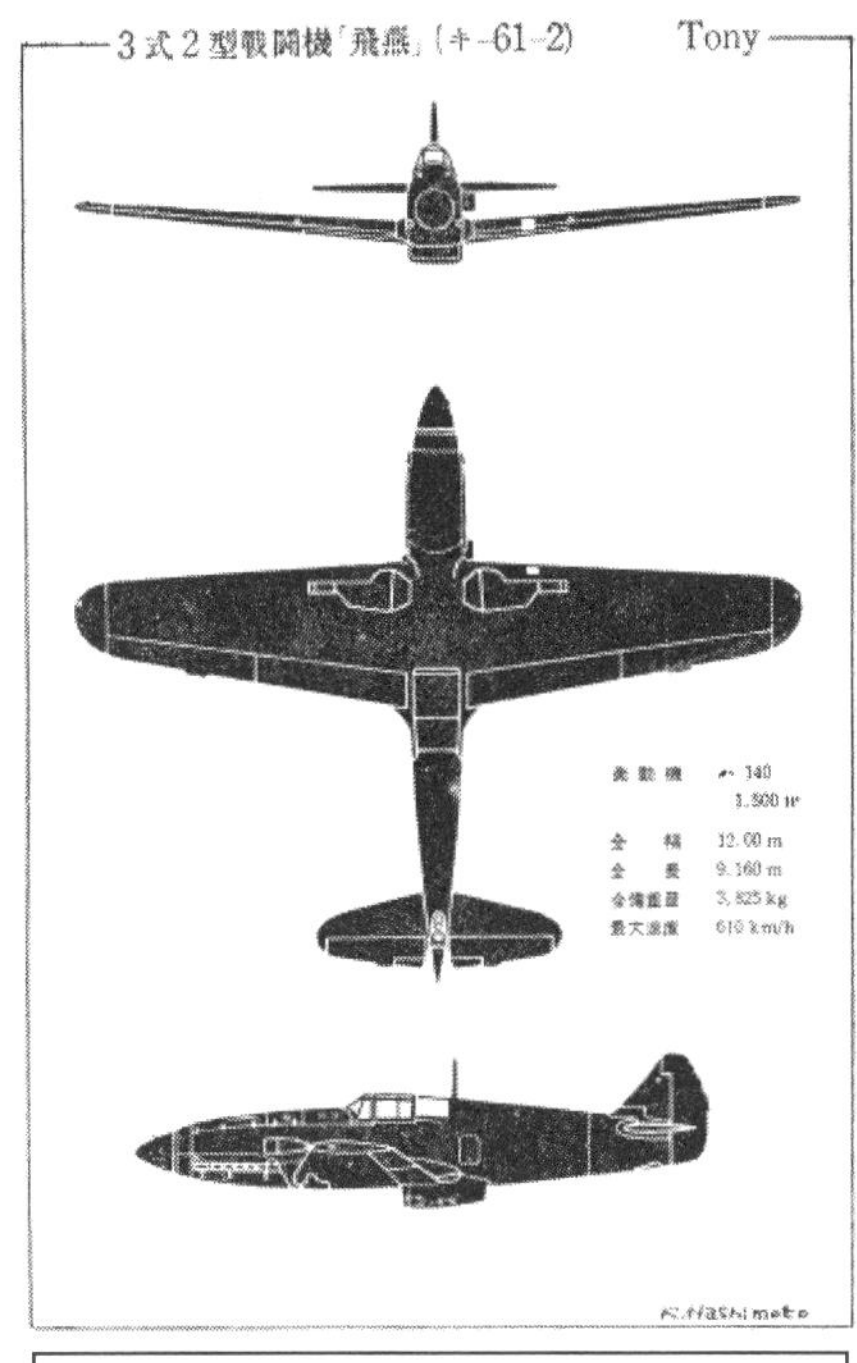

飛燕

・発動機：ハ140　1,500hp
・全幅：12.00m
・全長：9.160m
・全備重量：3,825kg
・最大速度：610km/ h
・航続力：1,600km
・実用上昇限度：11,000km

＊出典：『日本軍用機の全貌』より
(昭和30年5月に発行した増補改訂版の復刊版／せきれい社)

性能の差で1万メートルの高空で待ち構えての一撃しかチャンスはなく、切歯扼腕の思いで戦っていました。昭和20年3月10日の東京の低空夜襲に、チャンスと出撃を懇願したが、当時の装備では夜間着陸が出来ず、不許可の悔しい思いだったとのこと。

戦争末期には沖縄特攻隊の**片道燃料での援護**に廻され、グラマンに操縦系統をやられて、命令された体当たりも出来ず、「更に技倆を上げて国を守る思い」で燃料切れで海上に不時着して、生還しています。

敗戦解隊時の隊長の訓辞「**これからは日本の再建に尽くすことが国に報いることだ**」に従って、彼は高校大学に進学して学業に勤しみ、日本の産業に携わる一流の社会人として責を果たしています。

彼が長い間この件を断片的に触れるに止めていたのは、余りにも悲痛な体験だったからでしょう。今回、特にと懇願して、漏らして呉れた内容の一部を記しました。戦場での実情はあらゆる面で想像を超えて悲惨なことを次世代に知って欲しい。ゲームではないのです。

このことから判るように、**我々一ト桁族は国の事を中心に育てられてきました。** **更に国の象徴としての国旗を大切にする基本も**。現在、随分増えた祝祭休日に、私は**自宅の国旗を**

グラマン機

必ず出して、向こう3軒両隣で先を争って掲げています。今の政治家に望むことは、「報いるに値する国にしてほしい」に尽きます。

私立武蔵高等学校時代

私は私立武蔵高等学校尋常科に昭和16年4月に入学、日暮里から池袋で西部鉄道池袋線に乗り換え、4つ先（現在は3つ先）の江古田へ電車で通学しました。池袋8時5分に乗り、8時20分の授業に間に合わせる綱渡りを7年も続けたことになります。

この学校は**7年制高校という自動的に高等科に進める制度**に拠っていて、旧制二高（仙台）への進学に（おそらく）苦労した父の配慮によることだったのでしょう。前年に兄貴が入学していたので自動的に5年生から受験させられました。

武蔵高校は世間的には「お坊ッチャン学校」と自他共にエリート学校とされていますが、時の校長山本良吉先生の考えで、学力もさること乍ら、当時の階級意識を超えて雑多な階層・職業人の子弟も意識的に加えられていました。学力のほうは厳格な落第制度で振り落とし、4年生までの歩止まりは70％くらいだったでしょうか。入学同期生の会が久楽会として今も毎秋盛大に続いているのは、熱心な世話人のお陰と、及落会とも読める同期意識が貴重なのです。

校内や社会では競争相手でも、時を経て勝負も付いた後年の、頼りになる友人の集団になっているのです。兄弟で入っていると、兄が落第して弟と同学年になるのは差支えが多くその例は聞かないが、兄弟揃って落第させられたケースはあり、或いはその配慮があったのかも。小学校で2年違いの兄は、父の指図で私が5年生から中学に進学して追駆け、卒業する迄負担だったと後年述懐していました。

厳しくも豊かな校風

この学校は、甲州財閥・根津嘉一郎翁が大正12年に創立。財閥の基幹事業である東武鉄道が最近建設したスカイツリーを世界一の高さ**634メートル**としたのが〝**むさし**〟の語呂合わせとして話題となりました。

弊衣破帽、バンカラを標榜する白線帽を使わせず、高等科進学時に、佩章(はいしょう)とよばれるタスキを校長から各人に授与して、高校生となる意識と覚悟を促す儀式は旧制高校唯一、特異のものでした。それでも私は、「朴歯下駄で高歌放吟(こうかほうぎん)」の一般高校生に憧れて、〽孔子、孔子と威張るな孔子。孔子屁もすりゃ、糞もする〽と

高等科進級佩章授与記念写真（昭和20年4月1日）

鎌田教授（数学）　玉蟲教授（化学）　山川校長　秋山教授（幾何学）　加藤教授（漢文）

佩章の意匠

4 紺　3 黄　6 紫

デカンショ節を放歌しながら、「権威」に対する反骨精神も養っていました。

教師陣には一家言を持つ、見識ある方々を招き、三大理想を掲げて、権威に迎合する当時の社会傾向を離れて教養ある社会人を育成する学校とされたのでした。根津さんは維新後の**薩長閥が幅をきかせていた政治体制と権力主義に対する、在野の財界人としての気概**を持って居られたのでしょう。容赦のない落第制度と共に躾も厳しいものでした。

その一つとして中学生の半ズボンの両脇のポケットの閉鎖を規定して、手をポケット突込む不作法を誡めました。制服のボタンも最上部までチャンと締める。**社会へ出れば毎日が真剣勝負。気を緩めたり隙を見せることがあってはならん**。と、この趣旨を日常の行動に徹底させていました。

近年、小泉が始めた**サマー・クール・ビズなど以ての外。日本の社会全体をダラシナクして終(しま)いました**。私は公の場ではシャツの襟元を締め、ネクタイの代わりに老人らしくループタイを常用しています。これだけで場の雰囲気を軟らげる効果はあるでしょう。

戦時下の中・高校には軍事教練と勤労奉仕が課せられ、当然、学業に影響するのですが、武蔵はその義務を果しながらも、学業の本質を守り通したと思えます。

その結果が大東亜戦開戦時に入学した今の大島達治に活きていると信じます。**武蔵の教育は軍事に非協力ではないが、度外視していた**のです。

軍事教練

何時の頃からか全国の中高校に配属将校が派遣され、軍事意識の普及と生徒の演練に当たっていました。

軍事意識は明治天皇制定の軍人勅諭から始まりました。

「我か国の軍隊は代々天皇の統率し給う所にそある」から始まる名文で、中でも「兵力の消長は是国運の盛衰なることを弁へ**世論に惑はす政治に拘らす只々一途に己か本分の忠節**を守り義は山岳よりも重く死は鴻毛よりも軽しと覚悟せよ」と文民統制を指示しています。

これを、週2回の（軍事）教練の冒頭に音誦させられ、文言は忘れたが今でも理解できる、立派なものです。軍人が勅諭に反して政治に係わり大事に到ったのだ、と思っています。これでは不味いと考えたのでしょうか、東條陸軍大臣（兼務）が「戦陣訓」を作ったのですが、全然普及しませんでした。殆どの軍人がたは本気にしなかったのではないですか。それを表に出すことが憚られたのは、**「非国民と言われることが恐ろしい」**雰囲気だったのでしょう。

無邪気な大部分の中学生は、そんなことよりも**兵器に興味**を持ちました。教練の最中に上空を飛ぶ戦闘機を見て、「あれは隼だ、鍾馗だ」と機種を言い当てるのを得意にしていました。

4年先輩の戸部勉さんが飛ばしたペーパーグライダーが教練の最中に飛び込んで来て、これが私

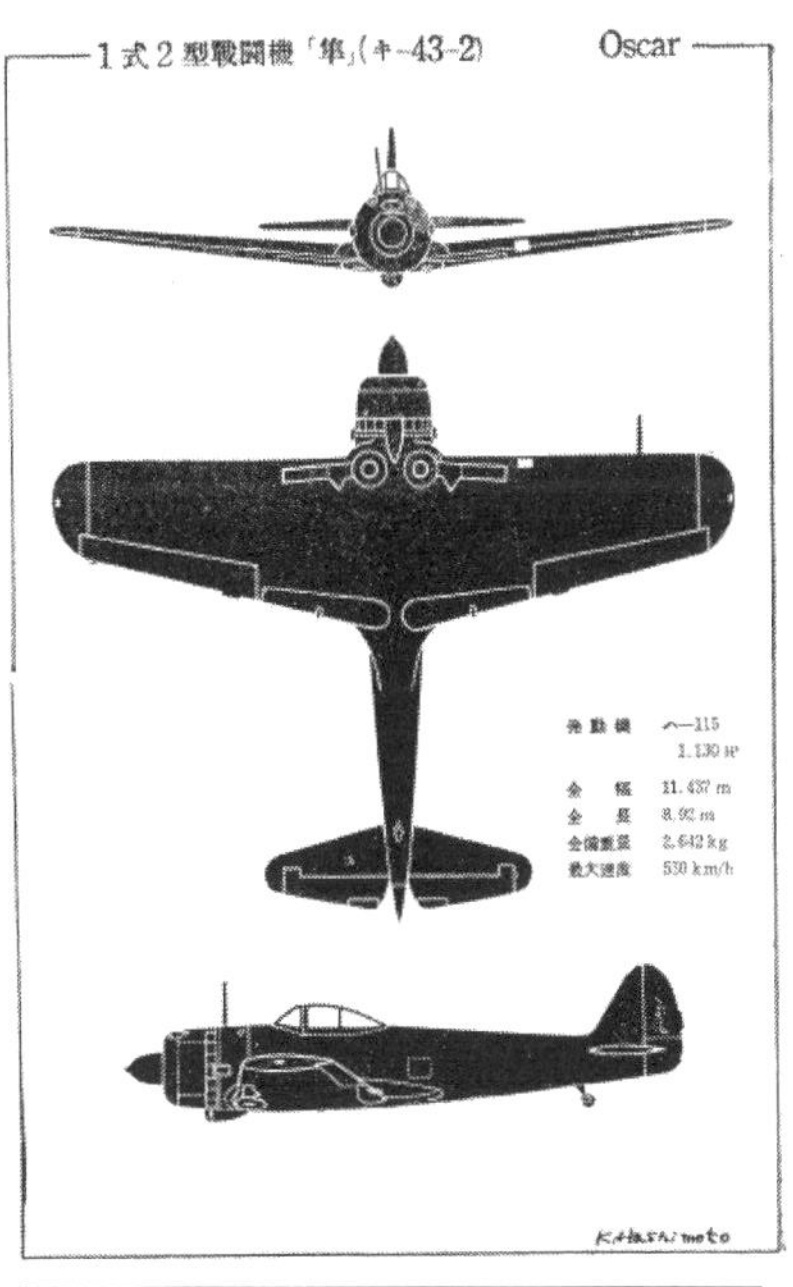

鍾馗

・発動機：ハ 109　1,500hp
・全幅：9.450m
・全長：8.750m
・全備重量：2,770kg
・最大速度：605km/ h
・航続力：２時間 20 分
・実用上昇限度：11,200km

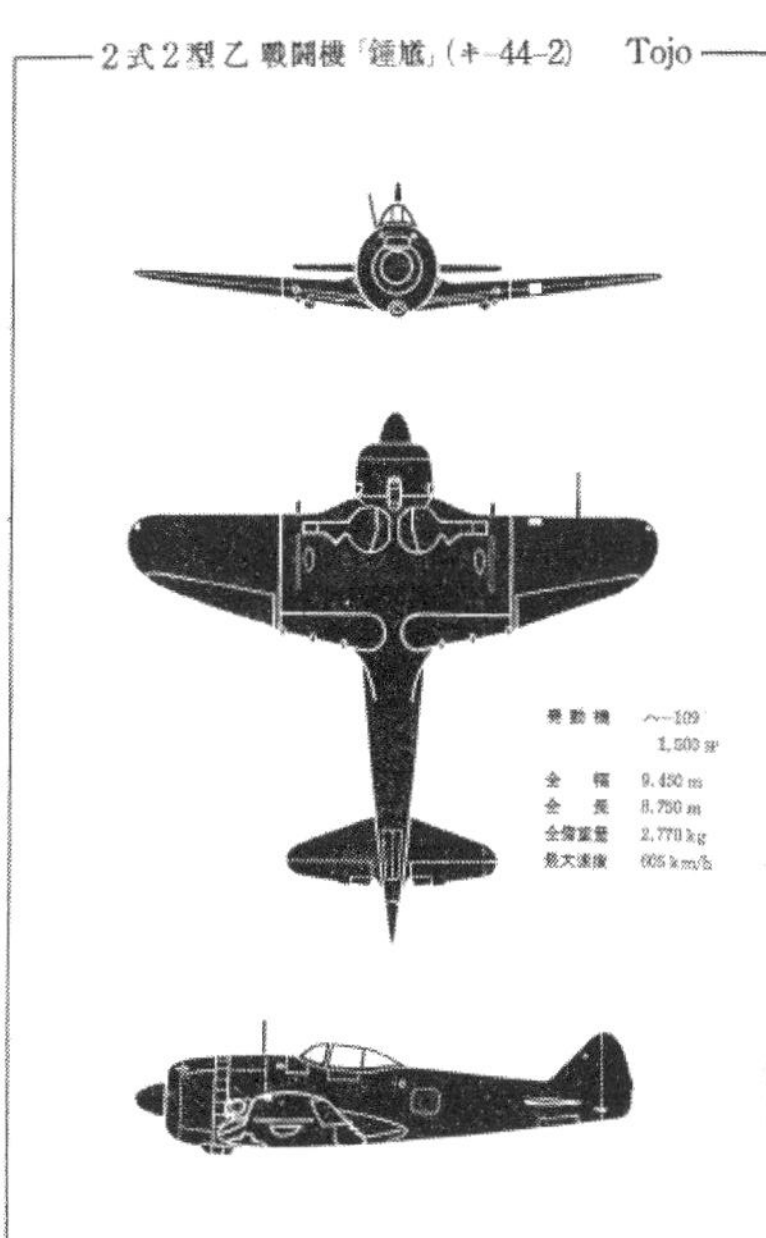

隼

・発動機：ハ 115　1,130hp
・全幅：11.437m
・全長：8.92m
・全備重量：2,642kg
・最大速度：530km/ h
・航続力：　－
・実用上昇限度：11,215km

＊出典：『日本軍用機の全貌』より
(昭和 30 年 5 月に発行した増補改訂版の
復刊版／せきれい社)

の飛行機熱の源となり、ペーパーグライダーに熱中して、学業成績を下げながら航空機設計者を目指したことに繋がりました。

我々**小国民は戦闘機の勇姿と性能に関心を持ち**、多くの中学生が航空機設計者を目指していたと思います。爆撃機や戦闘機の航続力と実用上昇限度の重要性が判ったのは戦後大人になってからでした。

それはさて置き教練の内容は小銃（38式歩兵銃）の扱い方の習熟と、匍匐（ほふく）前進（はらばいで敵弾を除けながら進む）の訓練。小隊を組んでの団体行動も大いにやらされました。小隊は背丈の順に並ばされ、チビで2番目の私は重たい軽機関銃を持つのが役目。行軍演習のときには閉口したが、これで鍛えられたことが戦後の食糧買出しや就職現場での筋肉労働に活きました。

2年生の後半は、ツベルクリン反応陽転・肺門

軍事訓練 / 三八式歩兵銃の操作訓練

淋巴腺腫脹と診断され、見学組に廻されて演練は休み。配属将校の講話を拝聴するのですが、陸軍のほうでも武蔵の校風に配慮したのでしょう、それなりの人材を派遣していました。

「バカ大」と渾名された佐々木宗治大佐は教養ある武人で武張った所がなく、今でも話題にする時には懐かしい気が先に立ちます。とは言っても軍隊の中では偉いので、シンガポール陥落の旗行列で靖国神社まで歩いた時に、あの恐ろしい憲兵司令部の前で停まり、バカ大の指図でトイレに行くことが出来て権威を思い知らされたのも思い出の一つですね。

軍事教練の他に体操の時間に400メートルトラックの運動場で、グライダーの実習がありました。プライマリー（初級）のグライダーを18人1組で操縦訓練するのです。乗員1人、尾索係1人、残る16人でゴム索を2手に別れて引っ張る。ゴムパチンコ式です。チビの私は最後の順番で、1回

プライマリーグライダー練習風景
＊写真提供：「兵庫県立柏原高等学校　創立90周年　記念誌」より

乗り、次の18番目に乗る直前に戦争が終わりました。18＋17＝35回引っ張って1回しか乗れなかったのが、今でも残念です。

勤労奉仕

中学1年生早々の開戦で、全国の中学生以上が労働作業に随時駆り出されました。

私の場合は2年生の秋の頃で、秋葉原の「凸版印刷」の工場でした。日暮里から山手線4つ目の近い場所で3年生の兄と通い、私は凹版作業でした。蒙彊銀行連銀券の印刷工程の重要な部分で、日本で占領地の紙幣を造っていたのですね。インキを盛り上げる技術での偽造防止と通貨単位が「角」だと覚えていますが、今でも「角」かどうか。これには報酬があり、2か月分で兄貴と一緒に釣竿を買ったのも嬉しい思い出です。

2年生後半に肺の異常が判ってからは労働免除。3年生の勤労奉仕には清瀬の結核研究所のラボランチン（徒弟）に廻されて、同病の5〜6人と週何回か西武線江古田の遥か先の清瀬まで通いました。研究所の仕事は、実験動物（兎とモルモット）の世話。私は腕が良いと誉められた解剖器具の研ぎ。資料プレパラートの染色が中学後年で学んだ化学に繋がっていて、特に最寄り、陸軍武蔵野療養所での腸結核患者の病理解剖見学も含め、得難い経験をしました。

元気な連中は造兵廠の労働に廻されて、どれ程の貴重な経験になったことか。
私の最後の体験を、前述した『昭和の撫子』（↓16頁参照／豊島師範付属小の同窓生にて制作した記念文集）から再録してみます。

『昭和の撫子～戦中戦後七十年』より

僕の大東亜戦争

大島達治（赤組）

一、**戦時下の中学生**（略）

二、三月十日（略）

三　**高校1年での終戦**

7年制のお蔭で自動的に高校へ進級し、戦闘機設計者を志して理科甲類を選んだのでしたが、勉強どころではなく、6、7月の2か月間を、埼玉県深谷在の出征兵士の農家へ2人ずつ手伝いに住み込みました。蚤に悩まされ乍らも銀シャリを鱈腹いただき、麦刈り、田植え、一番草まで、最寄りの熊谷飛行場を襲うグラマンに睨まれながらの、早朝から日暮れまでの百姓仕事に精を出しました。長身の家付きの姉（アネ）さんが妙に印象に残っています。

8月初めからは王子の第2造兵廠（火薬工場）にクラス全員が動員されました。一級上の兄貴の組は板橋の本廠（兵器工場）で、共に日暮里からゲートルを巻いて通うに便利でした。此処の仕事は単純な労役で、定刻に風呂に入って帰宅します。その風呂で大勢が騒いでいると、監督の下士官が現われ、「諸子に告ぐ。後刻、仕事を終わった大勢の工員が入る。2つある（大きな）浴槽の一つは、その者どもの為に使わない事。また入る前に体を充分洗って（お）湯を汚さない事。良く片付けてから上がるように」と、娑婆の社会教育初体験として今でも鮮明に覚えています。

終戦当日は、正午に全員集合が掛かり、大きな食堂に直立不動で玉音放送（なるもの）を聴きました。雑音がひどくて何の事か判らず、暫くして「どうも戦争を止めたようだ」と伝わって来て、午後早くに帰されました。その昼飯は全然覚えていません。

翌日からは片付けを手伝い、17日の昼食に「勝った時に用意の赤飯とビフテキ」を振る舞われた後、1列に並ばされ、渡された布袋にバケツ2杯の米を入れてくれたのを持って除隊しました。出口の衛門の傍らで「日本国の財産だ」と言い乍ら、10人程の兵士が何か掘り出していました。ピクリン酸（黄色火薬）製造の触媒に使う白金を空襲に備えて埋めたもの。あの大量の白金がどう処分されたことやら。

戦時下の、庶民と掛け離れて物資の豊富だった軍の一端に触れた、貴重な体験でした。

学徒出陣と進学科目

戦時下とあって18才での兵役義務が切実になったのでしょう。それ迄は**理科系の学生は兵役を猶予**され、その為に理科系への進学を希望するとの話もあったくらいですが、その特典を外し、大学生からの出征が学徒出陣と銘打って行なわれました。昭和18年、出陣式が代々木練兵場（※）で大々的に行なわれ、6万人もの出陣式に参列した父も「これで日本は大丈夫だ」と感激していました。

学力を買われて航空兵に廻された方が多く、特攻隊を志願した熱血漢もあれば、「俺は死ぬ為に出陣志願したのではない」と冷静な方も居られたと、大川原要さん（学徒出陣のゼロ戦乗り、仙台牛たん㐂助（きすけ）創業者、平成28年没）から伺いました。

当時の高校は文科甲類（英語系）、乙類（独乙語系）、理科甲類（理数・工学系）、乙類（医・農など生物系）の4科目の一つを選択する必要がありました。兵役義務も係わるが、一生の進路でもあり、微妙なのです。私の場合は父が醸造から応用化学と**理科系の家系だから迷わず理科**。兄貴はオヤジの後継だと応用化学を目指す理甲。私も**戦闘機の設計者に憧れていたから迷わず理甲**。航空機設計ならば兄貴の後塵を浴びずに済む訳なのでした（敗戦で航空機設計の夢は破れ土木の世界に入ったが、この例は結構あるようです）。

※**代々木練兵場**：明治時代から閲兵式に使われた広場。新年閲兵式に父から連れていかれ、「天皇陛下が白馬で閲兵していたよ」と子供心で得意に報告した思い出があります。戦後、ワシントンハイツ（米軍施設）となり、現在は代々木公園や国立競技場などとなっている。

授業と部活動

今の自分をつくった武蔵の実物教育

戦時下とあって、柔道と剣道は武術の正規の授業があり、弓術も結構盛んでした。

私は小学校から引き続いて剣道に行き、結構鍛えられ、愛着を持つようになりましたが、戦災を喰って剣道場が焼け、面鉄（がね）が焼け跡に転がって以来、興味を失ってしまいました。それでも求道精神を教えられた事が日本文化の一環として体に残っています。

その他、武蔵で盛んだった能楽にも興味を持ち、金沢出身の山本校長が加賀宝生の能楽師を招く課外活動にも参加しました。「大佛供養」の教本で2回教わった所で、「君は声が良いから水道橋の能楽堂へ連れていく」と言われ、引っ込み思案の性格もあり、吃驚して止めて終（しま）いましたが、惜しいことをしたと、今でも思っています。

武蔵の校風のこういう所は、日本文化への憧れとして、今の私に**趣味以上の性格**として活きています。

声の良い所は音楽の授業で毎回必ず立って歌わされ、音譜も読めないのに中学1、2年通して満点を貰いました。社会に出れば、外国往訪にその国の国歌を歌う礼儀を欠いては不可（いか）ん、と、英・独・伊・満州各国の国歌を今でも覚えています。当時は日独伊3国同盟時代だったのです。

この自慢の良く透る声を、先年の大病で全身麻酔での気道障害により失ったのが残念。第九の「オー・フロイデ」をやりたかったのに！

それはそれとして、武蔵での授業は本格的でした。中でも**漢文と自然科学**。日本文化の根幹を成した精神が漢学からきていると、頼山陽の「文天祥正気の歌に和す〝天地正大の気粋然として神洲に鍾まる、秀でては不二の嶽となり…〟」を今でも可成りの部分を暗唱できます。

博物は和田八重造先生、通称〝和田ッパチ〟から身に付く教えを受けました。校庭を廻っての草木の名称と生態や農園実習と、**教科書ではない実物教育が主体でした。私が技術を志した根源の一つが此処にあります**。

また高校での独逸語で、吹田順助さんが教科書にない文章で期末試験問題を出すには閉口しましたが、教科書の『Max Plank「Religion unt Naturwissenshaft」（宗教と自然科学）』から、元素（例えば鉄Fe）が、何処へ行っても誰が使っても同じ性質を持つことを、誰が決めたのか。**「このルールを決めた神の存在を考えない訳にいかない」**と教えられたノーベル物理学者の宗教観は、今でも私の中に活きています（現在の科学者がたは「Something Great（偉大なるもの）」と言っているようです）。

その一方、中学からの**英語は敵性国語**と小学校では一切教えず、アルファベットの初歩からの授業でした。今でも得意でないのは、暗誦科目で「アップル—a・p・p・l・e—」と泣き乍ら復習したのが思い出されます。aがアの音の表現だと自得したのは2年生になってからか、随分後になりました。**英語が表音文字だと教えず、文法が先に立った教育法**には今でも疑問に思っています。

それと**国語も文法が先に立って、**情緒は可成り後になりました。「古池や……」の芭蕉の句を、今でも「あれは自己満足だ。辞世の句『旅に寝て夢は枯れ野を駆け巡る』と説明抜きに心に沁みるのが本当の俳句」と放言して憚らないのはその故ですね。**「漢字は表意文字だ」と最初から教え、関連して情緒に繋ぐ教育法**を考えては如何でしょう。

この他に山本校長の信念**「筋肉を使って覚えなければ教わる事が身に付かない」**（↓291頁）を守って、今でも手の筋肉を使い辞書を引いて字を書いています。ワープロなど以ての外と、自分では使いません。

乏しいなかでの部活動

部活は中学～高校を通して多角的に活動していました。人文科学部の内容は知らないが、理系科学分野でも多くの部があり、屋上の天体望遠鏡を中心に気象観測部が多くの部員を集めていました。天文部もあったかは定かでないのですが、チェンバレン（コーモリ傘を持ち歩いた英国首相）と渾名する4年先輩の村山定男さんが熱心で、後年、東大教授、科学博物館長を歴任されています。化学部は校内にある根津科学研究所で玉蟲文一博士の指導で何かやっていました。

スポーツのほうは、その頃の軟式野球を、各学年各クラスで随分盛んにやっており、対外活動の部門も試合を含めて盛んに活動していました。サッカー部は団結力を誇り、バスケットは武蔵のお家芸として高レベルの技量を未だに誇っているようです。

戦後間もなく、国藤（くにとう）嘉之君が独り尽力して卓球部を創（はじ）め、怪しげな卓球台を校内の一角に持ち込んで同志を募りました。終戦、昭和20年の秋遅くの頃だったでしょうか。私も参加した部員数は確か4人くらい。何しろ初めてのことで、木のバットで白いボールをピン・ポンと練習したものでした。

その頃は、戦後の物資不足の中で良くも残っていたような、怪しげな薄いセルロイドの、何とか球型を保っていたシロモノの球でした。バットも木の生地のままで、材質は朴だったように思います。一般には早稲田の今（こん）選手が神様のような存在で、柿の木のバットだったと記憶しています。

練習は放課後と休日にも集まり熱心でしたが、何しろ怪しげなボールが直（じき）に割れる。補充が付かないから割れた2ツを1ツに合わせて練習を続けたものです。重くて鉄砲玉のような球が、重心が芯から外れて変に曲りながら来るのをバットで合わせる。これで、スピードと方向性への対応など運動神経の訓練には大いに役立ちました。

国藤君が何処からかコネを付けて、上野不忍池の近くのニッタクの店で1回1ダース1箱の割り当てでボールを入手出来るようになり、自宅が近い（日暮里）私が何回かお使いに行きました。

翌年2年生になり、部員が7~8名に増えて、対外試合に西武沿線の幾つかの企業に遠征するようになりましたが、怪しげな当校の卓球台では招く訳にいかないと新規購入資金を作ることになりました。国藤君の姉君が二科会の有力メンバーで、二科会コーラスの音楽会を根津講堂で開催しました。1枚２００円の切符を全員で縁故に引き受けて貰うのに難儀しましたが、それ以上に、出演者への接待に困りました。何しろ喰いものがないのです。それで西武線の郊外でサツマ諸を買い出してきて、芋の粉汁を振る舞いました。甘味は私の家から持ち出したサッカリン。その頃の戦後武蔵は音楽部が盛んにコンサートを催していました。厳本真理、諏訪根自子（ねじこ）など著名な音楽家も安いギャラで良くも来て呉れていました。

こんな努力を国藤君主導で続けたが、腕の方は薩張り（さっぱ）上達せぬ侭（まま）、昭和22年、武蔵最後の夏のインターハイで東大武徳殿に出場しました。東京高校の何とかいう強い小ワッパにペシャンコにされたのを覚えています。インターハイにはその後も武蔵も出場し、工学部に入っていた私は先輩面をして肥田木君以下の面々に奢らなければならない。小遣いがないので正門前の飲食店で白いカキ氷に1杯だけ取ったチョコを皆に分けて注ぎ、お茶を濁したのも生活の智慧。思い出の一つです。

これ等の思い出は、卓球で得た無二の親友、遠藤悠之助君の思い出と共に、全て国藤嘉之君のご尽力の賜物です。彼は弱電工学の道に進み東洋通信機の常務を勤め、平成24年に他界されています。世話好きを一生通されたことでしょう。

また遠藤君（東大（機）→東洋紡。平成16年に早逝）は、受験勉強を共に励んだ唯一の仲で、彼が椎名町の映画館での「心の旅路」に連れていって呉れたのが、グリア・ガースンの容姿に「おんな」を意識した始まりでした。2つめのイングリッド・バーグマン、3つめはグレース・ケリー。映画の題名は覚えていません。私が今までに見た劇映画はこれ丈（だ）けなのです。だから私の美人観は「セクシー」ではなく「ノーブル」が尺度なのです。

4．戦後混乱期の秩序――日本の国民性

占領下の日本は、ＧＨＱ（連合軍司令部）の管理下に置かれ、昭和26年講話条約成立まで続きました。破壊された国土での市民生活維持を必要とする治安維持の責任が連合国からＧＨＱに託され、日本国政府は憲法を改正して協調し、残された警察組織を活用して治安維持が果たされました。

この期間は、恰（あたか）も私の高校生（昭和20～23年）大学生（昭和23～26年）の期間に符合しています。

戦争が終ってみると、警報は鳴らなくなりましたが、それらしい物音が聞こえる度に体がビクッと反応するし、Ｂ29の爆音が近付いてくるのも気になる。そんな日々が随分と長く続きました。自宅は幸い焼けずに残ったものの、外へ出ると殆どの市街が一面の焼野原で続く。そんな中を兄貴と2人で家を守り、江古田の学校へ通いました。交通は確保されていたし生活インフラも、電気こそ停電が多かったが、水道・ガスは十分に供給されていた。いや寧ろ、戦災で消費が減った分だけ潤沢だったと言って良いでしょう。

その一方で戦争中の物資欠乏は、只でさえ資源の少ない日本だから極限にきていました。占領軍は人心不安が社会不安から暴動に発展することを警戒していたのでしょう。**日本を2度と立ち上れなくする占領基本政策**の下で、治安維持のため食糧対策と経済対策を講じました。

昭和25年からの朝鮮戦争で日本の立場が大きく変って、昭和26年の講和條約成立、アメリカの同

盟国として発展して今日に至っているのはご承知の通りです。その過程での私の体験と言えるものをご披露してみましょう。

食糧の欠乏と援助

終戦の時は、母は2人の妹と幼い末弟を連れて郷里の高田へ疎開し、焼け出された小母さんが3人の児を抱えて日暮里の家の1階に住み込み、兄貴と私は2階で、食事を一階の小母さんに頼んで学校へ通っていました。

母が被災者をそのような条件で手配したのでせうが、小母さんの作って呉れる飯は殆どが配給モノだったでしょう。その頃の配給量は、広島の判事さんが、「法律家として法を侵してはならん」と配給物以外には手を出さず、一家4人が遂に餓死された事件で想像して下さい。山口判事さんの名を覚えている人が、広島出身者がたは元(もと)より、身近にも残っているのは心強いことです。そんな中での私たちの飯の面倒を見て呉れた小母さんには、その後全く縁が切れているが、感謝に値します。

小母さん達には内緒で、終戦時に造兵廠から貰ってきたバケツ2杯のお米を、手造りのフライパンと電熱器で炒って兄貴と2人で辛うじて腹の足しにしていました。フライパンは武蔵野に墜落したB29のジュラルミン破片から作り、電熱器は上野闇市から兄貴が仕入れたイソライトという熔鉱炉用の耐火煉瓦を小刀や彫刻刀で簡単に工作出来る。ニクロム線も何故か可成(かな)りの量が出廻っていたようです。ドサクサに紛れてか、或いは工場解散の際に放出したかだったでしょう。当時の写真は残っていませんが、私達兄弟は栄養失調の瘦せこけた姿だったはずです。しかし、それでも学校へは元気に、朴歯（ほおば）の下駄で、時には借りた自転車で江古田まで通いました。

　配給物の中でトウモロコシと乾パンが印象に残っています。どちらも小鍋で煮ると膨れ上ります。前者は噛むのが大変で顎がダルくなり食感を充たし腹もちが良い。後者はあの2ッ目玉の小さいものが2個で煮膨れして鍋一杯になり腹の充足感を満たす。餓えてくると何でもやるのでした。

　こんな生活で、小母さんが2階へ上げて呉れた夕飯が終ると、**「アーァ。もう明日朝まで喰うものがないのか」**と餓鬼道（※）に堕ちた思いでした。

　この体験があるから、今でも目の前に出された物に直ぐ自動的に手が出るし、出された物は甘（うま）いとも言わずに全部奇麗にします。今でもうちのカミサンが作って呉れる食事を美味いとも不味いとも言わず、舐めたように奇麗に平らげているが、何処まで理解し、諒解して呉れているのでしょうかね。

災害用非常食（缶詰）の乾パンを煮て見ました。記憶ほど大きくは膨れず。成分や大きさの違いか、それとも空腹感の作用だったか。

※**餓鬼道**：［仏］六道のひとつ。現世で福徳のない欲張った人が死後に行くという所。常に飢えとかわきの苦しみに悩まされるという。

こんな都市部の食糧事情に対応する為に、時の吉田茂総理がマッカーサーに直談判したこともあってか、**米軍は大々的に食糧放出を実行**して呉れました。トウモロコシや乾パンもその一つでしょう。日本軍の備蓄物資が底を突いてからでしょうか、戦後それほど月を経ずに、本国から輸送して呉れたのでしょう。その他、米軍放出物資と称して色々な物が出廻りました。

兵士が市中を歩くようになって、ラッキーストライク（タバコ）を交際用に使ったり、中には浅ましくネダル光景も目にしています。チョコレートを手に入れ、その包装紙に焼芋を包んで美味そうに食べていた従弟(いとこ)の幼い笑顔も思い出されますね（平成30年、久々に会った彼も覚えていました）。**米、麦、玉蜀黍(とうもろこし)など主食原料の放出量は膨大**だったことでしょうが、その他に軍用食でしょうか、大きな缶詰があり、中でもジャガ芋とコーンビーフ味の挽き肉ミックスの美味かったこと。2ポンド缶か、あの美味かった感激は印象的でした。

この援助の数量や実体は他の記録書に譲るとして、無料(ただ)ではないその代金を別会計にして**エイド・ファンド（Aid fund／援助資金）**として日本の復興事業に廻して呉れたようです。この資金は日本政府が管理を開銀に委ねたのでしょう。後年、只見川現場での水力建設に従事した時の会計伝票すべてにⒶⒻ（AF）のスタンプが捺してあったのは、このことだったのですね。

平成28年、秋の仙台正論懇話会でケント・ギルバートさんが憲法改正問題を論じたなかで「**こんな変則憲法を当時の国会が受入れた裏には、占領下であったことに加えて食糧援助で日本は一人の餓死者も出さなかった当時の事情があったのだ**」との話に、実感として合点がいったものです。

経済援助

歴史上の大きな戦争では、勝ったほうがその後始末をやり、成功した国が大きくなっています。

遠い昔のジンギスカンはこれを種に世界制覇を成し遂げたし、第一次世界大戦で戦後処理に失敗して、〝第二次世界大戦に繋がった教訓からでしょう、**勝者が敗者から賠償金を一切取らず**、「国連―国際連合―」という組織を纏（まと）めることに成功して、世界の今日の姿を実現しています。「根本的に解決していない」という、所謂〝知識人〟が多かったが、**第2次世界大戦の後始末は成功していると私は思っています**。その鍵は**経済援助**にあった、と私は見ます。

大きくは**産業振興と金融安定**がありました。金融の事は門外漢の私には判らないが、先年のドナウ河の船旅で、あの11ケ所もあるダムと閘門（こうもん）（※）がマーシャルプランで造られ、この舟運が戦後、欧州復興に大変な寄与をしたのだ、と初めて知り、実感しました。

日本のAF事業もこれに匹敵する内容だったと思います。

※**閘門**：水位差のある河川や運河などで、船を安全に就航させるための構造物。

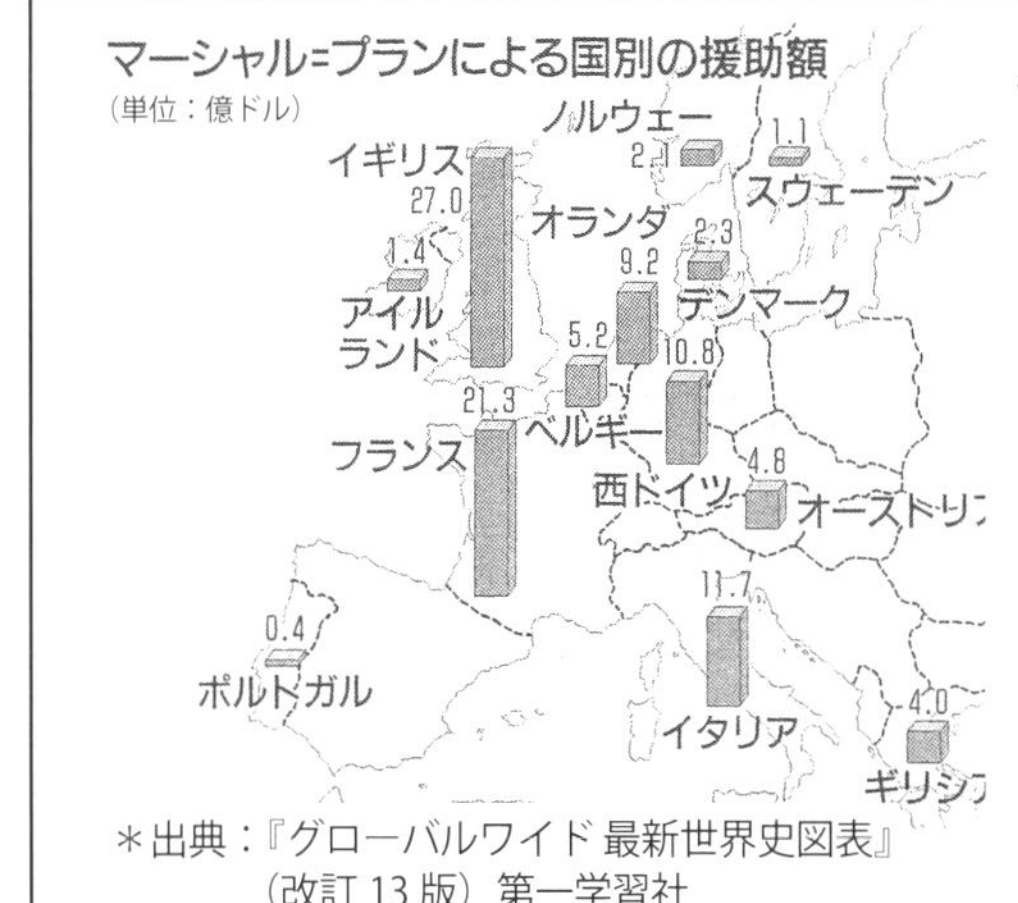

＊出典：『グローバルワイド 最新世界史図表』（改訂13版）第一学習社

トルーマン=ドクトリンとマーシャル=プラン

トルーマン＝ドクトリンとは、ギリシアにおけるイギリス軍の維持とギリシア・トルコへの経済援助が不可能になったというイギリスの通告を受け、トルーマンが1947年3月12日上下両院に対し、「共産主義の膨張」に対する防衛のための援助をギリシア・トルコに行なうことを要求した演説。マーシャルプランもその沿線上。西ヨーロッパを主な対象とし、特に朝鮮戦争後は軍事援助が中心となった。

戦後の復興事業

その日本では、戦後復旧と同時に**復興事業が傾斜生産の形で進められました**。**石炭と鉄鋼、それに水力開発**。復興の基幹産業として3業種を指定し、国を挙げてこれに主力を注ぎ、他分野は後廻しとする**傾斜生産方式**です。

食糧生産のほうをどうしたか詳かでないが、あの細分化されていた**水田を、機械化する為の整然とした形状に整理する農地改革制度**を、田中角栄農林大臣が実現しました。**先祖伝来の利害関係が錯綜する、あの複雑・面倒な問題が彼の蛮勇で動き出した**、と覚えていますが、ＧＨＱの指令に発したこととはいえ、彼の功績として採り上げる言論がみられないのはどうしたことでしょうか。米価だの何だの農業経済問題のほうに皆の視線が向くからでしょうかね。

それは兎も角、基幹産業御三家の一つ、水力開発を志し、**只見川開発に身命を忘れて従事できたことを、私は一生の誇りとしていますが**、大学を卒業したばかりの最若年だった為、今も健在の先輩・同志が極く僅かとなり、〽思いも寄らず我ひとり。不思議に命長らえて〽の軍歌「戦友」終章の一節が、身に沁みる昨今ではあります。軍歌集に加えられているこの歌は、軍国主義の中でも人間性を失わなかった民族の証し、と15節もの長い歌を今でも愛唱しているのです。

戦後インフレと新円証紙

戦争が終ると何処でもインフレが発生しています。多額の戦費が市場に出廻る一方、物資、とくに民生用物資が極端に少ないことも一因なのでしょう。占領下にあって日本の国内は大変なインフレに見舞われ、両親は非道(ひど)く苦労したことと思います。

占領の責任を負うアメリカからDodge(ドッヂ)という著名な銀行家が招かれて日本の財政改革を指導し、その一つとして**円の平価切下げ（デノミネーション）**が行なわれました。新紙幣を印刷し、出廻わせるまでの措置として新円証紙という精巧に印刷された１cm×２cm程の紙切れが各家庭に割り当てられ、これを旧紙幣に張り付けて使うのを手伝わされました。

これで銀行引出し量を制限する効果もあったのでしょう。**１００分の１にするデノミネーションのお蔭で極端なインフレ進行は終息しました。**昨今の１００万分の１のデノミが話題になっている国などどうやって来たのでしょう。あの時の占領軍と日本政府当事者の努力に思いを致さ

新円証紙（証紙丙 10 円表）　＊写真提供：日本銀行貨幣博物館

ねばならないことの一つです。

まぁ、それでもインフレ傾向は、国家公務員の6級1号の初任月給が2700円（昭和25年）から、私の就職した昭和26年には6300円、その何年か後に1万1000円になる等、経済成長に伴うインフレが続くのを見ると、資本主義経済がインフレで成り立つのを実感します。金利のつく資金で事業を運営する以上、**適正インフレ率が必要**なのですね。

戦後の市中Ⅰ――闇市と闇商人

表があれば裏もある。**戦後の市中経済は専ら闇市で生活必需品が賄われ**、今でもその名称を堂々と使っている市場があります。

物資は欠乏し、只でさえ軍需中心の生産施設が爆撃や火災で機能を喪失した敗戦直後の市中には、よれよれの服を着た人たちが戸板を机にした露店で早くから商売を始めていました。それこそ何でもある。生鮮食料品は厳しい統制経済が続いていたから、米麦など統制品は表に出せないが、裏ではあったのでしょう。

その頃は米軍憲兵（MP）の監視下だったのですが、東京市内、至る処で堂々と商売していまし

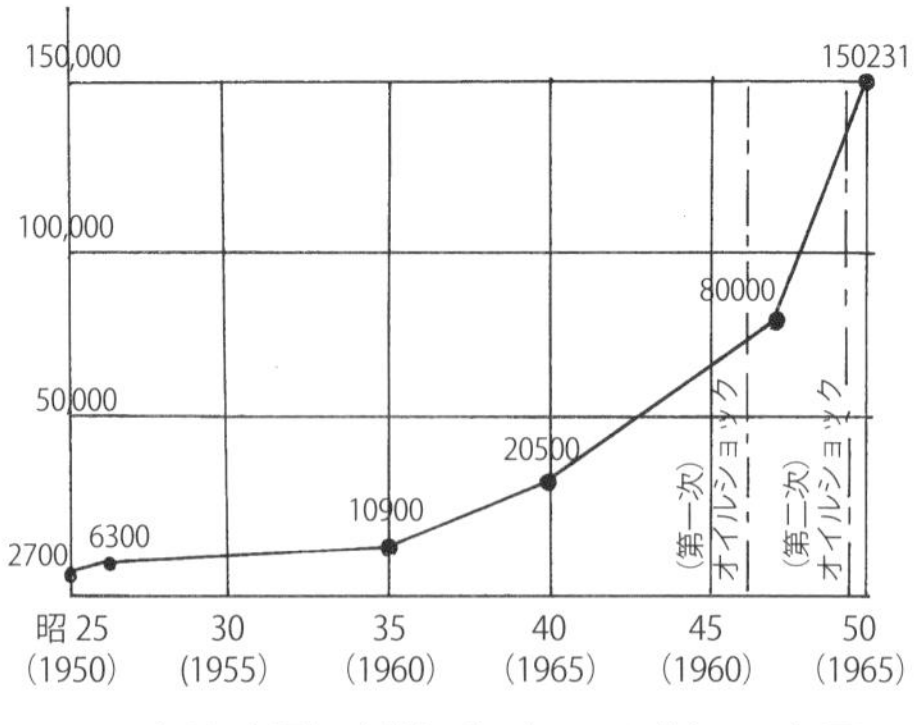

国家公務員初任給（6級1号俸）の変遷

た。中古衣類や軍用品が出ていたし、米軍用のジーンズまで出ていました。或いは占領軍兵士の小遣い稼ぎだったか、ラッキーストライクなど洋モクもＭＰの眼を避けながら随分出ていました。破壊された工場の在庫原料と覚しい品々も出ていて、前述の手製の電熱器など、そのお蔭でした。

その中に交じって寄金を求めていた**戦闘帽を頭に白衣を纏った傷痍軍人**がたの姿が、今も目に浮かびます。商売にしていたと非難する向きもあったが、大部分は身寄りもなく、先日のテレビで心身障害での入院が続いてきた方が現在３人も残っていると知りました。あの大勢の白衣の、とくに**身寄りを持たない方々**はどのようにされたことでしょう。

闇市の価格相場のメカニズムは判らないが、**高値だが秩序は保たれていた**ようです。日本に

闇市（銀座の露店）
＊写真提供：東方社撮影／東京大空襲・戦災資料センター

は**古来の侠客道**が守られていて、**素人には手を出さない任侠道極道世界の秩序**がありました。
今は暴力団に成り下がったようですが、嘗ては勝海舟が江戸開城の際に町火消しの親分に焼土作戦の支度をさせて西郷との最終交渉に臨んだ、との話が伝えられているように、昭和の終戦時の政治にも、児玉誉士夫などの尽力で**裏の秩序維持**に協力を求めていたことは想像に難くありませんね。

裏経済にはインフレを見越した高利の闇金融が付き纏います。何処からドーシタのか知らないが、お金は潤沢に出回ってインフレが激しく、Dodge金融政策のデノミネーションなど糞喰らえと闇金融で産を成し、財閥解体後の新興財閥の世界が出現しています。その大多数は実業の努力を背景にしていますが、闇金融だけで産を成した悪徳商人の盛衰も話題として残されています。

然し、**彼等が裏で悪事を働いていたと丈け見るのは早計**だと思いますね。私の印象に残るのは悪徳代表の一人と言われる森脇将光のことです。高利金融をやったようだが、彼は奢られるコーヒーは喜んで飲むが自分では対手に奢らない。ケチな奴だと言われた反論が、

「考えてもごらん。1杯50円（その頃の岩波文庫が1冊１００円）あると、1万円を一ト月廻せる（年利6分として1ヶ月の利子）。そう思うとコーヒーを奢る気になれない」

その位、お金の運用に徹底した悪徳商人だったのです。

但し私には金持ちになる気は持てませんね。

戦後の市中Ⅱ――買い出し

生活用品は食糧品を含め闇市に潤沢にあるがインフレで高い。必然的に**庶民は買い出し**に行きました。**流通経費を伴わない産地直買**、主食は勿論魚介類もです。我が家では兄貴とそれぞれに買い出しを余儀なくされました。その一景を〝昭和の撫子〟に記したものをご紹介します。

『昭和の撫子～戦中戦後七十年』より

戦後のぼく

大島達治（赤組）

一、終戦後の我が家の食糧難（略）

二、家族復活と芋の買い出し

秋になって疎開していた母と妹弟が戻り、翌年早くに父が支那から復員して、ようやく大島竹治一家の春が来ました。高校三年の兄が大学受験に専念させられているから、配給物では当然不足する買い出しは私の担当になります。食糧節約に夜の外食の多かった親父は、疲れのせいか寝てばかりで行かない。**闇米は買わない父の主義に、芋を買う外はない。**

毎日曜の朝五時に日暮里から大宮まで行き、東武線三つ目の豊春で降りて、買い出し部隊が散開します。若年小柄な私に同情してか、プロの小母さんが情報をくれるので、室（むろ、関東ローム層を三メートル掘り下げ、秋に収納する。地上に顔を出している空気抜きの藁束が目印）を開けた農家を探して、「コンチワ」と入って、精一杯のお愛想を言い、物々交換の品物を見せて、大切なお芋を分けて頂く。

学徒動員で行った清瀬の結核研究所で、自転車での芋の買い出しに空襲下の武蔵野を回った経験が物をいいました。

翌週は、前に行った農家から室を開けた農家を教えて貰って三拝九拝。今考えると惨めなもんですが必死でしたね。

結局は毎回遠くまで行く事になり、最後は一里を歩きました。その荷物が大変でした。ズック製の大きなリュックに七貫匁入ります。それと大風呂敷に包んだ一貫匁を両手に。合計九貫匁まで、売ってくれる芋は何としても沢山運びたい。九貫匁を一里。今考えても十七歳の痩せたチビ高校生が良くやれたものです。生物は鍛錬次第。忍耐力と併せて、辛いが良い経験でした。

忍耐には未だ続きがあります。当時の法律で米は禁止。芋は五貫匁までで、それ以上は没収。人間以上の芋で超々満員の戻り電車を耐え忍んでいても、擦れ違いの電車から「今日は

（経済警察が）居るゾ」と情報が入ると、大宮の一つ前で降りて大宮の先の与野まで歩く羽目になる。二回ありました。黙々と下を向いて炎天下をひたすら歩くのみ。重い荷物を背負って歩くコツは**家康の逆**。つまり**半分まで来たら、後、半分で良いんだ**。と、良い人生経験の一つでした。現在はこれをプラス思考とか何とか器用に言うが、私のは体験から滲み出たものだ、と威張って言えるのです。

五歳下の妹を同行した事もありました。その時に生憎ケーザイがいたが、妹連れでは歩くこともならず、大宮駅の改札口に仁王立ちの警官から計量に回されました。女連れのプロと見られたのでしょうか。私は二貫匁を没収されたが妹は制限一杯の五貫匁。担当の駅員が「何だ五貫匁じゃないか」と義憤に満ちた口調で警官の横暴を咎める風情が印象に残ります。このような庶民の実態が、その後の共産党の擡頭に直結したのでしょうね。

戦後の市中Ⅲ —— 医療の実情

占領軍が東京へ進駐して来て最初にやったことはシラミ退治でした。貧困の民には寄生虫が蔓延する。これは世界各国、今でも共通でしょう。日本の場合は蚤(のみ)・虱(しらみ)でした。

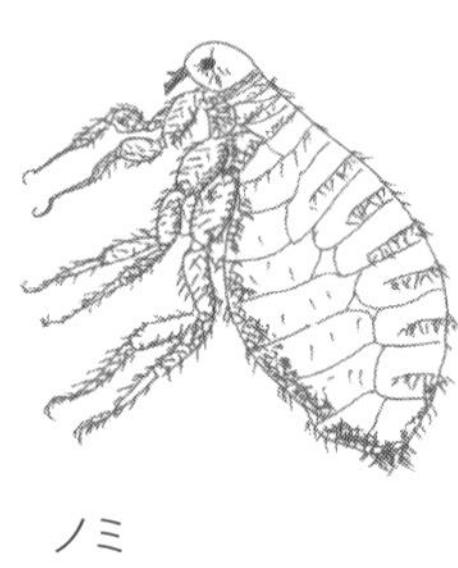

ノミ

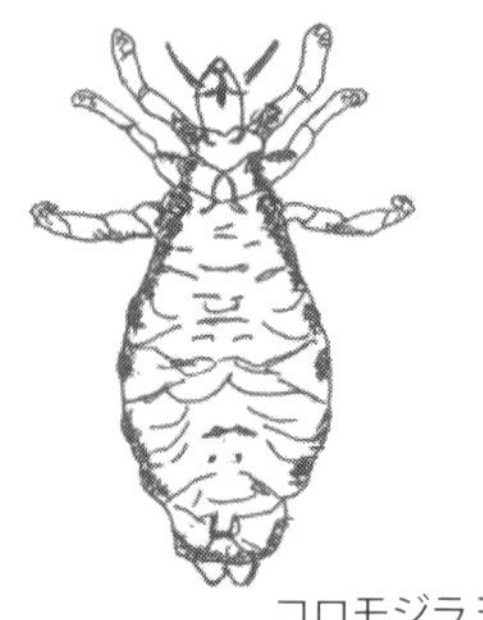

コロモジラミ

※シラミ：哺乳動物に外部寄生して吸血する昆虫。人に寄生するのはアタマジラミ、ケジラミ、コロモジラミの３種類。戦時中、日本中に蔓延したのはコロモジラミで、発疹チフスを媒介するため､DDTでの駆除が実施された。戦後、風呂に入る、下着をこまめにとりかえる等、衛生状態が著しく改善されたことにより、コロモジラミによる発疹チフス発症は昭和32年に１例報告されて以降、発症報告例は無い。近年、子どもたちの間で集団発生して問題になるのはアタマジラミ。ケジラミは成人の陰毛に寄生する。シラミは寄生特異性が強く、人のシラミは人だけに寄生し、犬など他の哺乳動物のシラミが人に寄生することはない。

ＤＤＴでシラミ駆除　＊写真提供：毎日新聞社

※ Dichloro-Diphenyl-Trichloro-ethan の略。強力殺虫剤の一種。無色無臭の結晶。昆虫類が触れると神経系統を侵されて死ぬ。

ノミは痒いだけだが、シラミは伝染病・発疹チフスを媒介するホワイト・チーチーと嫌われもので、頭髪や衣類の隅っこに潜むのを探し出して、両手親指の爪でプチッと潰すのだが根絶できない。占領軍が主導し、市役所の衛生員が白い粉末薬品を持って市内を隈なく廻り、市民を一列に並ばせて衆人環視の中で噴霧筒を背中や腹の衣類の下に差し込んで、白い粉を遠慮会釈なく吹き込む。

後でＤＤＴと教えられたこの薬は戦時中にアメリカで大量に生産されて、特効薬として随分長い間使われて来ましたが、現在は副作用が大きいということで使われなくなりました。無味無臭なのだが何しろ汚ならしい。女の人は頭髪を洗い流すのに難儀していましたが、兎に角薬効はあり、お蔭でシラミを知る人は今は居ないでしょう。

マーキロ、アスピリン、征露丸

市中の薬品は殆どが**マーキロ、アスピリン、征露丸で、越中富山の売薬**も普及していました。

マーキロは赤い液体で怪我の傷口に塗るもの。良く効くので必需品だったが、何時の頃からか水銀製剤だ、と副作用が強調され市販から姿を消しました。然し私は今でも欲しい。

アスピリンは解熱剤で、ドイツバイエル社のバイエルアスピリンとして、今でも世界中で重用されているようですが、胃を痛める副作用に留意すれば鎮痛作用もある便利な万能薬です。

征露丸はクレオソート剤で、日露戦争の際に胃腸薬として出征兵士が持たされました。当時は、露西亜を征するという意味合いで「征露丸」の字が使われていましたが、戦後、国際関係上それはよろしくないということになり、「征」↓「正」に直され、「正露丸」となったようです。食中毒で胃腸が発酵下痢のときに即効あり、私は今でも外遊時に必ず持っていきます。平成7年にモンゴル草原の中で大変役に立ちました（帰国の検疫をパス）。

これ等の医薬品は一般家庭の常備品として潤沢に出回っていたし、お医者さんも殆どがこれで処方していたと思います。

あらっぽい便秘治療

病気は兎も角、**食糧不足からの栄養失調**には、全国民、**特に都市部の庶民**が難儀していました。と言っても食糧不足解消には程遠く、辛抱するより他はない。我が家とて例外ではない。敗戦の秋に疎開から帰ってきた母が心配し、医者へ行けと言われて行ってきました。

谷中桜木の、戦災を免れた町医者への初めての受診でした。一通りの聴打触診と丁寧な診察のあと〝腸洗浄〟との指示で、婆さん看護婦からイキナリ大量の水道水で浣腸されて面喰らいました。栄養失調の医療処置がこれだったとは！　高校生にもなっての初体験で、それ迄気に留めることもなかったが、可成り酷い便秘だったのでしょう。

水洗でもないトイレには、良く揉んでから落とし紙に使う新聞紙もなく、閉口したのを未だに覚えています。**戦後とあって医薬品が潤沢にある訳でもなく、**特に浣腸用のグリセリンなどは大切な火薬の主原料だから市中にある筈もない。栄養失調の特効薬があろう筈もなく、**市中の医師の出来ることはこれくらいだったのでしょう**。今にして思うと私の宿痾（しゅくあ）の便秘症はこの以前からのもの。朝食もそこそこに電車通学を急ぐことから習慣になっていたのでしょうかね。

しもやけ、扁桃腺

幼い頃中耳炎を患うことが多く、冬には〝しもやけ〟と、虚弱に近く、戦時中の母を悩ませていた私でした。このしもやけ（※）は高校生の結核研究所での勤労奉仕の折に**岡治道所長持論の〝色素物質は必ず医療の役に立つ〟**産物の「紅波」「紫紅」を頂いて奇麗に治りました。しもやけの崩れた皮膚の跡が今も両手に残っているし、小学校で両手の白い包帯が同級の女子生徒の母性本能を刺激していたことも後で知りました。

耳鼻科系のことは、小学5年生の時に扁桃腺摘出手術を受けてから久しくご縁が無かったのですが、昭和23年の大学受験勉強の最中に鼻血が出るようになったのです。戦後2年も経つと、焼け跡から立ち上がった東京で需要が増えた電気の停電が毎晩のように続き、受験生は夜の勉強に随分不便しました。我が家では父が貰って保存していた潤滑油サンプル壜が１００本程あり、これをカワラケと灯芯を使っての薄暗い光を放った微光で徹夜で勉強しました。

これで、夜、眠っている連中に差を付けて東大に一発で合格したのですが、随分無茶をやったもの。野球でマスク無しのキャッチャーで鼻を痛めた後遺症なのでしょうが、母が心配して豫（かね）ての掛かり付け、谷中団子坂の耳鼻科に行かされました。この先生は東大医学部を出ながら博士号を取らず「医学士瀬谷子（ね）之吉」の看板で民間医療を通された有徳の医師です。診断は〝鼻中核弯曲症〟。鼻の中骨が曲がっていて、其処に炎症を起こし易いので、除去する手術を受けました。今はどこまで進歩しているのか知らないが、戦後3年も経つと可成りのことが処理出来るようになっていたのですね。

※しもやけ／霜焼け：寒気のため手足、耳などにおこる凍傷。赤く腫れ、痛く、かゆくなる。

幸運に恵まれ完治した肺結核

私が戦後就職した初現場（後出）で、**初感染から10年の昭和29年に肺結核を発病**した時には、東京の実家での10ヶ月の休職を余儀なくされました。戦時中の勤労動員に通った結核研究所へ通院し、パスとヒドラジドの投与が続きました。

実家では、過労で42キロに痩せた姿に仰天した母が3食の栄養に気配りして、カロリー補給に北海道バターを大量に出して呉れました。暖かいご飯にバターを載せると美味い。4分の1ポンドを2日で平らげる毎日が続き、翌年5月に復職した時には、就職時の52キロに戻っていました。それと、父からの**ストレプトマイシン**。当時、入手が難しいとされていた薬ですが、業界の顔で調達して呉れたようです。7月末に休職、帰省して間を置かずの処置でした。**パス・ストマイ・ヒドラは3種の神器**として当時の最高治療とされていたのです。

他には肺葉切除。後で主治に当たって下さった結研の高橋智広医師（武蔵の校医、東北大で私の叔父とラグビー仲間）から、「直ぐに肺葉切除するケースだったが、真夏の暑い最中で可哀相だ（当時はクーラーなど高嶺の花）と2ヶ月待つうちに結核が小さくなった。**一過性結核が知られる前のこと**だった」と伺い、私は何と幸運に恵まれたことか、と今でも感謝に耐えません。

50円玉程あった結核痕は近年幾ら調べて貰っても見つかりません。健康に自信を持って6年、昭和36年に親に勧められて結婚、現在に至っています。

大戦中、「ペニシリン」が開発されて、チャーチル首相を肺炎から救った話は戦後有名になりましたが、戦後6年、講和条約締結の頃の抗生物質主体の医療技術は世界レベルに追いつき、後は経済回復を待つだけだったのでしょう。それにしても、繰り返しますが、両親と良医のお陰で私は幸運でした。

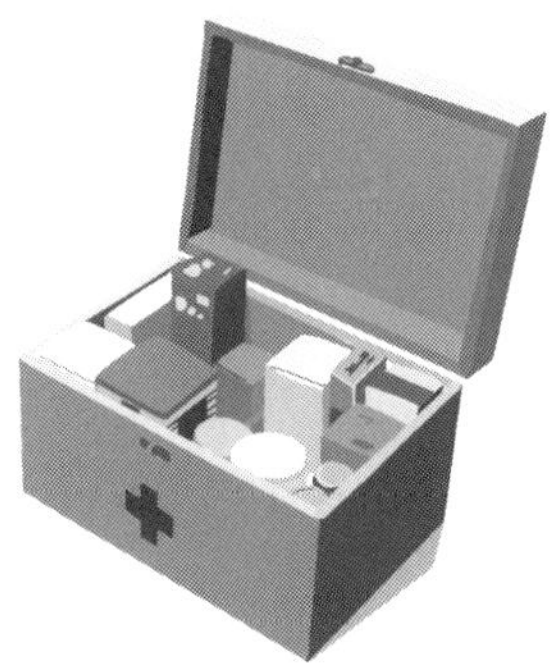

5. あの時期のオヤジ——復興を支えた産業界

父・大島竹治は明治33年、新潟県生まれ。昭和12年、日支事変発生時は37才でした。三共ベークライト株式会社三河島工場の技師として、絶縁性能の高いベークライト（石炭酸樹脂）の製造技術開発と現場指導管理にあたっていました。

この絶縁性能は通信機器、とくに兵器関係の性能を左右するのですが、日本のそれはどうしても本家のアメリカに敵わない。工場では製造過程での乾燥で、絶縁の大敵である湿分（水）を完全に除去することに集中したが、それでもアメリカに及ばない。

責任者の父は湿分の他に大気中の塵に着目し、工場の一角にクリーンルームを作り、現在のエアコンの雰囲気の中での樹脂加工でアメリカ並みの絶縁性能獲得に成功していました。大きな工場建物の中に小型の部屋を造り、その中にプレス機があったのを子供心（小学生）に覚えています。

ベークライトは、紙・布・木材等の生地に石炭酸を滲み込ませ、加熱し乍ら圧縮（プレス）して作られるもので、アメリカでベークランド博士が発明したプラスチック（可塑材）の元祖です。この成功で父は社長塩原又策さんの信頼を得ると共に、業界最先端の自信を持ったのでしょう。『ベークライトハンドブック』の出版を志し、一生懸命に原稿を執筆していました。まさに技術者として働き盛りの時でした。

父の出征

その父が軍に召集されて出征しました。昭和13年、私が小学3年生の頃のことです。戦前の兵制では満18才から2年間、本籍地での入隊訓練が義務付けられていた外に、**一年志願兵制度**があり、大学卒は志願して1年間の兵役訓練のうえ、少尉に任官されるのです。父はこの制度で第2師団（仙台）高田聯隊に入隊して**陸軍輜重兵少尉に任官した在郷軍人**だった為、風雲急を告げ応召の対象となったのでした。

出征当日は高田の実家町内の老若男女一同が脇野田駅（現在の上越新幹線上越妙高）に集まり、日の丸を全員で振って出陣を盛大に見送って下さいました。当時の小さな田舎駅前の大きな一本柳の下で、祖父文治郎が脇差を仕立て直した切れる軍刀を下げて見送りを受けていた姿が思い出されます。**その頃の出征は「危険な戦地に赴く」ことは念頭になく、「郷土の名誉で手柄を立てて来い」と皆で幟を立てて出陣壮行を祝った**ものでした（何しろ支那では勝ち続けていたのですから）。

〽勝って来るぞと勇ましく　誓って郷を出たからは　手柄立てずにいらりょうか
進軍ラッパ聞くたびに　瞼に浮かぶ旗の波〽

オヤジの出征（自宅の前に旗を立てて祝う）

応召の勤務先は名古屋でした。豊田自動車の軍用車輌（トラック）の性能向上と納入品検収が役目で、豊田社内の監督官室に駐在し、兄弟で名古屋へ行ったのもこの頃のこと。その部屋は3人程が勤務し、疎略のないよう、茶菓子と煙草が置いてあり、其処で父はタバコを覚え、84才で亡くなるまで42年間喫み続けることになりました。マア暇な仕事だったから覚えたのでしょうね。流石に酒類は置いてなかったようです。

昭和15年頃になると国の**統制経済制度が強化**され、言論を含めあらゆる**業界ごとに統制会が組織**されたようです。この機に父は新設の**化学工業統制会**に技術課長として参画し、この組織が戦後**日本化学工業協会に換骨奪胎**（※）**されて**、77才、専務理事で退職するまでのライフワークになりました。後年、世渡り上手と評されたのはこの辺りからでしょうかね。

※**換骨奪胎**：骨を取り替え、胎（はら）をとって使うの意。古人の詩文の形式・内容・語句を少し変えて、自分のものに作りかえること。

父の戦後

然（そ）うこうするうちに再度召集が掛かり、陸軍兵技中尉として東京府中の陸軍燃料廠（しょう）に自宅から通勤していました。昭和18年頃のことでしょうか。何をしていたか話をしなかったが、将校食堂内での職業将校の会話で**「軍人が戦地で実戦の先頭に立つ危険な適令は2年間くらい。その時期に戦争が無ければ一生平穏に暮せる良い職業だ」**を耳にしたと話していました。

父がどう受取ったかは知りませんが、世渡りの一つとして参考になったことでしょう。当時はそろそろ物資欠乏の時期に入っていたのでしょう、昼食に出された菓子パンを何回か土産に持ち帰ったと覚えています。

この燃料廠は陸軍燃料の総元締で、支那の青島に航空機用のアルコール製造工場を新設する技術将校として外地へ派遣された父は、其処で終戦を迎えました。日暮里の我が家は銃後の留守宅としての待遇を受け、陸軍中尉の俸給・月給27円を郵便局から引き出すのが、兄貴と私の役目でした。

その父は青島で終戦を迎え、蒋介石に軍刀を取り上げられた侭、蒋介石軍に技術者として招かれ北京に移ったようです。「北京の厳冬の朝は、木の葉や落ちずに残る槲(かしわ)の枯葉がそよとも動かず、閑寂そのものだった」と支那の古典的な風物を表現していました。国民党軍の当事者から支那の化学工業の将来像を求められ、「支那特有の大資源、大豆と黄河周辺の黄土を原料とする研究」が良いとアドバイスしたとのことでしたが、あれから70年も過ぎた今、ドーナッテイル事やら。

蒋介石は、同時に**顧問の電気技師、藤田さんに揚子江開発の指導を求め**ていて、その原案（ダム高１８０メートル、舟運設備を付ける、水力発電１２００万キロワット）の規模のまま、共産党時代へ引き継がれ、**現在の三峡ダム発電所として実現**されています。李鵬首相が完成させる迄、50年は掛かっているでしょうね。藤田さんは帰国後、京都大学電気工学科教授に就任、提案したダム計画の全容を日本の電気雑誌に発表しています（このダムは揚子江随一の地点として孫文の頃から計画されていたようです）。

父は半年近く北京に居たのでしょう、終戦の翌年昭和21年3月に、復員の一集団にポツダム大尉の隊長として復員船で無事帰国しました。復員船内では甲板洗いその他復員兵に使役があるのですが、キャプテンは労役免除のオマケ付きだったようです。

これ等を聞かされた兄弟は、高校初年ながら「技術を身に付け、ホンモノになっておく事が、乱世に身を処する基本だ」と理科甲類、技術の途を選んだ我が身の将来に光を見た思いでした。

自宅に帰還した父が母に先ず発したのは「原稿はドーシタ」でした。

原稿とは『ベークライトハンドブック』のこと。おそらく最終校正まで進んでいたのでしょう、大量の印刷物を大型トランクに入れて、空襲警報の都度庭先の防空壕に出し入れしていたのですが、空襲激化に伴い燃料廠の当番兵が多摩福生（ふっさ）の農家に疎開させていました。

その位、大切な書類扱いだったのが裏目に出て、終戦直後の文書破棄に機密書類扱いで焼却されていました。兵隊さんの知識では無理もないのですが、これを聞いた父がガックリ肩を落としていました。それ丈（だ）けライフワークとして入れ上げていたのでしょう。

更に悪いことには、出版社のコロナ社が戦災で組版もろとも焼失して復元する方法が皆無で、後には、手を廻して手配した出版用紙が残っていただけでした。それが戦後の物資不足とインフレに便乗して値が高騰し、自宅新築の源資になったとは。運命を感じますね。

自宅の新築

父は外地赴任の前から山の手に自宅を設ける計画を進めていました。

下町ではなく山の手だ！

何も言っていませんでしたが、西武線新井薬師のあたりに決めて話を進めていたようです。帰国後、その場所が跡形も無くなったのを見て、「アァ良かった。儲けたと心底から思った」のでした。

更めて土地探しを進め、目白の焼跡に、高台で見晴しの良い250坪の物件を見つけ、持主の平島敏夫さん（満州重工業副社長、当時在満、後に電源開発㈱副総裁）の奥さんが、近くの実家に寄留して居られたので、「ご主人の留守中のことだから、時下相場の一坪5円、の倍、一坪10円で譲って欲しい」と譲って頂いたそうです。

大邸宅だったからその瓦礫が並の量ではなく、グランドピアノの残骸もありました。目白は武蔵高校の帰りにバスで行ける。兄貴は受験勉強と称してサボるが、私は殆ど毎日、跡片付けに通いました。オヤジは仕事を終えてから、腹の足しにとお芋やリンゴ持参でやって来て、2人で月明りの下で随分長いこと、汗を出しました。

その甲斐あって昭和26年3月に新築が完成し、私は1週間だけ寝泊りして、仙台に就職、赴任しました。オヤジ51才の時のことです。

この父は、復員後、戦後日本の化学工業界を牽引する日本化学工業協会（日化協）の技術部長として、初代会長石川一郎さん（日産化学社長、のち経団連会長）に心底からお仕えし、その後30年間、

77才で専務理事を退任する迄勤め上げています。

この過程で所謂る財界人の一員となるべく行動し、その一つとして屋敷を構えたいと心掛けていたのでした。ですから社会人になった兄と私にも「経営者になれ」と発破を掛け続けていたのですが、その私が後年、東北電力子会社の社長にまで任命されたのは、昭和58年8月に父が84才で他界した後のこと。生前の父にその姿を見て貰えなかったのが、今では残念ですが、**「世渡り上手」と評された父に心の底では反撥する気持が抜けず、社内での出世欲を欠いていた**、と我ながら思いますね。

父の背中

思い返してみると、この時期の父は越後高田からの出稼ぎ人の出自を背景に、技術だけで東京の大都会の中での地位確保を志したのでしょう。ですから階級重視の出世主義に邁進した、と今にして判るし、有力な出身母体を持たない侭（世に一匹狼と言う）化学工業界を牽引する財界の話し上手な一員として待遇される迄の努力、才覚は並大抵の事では無かったと理解しています。

オヤジとオフクロ

その余波は私たち子供に及び、5人全員が高学歴を強いられました（男3人は東大、女2人は日本女子大）。

決して裕福と言えなかった生活の中でのガリ勉。スポーツは良いが娯楽はダメ。小学生の頃、日暮里の家から2度も赤羽の荒川土手へ連れていかれました。それも日暮里から田端駅まで3キロも歩いてから京浜線で赤羽へ行き、高い薄（すすき）に満ちた荒川土手で一日転げ廻る。カスミ網を掛けていた小父さんからヒワを一羽貰ってきたこともありました。

そうは言っても基本はコワイオヤジで、「勉強、勉強」と声が上から降ってくる。家族の皆が1回はビンタを食らってる筈です。その故（せい）で私は社長を勤めていても社員がたには声が上から降ってこないよう、座って話して貰うようにしていました。

娯楽映画には見向きもせず、兄弟で映画を見せられたのは「マレー戦記」唯一つ。芝園橋の映画館だったと記憶しています。

こんなことで我々は東京での世間一般とはヤヤ離れた朴念仁（※）の侭、社会に放り出されました。「あの方（ほう）のこと」も一切教えられず人情の機微に目が向いたのは社会に出てからのことでした。私も電力社内では一匹狼と見られていたようですが、これも武蔵の3理想の第3「自ら調べ自ら考える力ある人物」に忠実で、「他人に頼む。他人にやらせる」ことは教育に入っていなかった証しと考えるのは皮肉に過ぎますかね。

※**朴念仁**：言葉少なく無愛想な人。また、道理のわからない者。わからずや。

「日本の基幹は産業にあり」の信念を貫いた父

戦後のオヤジは盛んに外遊していました。日化協の協会員から参加者を募り羽田からＤＣ―３に乗っての記録『欧米漫歩』（弥生書房／昭和36年刊、全２３０頁）が遺されていますが、内容は漫歩どころではなく、**欧米化学工業の技術最先端の状況を実見して、日本化学工業界の行方を確かめていた**のです。

戦後の日本は軍事優先で凡ゆる分野の産業が遅れをとっていた結果、海外模倣での一時凌ぎで朝鮮戦争の内外需を乗り切っていたのですが、「それでは将来がない」と外野の雑音を意に介することなく業界としての外遊を続けていたのでした。水俣病についての判断が大きな誤りとされましたが、それ以外の判断と業界をまとめる実行力は立派なものだった、と自分のオヤジ乍ら敬服しています。

『欧米漫歩』（題字：原安三郎氏）と報告書

日本の基幹は産業にあり、その産業の基幹は電力だとの信念を持って電需連（電気需用家連盟）の事務局長を最後まで勤めていました。

業界として料金値上げのお目付役です。昭和32年９月、電力一斉値上げの時に「伜が東北電力に厄介になっているが、如何にも給料が安い。内ヶ崎社長も借家住いだから、東北の値上げ率は認めてやろう」と言ったと聞かされ、「そんなことを言うから俺の給料が上らないんだ」と抗議しました。

それはさて置き、昭和何年だったかの**電気料金制度審議会**で、時の原安三郎会長（日本化薬社長、日化協第2代会長）が**電気料金のフェアリターンを8%と査定**されたことが大きい。**当時の化学工業界は売上の6%を研究開発費に充てて、次世代をリードする新製品開発に将来を期す**のが常識でした。電気事業は絶え間なく増え続ける需用に対して常に設備拡充に勉めねばならず、その為の利益確保だ、との原会長の信念を、電力自由化に走った現在の通産官僚がたに、是非、薬にして欲しい。自由化して、サイクル、電圧変動など、電気の質も含めて誰が責任を負えるのか。

最近の北海道のブラックアウトで分かることだが、何れ松永さんの哲学「電気事業の本質は供給責任を果たすことにあり」を思い知る日がくるでしょう。その前に対策を講じておくのが官僚の使命だと思うのだが、今の行政組織では無理なのでしょうかね。何れにせよ、エレキの存在は人類が滅亡するまで続くのです。

父は「**官僚と評論家には絶対なるな！**」と常々口にしていました。

官僚は些細な理屈を見つけ、それを法案にして通すのが官僚の能力・政治力だと思い込んでいる。評論家は評論だけで飯が喰えるから、責任を持たなくて良い。評論家が「あの時の自説は間違っていた」と聞いたことがない。今のマスコミは専門家に取材するが、その問題を専門にして飯を喰っていることは判る。しかし、その内容が上等なのか下等なのか視聴者には判らない。実務の現場から出発した父には耐え難い存在だったことでしょう。交際を上手にこなしていた父の心底には実学から学び取ったこの哲学を、倅の私たちにこのような形で伝えたかったのだと思います。

父が日化協の責任者として所管通産省からのOB天下りを受け入れなかったのは、「役人は真理は一つだと思い込んでいるが、我々娑婆では真理は無数にあることで成り立っていることを知らない。困ったもんだ」との哲学を貫き通したのでしょう。

父の退任直後に後任が通産省から迎え入れられ、現在も続いているようですが、これをどう考えたら良いのでしょう。**世の中が便宜主義・権威主義に毒されて、政府の予算配分を追い、民間活力の源泉である在野精神が失われていく**さまは泉下の父には見るに耐えないことでしょう。

男の仕事に魅せられた学生時代の見学体験

私たち兄弟が中学、高校生の頃、父の紹介名刺を持って色々な化学製造工場を見学に行きました。それも父の**現場実務主義で必ず2回**です。ポット出の素人が1回で分かる筈がない。何日か置き、その間に自分なりの工程知識を持って再度見学すると本物の理解が進むのです。このことは実社会で働くようになって非常に活きることになり、今でもテレビを1回視て「分かった」など生意気を言わず、意識的に再放送を選んで視るようにしています。

中高生の工場見学は何処でも次世代に期待して丁寧に歓待して下さいました。パテントのことも含めて。オヤジのベークライト工場は勿論、北越製紙の市川工場などの大工場で、中でも圧巻は昭和電工川崎工場でした。大型の電動機を廻して窒素と水素を圧縮し、大砲の砲身のような太い鉄管のなかで高温高圧により触媒を使ってアンモニアを合成する巨大な装置と技術には驚嘆しました。

高校の化学で習ったハーバーボッシュ方式の、戦後復興農業の硫安を製造する主力工場の一つでした。2回目の見学の僅か2ヶ月後に、あの砲身のような合成塔が破裂する大事故があったことも鮮明に記憶しています。

父の実弟、大島文平は京都帝国大学で冶金と電気工学を修め、昭和12年から始まった東北振興化学㈱和賀川工場の建設に電気課長として参加。戦後、東北電気製鉄㈱と改称したその工場長を勤めていました。私達兄弟が夏・冬休みに何回預けられたことか。

この工場は昭和9年の冷害による東北の大飢饉対策としての東北開発促進法の国策の一つとして、民間の電気化学工業㈱が主体となって建設されたものです。北上川支流和賀川に水力ダム発電所を建設し、和賀川発電所1万5000キロワットの電力と、近傍に産出する石灰岩を使って石灰窒素を製造していました。

更に大気から窒素を分離した残りの酸素を使って鉄の電気精錬もやっていました。鉄の原料は同地に和賀仙人鉱山があり、その赤鉄鉱を使っていました。**純粋に近いこの鉱石と電気を使ってのこの工場製の銑鉄は世界一の低燐銑の品質を誇り、室蘭製鋼所に送られて、**

北上川水系和賀川大荒沢ダム（現在は錦秋湖に水没）

あの戦艦大和・武蔵に装備された世界一の主砲の砲身に使われたのでした。大砲のような衝撃力に耐えるには燐分は禁物なのです。

此処で何回か水力発電所の運転現場、とくに断水点検で長い水路トンネル内を歩き、最後は鉄管路のマンホールから這い出した経験が、後年の私が水力土木の途に進んだ原点になりました。正に**男の仕事に魅せられた**結果です。この和賀川工場は今は稼働を廃止し、ダム・発電所は湯田ダムで水没し、鉱山の方も鉱石を掘り尽くして廃山となり、私の第2の故郷は残っていません。

首尾よく一発で大学に合格

「首尾よく」というのは昭和23年の入学試験問題のお蔭でした。東大は、アメリカ直輸入でせうか、インテリジェンステスト（知能検定）を試みました。トイレットペーパー並みの長い長い用紙に10問（20問だったか）の問題と、それぞれ5つの解答案を並べ、正解と思う解答をマークする。マークシート方式の始まりです。予行演習で「半分は見当がつき、残る半分は2つのどちらか迷わされる。迷う時間が無いから六角形の鉛筆を転がして字が出るか出ないかで、決めていたほうにマークする。この確率は50%だから75点は取れる」と心構えて受験しました。**最後の一問が暗号問題**で、残り時間で何とか解いたら「**ゴウカクオメデトウ**」と出て、受験場で知友と喜んだものでした。確か彼等も全て合格でした。それなりの勉強はしたが、この問題のお蔭で合格できたと、今でも思っています。

その時の土木工業科受験の倍率は4.5倍で、イザ合格してみると「**不合格の3.5人に済まなかったな**」の思いが先に立ち、**その3.5人分の責任を感じて真面目に勉学に励みました。**共産党に唆（そその）かされて学生運動をやっている連中を「アイツ等は学問をしないで何ヤッテルンダ」と反感を持ったものです。おそらく工学部の連中は可成りの割合で同じ感覚だったでせう。

大学生になってからは専門分野が決まり、私は土木現場を随分見せて貰いました。土木技術に秘密めいたことはないから何でもアケスケに説明され、**パテント一つが命綱の化学工場**との違いを実感したものですが、中高生時代の見学には、次世代への期待から可成り秘密めいた処まで教えられたように思います。これ等の社会先輩のお蔭で、私は産業の世界に広い視野を持てた、そしてこの世界では**実務としての手順・段取りが基本**だと学びました。

最近のテレビで職人の世界を詳細に放映しているのを見て、この世界の基本は変わらない。屁理屈より実務だ、とのオヤジの教育が身に沁みるのでした。

オヤジの社会観

平井弥之助さんにお願いして私が日発に入社出来た後東北電力に承継され、念願の水力開発に勤しんでからも、**オヤジは私を東京へ戻すべく画策**していました。私が東北電力の土木技術者として満足充実して働いていたのに、です。

東京出張の折、**「何故東京なのか」**と聞いた返事が、**「停年になっても東京に居れば何とか飯は食えるかららな！」**でした。成る程、人口の２乗に比例して仕事があるのが都市なのでしょう。世間のことを知り尽くしての哲学なのですが、考えてみると、「喰い詰めた連中が集まるのが大都会だ」

とも言えませんか。世界中で１０００万人を超える大都会が後から後から増え続けているのはこのことでしょう。**こんなに勝手に集まっても、人間相手だから首長はインフラを整備し、悪評の賭博場を誘致してまでも喰う手段を用意しなければならない。**今、世界各都市が直面している都市問題の本質を突いているとは思えませんか。

この父は昭和57年8月、ステッキを突いての散歩中に池袋消防署の前で転倒して頭を打ち、人事不省で目の前の平塚胃腸病院へ収容されました。２ケ月程で意識を回復し、その侭同院のお世話になって1年。目白の自宅での療養の準備を進めていたのが間に合わず、脳軟化症で他界しました。84才で、その丁度半分の42年間は名古屋で覚えたタバコを、それこそ尻からヤニが出る程喫い続けていました。

この84才は、偶然でしょうが私の電力での師匠、平井弥之助さん。更には日本製鉄と富士製鉄を世紀の合併と称えられた「新日鉄」に導き日本復興の原動力を作った両社の稲山社長、永野社長も没年が何れも84才でした。白洲次郎さんは83才。本田宗一郎さんもその近く。私には戦後の復興に侭力された民間の大先輩がたが寿命を縮めて尽瘁（※）されたように思えてなりません。

それに較べ便々と（※）して90才になった私は忸怩たる思いで、この原稿をカミさんに叱られ乍ら、思い出す侭に徹夜で書き続けています。

※**尽瘁**：自分の労苦を顧みることなく、全力を尽くすこと。
※**便々と**：無駄に時を過ごす様子。ふとって腹がはり出している様子。

6．復旧から復興へのあしどり

大災害のあと始末は「先ず復旧。引続いて復興が定石」と、近年の大きな災害から日本は学んだが、**「無條件降伏という未曾有の大災害」**直後の日本は茫然自失。為す事を知らなかったと思います。

そのなかで焼跡の防空壕に何とか住み乍ら、見渡す限り焼野原、重機もない東京がどうやって瓦礫の整理を始めたのか、当時高校1年生で世間知らずの私にはさっぱり記憶がありません。問題意識を持たなかったのでしょう。僅かに記憶しているのは2~3ヶ月後でしょうか「カムカムエブリボディ……」のNHK英会話放送です。「時局便乗」のセリフが咄嗟に浮んだが、当時としては必要だったとも思えますがね。これを皮切りに「日本語のカタカナ化やローマ字化」を提唱する東大教授などが乱立し、私は阿諛追従（※）の徒と軽蔑しました。高校1年生が生意気だと思うでしょうが、中学高校の漢文授業で民族の精神を教えられて、その位の見識は持っていました。

それは兎も角、敗戦に便乗した左翼勢力が、戦時中の弾圧の歴史の反動もあり、共産革命を目指して直ちに活動を開始しています。徳田球一が指導して、全国各職場に労働組合が結成されました。産業別労働組合（産別）です。戦後の貧困のなかとあって、喰う為の組合に誰も異論はなかったのでしょう。このベールの下には革命の意図がありありと見えるが、GHQの中には支援する向きも

※阿諛追従：相手に気に入られようと、こびへつらうこと。

あったようです。

組合の他に彼等の常套手段として、学生運動が革命活動の重要なベースでした。思想問題を本旨として扱う法学部・経済学部が当然主流になるのですが、私達工学部系は極めて低調で、影響されないで終わりました。それは、私の受験した昭和23年は土木工学科に4.5倍の志願者があり、**自分が合格した為に3.5人が泣いている**。その連中の分まで技術を磨く義務感のほうが先に立っていたからだ、と私は思っています。

革命指向の左派活動を批判する組合も当然結成され、電気事業関係では産別の電気産業労働組合（電産）に対抗して、佐々木良作さんをはじめ、心ある産業人が尽力して電気事業労働組合連合（電労連）が組織されて現在に至っています。

その他に、左派組合との対応に苦慮する中小企業経営者がたの為に、満州帰りの鮎川義介さんが中小企業政治連盟を組織されたと記憶しているが、今はどうなっているのでしょう。これが健全に発展していれば、金融支配の中での実務社会の基盤となって、赤チョーチンの灯を絶やすことにならなかったと思うのですが。

皇太子さんの指南役・小泉信三さんの計らいで、米国からバイニング夫人が家庭教師に迎えられ、目白の実家の近くのバイニングさんの家へ皇太子さんが通うようになったのは何時頃からだったか。その頃の日本は、象徴天皇を戴く民主国家として落着きを取戻していたように思います。

悪乗りした左派の連中が暴走してＧＨＱにトッチメられ（昭和22年国鉄争議）、政治もようやく安定に向かったし、経済界は政府の作った５ヶ年計画などを参照しながら、復興に進み始めていました。そのことを、昭和23年に**首尾良く**（↓110頁）東京大学土木工学科に進むことが出来た私は、志した発電水力工学を担当された内海清温先生（建設技術研究所創設者、日本技術士会の創始者のちに電源開発㈱総裁）の講義で承知しながら、昭和26年に社会へ**放り出され**たのでした。

「放り出された」のは文字通り。始めて親元を離れたこともあるが、その頃の土木工学科は学問としての専門知識を教えるに急で、社会のことは内海先生が講義の1コマとして国土総合計画に僅かに触れて下さったことだけでした。

最初の職場、只見川水力開発の初現場では最高学府出身と尊重して呉れる丈けで、教えようという現場屋は居ない。頼りの入社紹介人平井弥之助さんは本社常務建設局長として「現場はこういうもんだと覚えてくれれば良い。勉強しろよ。勉強して身体を毀した奴はいないからな！」と高嶺の花の話。現在も師匠と仰ぐ平井さんがこうですから、周囲の方々の好意を身に浴びながらも「放り出された実態」を、それこそ身を粉にして、自ら考え自ら学んで懸命に勉強し、3年間脇目もふらずに働きました。それで今日の大島君があるのです。

国内では**傾斜生産が戦後日本復興のシンボル**でした。少ない財源を重点投資して復興の柱とする趣旨で、**鉄鋼・石炭・電力の御三家**が指定されました。「鉄は国家なり」の製鉄業。石炭は産業の原動力エネルギーの基幹。社会党政権（片山内閣）の水谷長三郎商工大臣があの熱い常磐炭鉱を越中褌姿で視察する写真が大々的に報道されました（後に熱水を源泉として利用するハワイアンセンターが今も残る）。

電力は水力全盛時代で只見川一貫開発計画、天竜川佐久間、黒部川第4（クロヨン）等、日本各地で大型水力の計画が目白押しで、地域開発や関連産業への波及効果もあり、御三家の位置付けに相応しい業界でした。

その頃の電力業界は再編成問題を抱えて居ました。 GHQの主張する「過度経済力集中排除法（集排法）」「独占禁止法（独禁法）」という、今も生きているアメリカ経済の申し子のような法律の対象とされていました。

当時の電力業界は各地方を配電会社が独占して電燈供給に当たり、電源の開発を昭和15年電力国家管理法により日本発送電㈱が独占して電源確保の責を負っていました。それが集排法・独禁法に触れるということで再編成が急務となっていました。

この問題を処理するため内閣に**電気事業再編成委員会**が組織されました。委員長に憲法改正を担当した松本烝治（じょうじ）国務大臣、**副委員長に松永安左ヱ門（やすざもん）氏**が任命され、実務は松永さんが取り仕切られました。甲論乙駁の末、**松永さんの主張する9分割で供給責任を負う電力の姿が昭和25年に**決まったのです（↓139頁）。

平面的だが9分割で競争の原理は保たれる。この基本姿勢で、最近の自由化で供給責任が解除されるまで、各電力会社は「**利益よりも供給責任を全うすることが使命**」の姿勢を貫いてきました。

復旧から復興へ
命がけで立ち向かった戦後の土木技術者たちと現場

その昭和26年に日発に入社した私は、紹介者の平井さんが只見川水力開発を背負って常務取締役建設局長として赴任された東北電力に承継されました。

オヤジは東京に置きたいようだったが、私の希望で止むを得ない。水力をライフワークと考える私は東北に異存はない。現場では平井さんのご配慮で、入社早々の新米ながら諸先輩を差し置いて、只見川水力最下流の片門水力建設現場に配属され、それこそ使命感に焔えて身命を忘れて働きました。

片門建設風景（24時間体制）

その頃の現場での学卒は構造物の鉄筋量計算が役目。大学で鉄筋コンクリート講座の単位を貰えなかったことなど、誰も斟酌して呉れない。「自ら調べ自ら考える」武蔵の理想（↓２９０頁）が重荷でしたね。

その時に助けて呉れたのが福西一彦さん。平井さんご学友のオヤジさんの縁で、常雇の身分ながら実務者として片門現場のダム工区に配属されていました（私は発電所工区）。福井工専出身の彼は実務に長けていて、設計実務の根幹を教えて呉れました。自ら考えるにも限度がある、その穴を彼は見事に埋めて呉れました。今も健在の彼にその後のこと（↓１５３頁）も含めて感謝の念は変わりません。

この現場では、施主監督の立場の会社も、請負の立場の西松建設の人たちも、立場をそっち置きにして仕事一途に現場に立ち向いました。

厳冬１月11日の深夜、零下11度のなかでのコンクリート打ちで、流し込み作業のコンクリートが凍り出すのを長靴で押しこくった情景が、今でも目に浮かびます。**施主も業者もない一体の姿は、片門現場に今もある慰霊碑に残されています**。

当時、作業犠牲者は１０００キロワット当たり一人といわれており、片門の現場３万９０００キロワットでは39人になると予算化されていました。

片門ダムの左岸に今も残る19名の慰霊碑の他に、発電所入口に残る宮城刑務所の慰霊碑には、田子倉以下の只見川建設に３００人もが長期間従事した受刑者のなかで、現場で事故死された7名の他に、監督者３名が記されています。**安全な立場の監督者の３人までもが殉職していたとは！　当**

←第２工区（発電所）→
←第１工区（ダム）→

片門建設所　第二工区の頃

時の関係者の真摯さを現代の人にも知って貰いたい――。その姿は白洲次郎会長の記念碑に残されています。

私はと言えば、徹夜の仕事を終えた午後、請負との野球仕合にピッチャーをやるなど、現場で一番若いから、随分無茶を重ねたもの。月の残業時間は180時間以内との内規も何のその、計上しなかったが200時間を遥に越す何ヶ月かの徹夜の体験が、今の私に底力として活きています。

この発電所の完成は
地元の人々の理解ある
協力と東北電力従業員
の不撓の努力なくしては
不可能であった
その感激と感謝の
記録にこれを書く
白洲次郎

白洲次郎会長の記念碑（写真中）とその碑文（上）

只見川グラウンド開設（北松所長の始球式）

然（しか）しその結果、初感染から10年を経て結核を発病し、10ヶ月の休職を余儀なくされ、家庭を持つのも大変遅れたが、悔いはない。現場の事務職は配給券では足りない食糧調達が主務。闇米摘発で差押さえられたトラックを坂下（ばんげ）警察署に貰い下げに行くのが建設所事務課長の仕事。

身分も職種もなく関係者全員が一体となって身命を忘れて復興日本の建設に邁進した姿を、自著『技術放談』（私家版、平成27年刊）に「かたりべ只見川のこと」と題し、「死に物狂いの経験は、望んでもするべきもの」と紹介しています。これ程熱を上げた水力開発が、機械化施工のお陰で工事スピードが３倍になり、有力地点が開発され尽くされて、昭和30年代後半から火力・原子力時代に移行しています。私の時代認識の不足ですが、悔いはありません。

この時代変化に素早く対応した東北電力は昭和31年に水力王国から火力発電に踏み切り、火力土木が本店に戻った私の次の仕事になりました。

片門現場で大変お世話になった福西一彦さん（→１１７頁、２４１頁）は程なく正社員となり、主力を火力に転換した発電土木部門の中で、私が設計し、彼が現場で施工を担当するコンビが10年近く続きました。最初は八戸火力。当時最新鋭の７万５０００キロワット２台を、九州電力から最新鋭、新刈田火力の古賀孝建設所長を筆頭に90名もの火力技術陣の応援移籍を受けて、１年半の短時日で完成しました。この移籍の方々は東北火力の技術を担い、東北に骨を埋めて居られます。

火力敷地は旧河川敷でその軟質地盤に発電所基礎を造るために、平井弥之助建設局長がニューマチックケーソン（※）の採用を決意して、私等若手（当時27才、福西さんは28才）が担当を命じられました。

火力発電所、ましてその建設を見聞きしたことのない私達は僅かな手掛かりを追い、現場を担当した請負大林組の方々も懸命に努めて呉れて、新記録の大型ケーソン4基を所定の工期（1年足らず）で完成しました。

福西さんが生来の耳鼻の疾患から圧気室に入ると耳の鼓膜が痛むことを後で知ったのですが、彼はそのことを秘め耐えて現場を管理し、種々試行の末大型ケーソン沈定技術を確立しました。引き続く

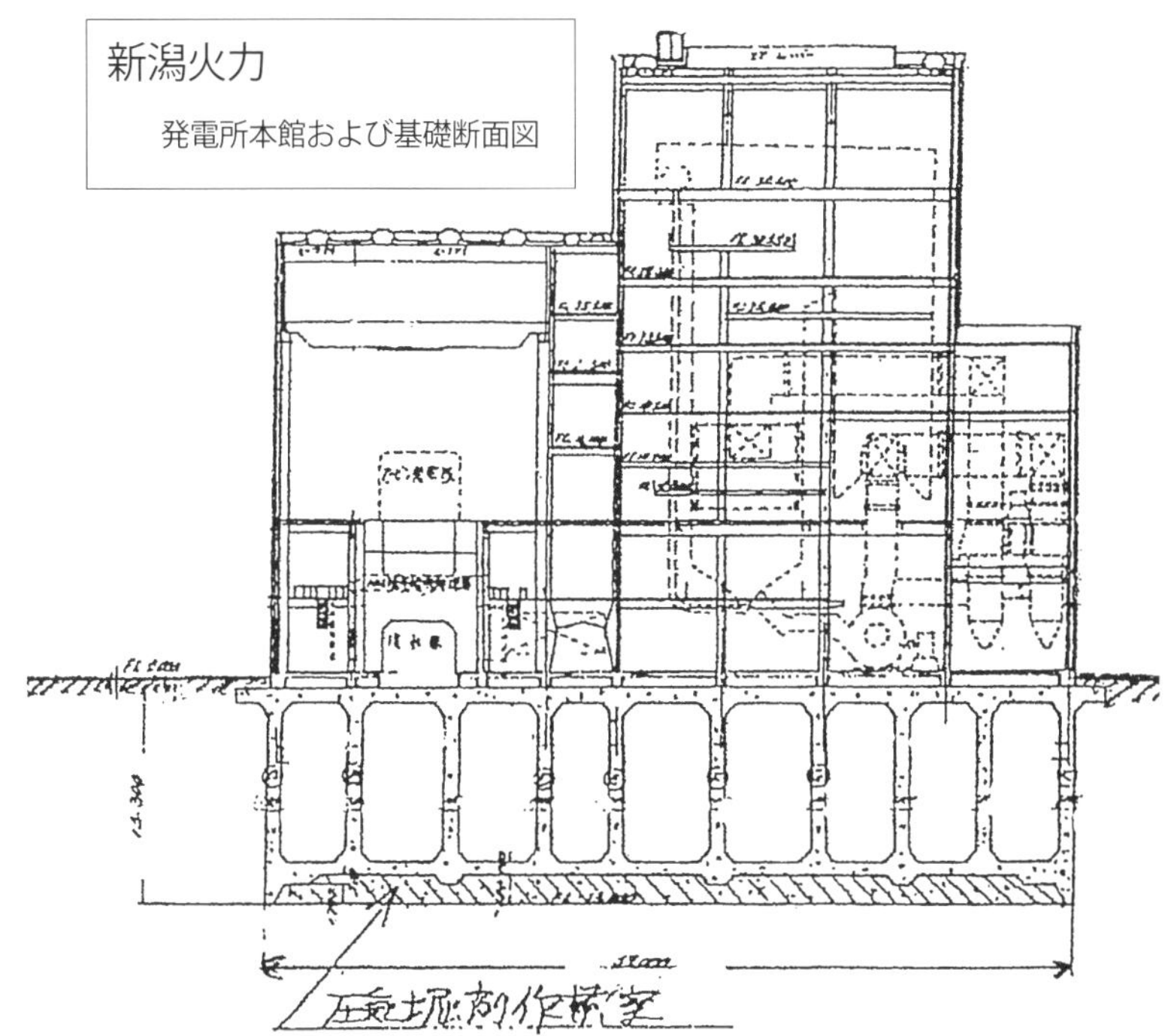

新潟火力
発電所本館および基礎断面図

※**ニューマチックケーソン**（圧気潜函）：地上で基礎駆体を製作し、底部に設けた作業室に圧気を入れて、地下水を排除する環境で土砂を掘削して駆体を沈下させ、確実な着盤を高める基礎工法。

新潟火力では床面積60ｍ×50ｍ＝３０００㎡、駆体自重3万トンの巨大なマンモスケーソン2基を完成し、**恐らく世界でも記録品だったでしょう。その後の巨大吊り橋の基礎に使われています。**

これ等の成果は平井親分の着想指示と福西一彦さんの苦心なくしては、あのように早く完成しなかったでしょう。この基礎工事は過大設備だとの社内批判もあったが、完成直後の新潟震災に立派に耐え、現地視察された池田勇人総理に「地盤の良くない新潟では東北電力のようにやれ」と言わしめています。

戦後日本の復興に当たった（土木）技術者は、全国各地、至る所でこのような未知の分野に失敗を恐れず懸命な努力を続け、次の発展期で大国の仲間入りを果たしたのでした。

海外先進技術の模倣からの脱却
自主技術による日本再建への産業界の努力

父の関与した化学工業界を始め産業界は多くの主力工場が米軍の爆撃で廃墟と化した中を、逸早く立ち上っています。先ずは民生用物資から、程なく電器製品、更に自動車や石油化学製品まで。何れ(いず)も無傷のアメリカ工業界や同じく廃墟から立ち上った欧州諸国まで、兎に角、世界の動きを知るのが先だと、多くの業界が海外の実態に目を向けました。

松下電器産業などがその先頭を切って三種の神器と称された白モノ（電気冷蔵庫、電気洗濯機、テレビ）が復興のシンボルとなったのを思い出して下さい。勤勉な我が民族ならではの成果ですね。

その頃の財界・産業界の動きは真剣そのものでした。

東洋レーヨン（東レ）の田代茂樹社長が、自社で戦中に進めていた合成繊維がアメリカで成功して、ナイロンとしてストッキング業界を牛耳り、そのパテントを買う破目に陥った時、技師連中が「パテントに触れない技術をモノにするからパテント買いを中止して欲しい」と社長に直訴したのに対し、田代社長は「君達の気持ちは技術者として判るが、今買わないと時流に遅れ商機を逸する。パテントは買うが、君達の力で当社の技術を完成させて呉れ」と言われ、全員が泣いたとの話を父から聞かされました。

この魂があるから、後年のバブル景気の際に経理部長が財テクを進言し、時の武田社長が「ウチは技術会社である」と即座に否決したのでした。この魂が続く限り東レは永続するでしょうし、現在の凡ゆる事業家に持ってほしいのはこの魂です。


先述したように、父は海外の化学工業界の実情を視察し、業界首脳との怪し気な度胸英語を使い乍らの意見交換で、業界の将来の姿を想定していたようです。**当面は先進技術を真似る他はないが、自国の内部努力で技術と工業力の先頭に立つ**。この事は国別、業界別を問わず共通でしょう。

現在の中国が多年月を掛け、大中華の復活と称して世界の慣行（パテントなど）や道徳を意識的に無視して今や大国になった、と威張るのは感心しないが、戦時中の4億が13億の民となってしまって止むを得ない面もある。何れにせよ後進国の通る道は同じですね。

戦争直後、後進国を自覚した我が日本が、持ち前の誠実さ勤勉さで早い時期に卒業して、左程、世界の批難を受けずに経済大国の地位を保持しているのはご同慶の至りです。その素地は**復興日本15年の全国民の努力**にあります。

先ずはエネルギー源と石油化学原料の原油入手に日本が必須とする**マンモスタンカー建造技術**が世界最先端をいきました。道路インフラ整備の進捗に応じた**自動車による陸上輸送の普及**と、それに伴い**世界的に斜陽視された鉄道を、満州帰りの十河信二さんが国鉄総裁として広軌新幹線を構想し、**島秀雄技師長の全面的賛成と協力・尽力を経て、**献身的な情熱を注ぎ昭和39年オリンピックに間に合わせて実現したこと**も、その後の発展整備と合わせて世界的な業績として後世まで特筆さるべきことです。

日本の新幹線

戦後の国鉄は大きな事故が続き、外部圧力で荒廃した現場を持ちながらも、伝統のポッポ屋根性を土台にした国営経理のお蔭で、列車は何とか時間表に添って動いていました。経営に困難を来たしていたが、私は昭和22年国鉄スト騒動（ＧＨＱが介入して中止）に始まる過激な労働運動に押されて融和路線をとった経営が敗けていた、とみています。昭和46年の民営化直前には、人件費が運賃収入の94％にまで食い込んで赤字を国費で補填していたのです。

この雰囲気と、大事故が毎年のように続くことで、昭和30年には総裁の引き受け手が居らず、十河信二さんが鳩山首相から一切を委ねる条件で第４代総裁に就任されました。満鉄出身の大陸派で

70歳。硬骨漢で知られていました。彼は「事故原因が無理な輸送にある」と**輸送力増強**に全力を注ぎ、極限状態までできている狭軌に替え、「**広軌化による高速大量輸送実現**」の一本槍で、周囲全体の猛反対を3年掛かりで押し切って東海道新幹線を実現して下さったのでした。内容は他書に譲るとして、山積した超難題を乗り切って、昭和39年10月東京―大阪間の営業運転が開始され、東京オリンピックに間に合わせたのです。この電源が関西系の60サイクルなので、関西電力美浜原子力の発電開始もこれに間に合わせています。

十河総裁は労務対策を現場主体に移し、職員がたとの直接交流で組合を味方にされたようです。職員がたの間には未だに十河さんを慕う伝統が残り、東京駅18・19番ホームの先端に記念碑があります。この発車式のテープカットに十河前総裁の姿が見られなかったのは「ものづくり」として私には甚だ心外でした。彼は三河島大事故（昭和37年）や彼が仕組んで結局は3倍にもなった予算の大幅超過を理由に辞任して居られ（昭和38年）、自宅で静かにテレビでご覧になっていたようです。さぞ複雑な涙を流して居られたことでせう。

世界の鉄道のあり方を転換させたこの壮挙の魂はＪＲ東海に引き継がれてリニア新幹線の工事が進められていることを世界に誇りたい。無事に完成されることを「ものづくり」の端くれとして祈っています。

戦後日本の産業界すべての分野で、戦時中の武器製造に情熱を注いだ技術者がたが、その**蓄積した技術の戦後の捌け口**として世界水準を超える成果を挙げているのです。

バイク狂の本田宗一郎さんをはじめ、自動車業界でのゼロ戦技術を基に無駄を一切省いた三菱の初代ランサーや、後に日産に吸収合併された中島飛行機由来のプリンスカイラインのエンジン技術など、鬱憤を晴らす息吹を感じたのは、私が技術馬鹿の故でしょうかね。

何れにせよ、凡ゆる分野での技術革新と簡単に言うが、**辛酸を舐めた戦後国民の意欲が素地**となっていることを、次世代の方々に是非とも認識して貰いたい。

これら全国民の努力の甲斐あって、池田首相がGNP年率7%増による所得倍増計画を立て、**新産業都市事業が全国で競って始められました。**

膨大な工業用地や港湾を建設する過程での、地権者・水利権者・漁業権者の協力とその折衝に当たった関係者・政治家がたの、**利権を上回る国家観のお蔭で今日の姿があること**を現代人に忘れて欲しくない、と私は絶叫します。

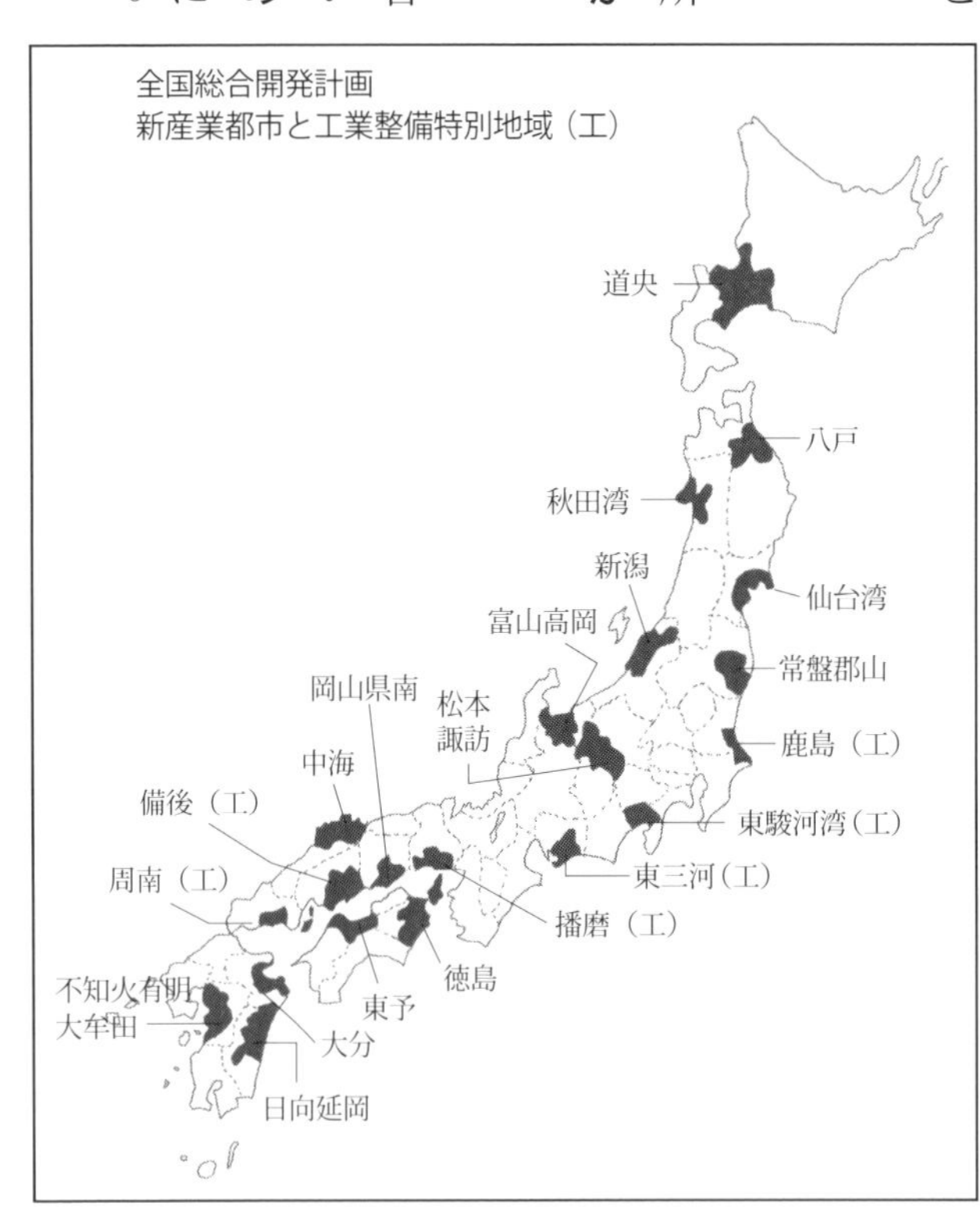

道路や港の整備。自然災害や戦争からの復興の礎

現在は余りにも私権尊重偏重に過ぎます。戦後復興日本の姿が昭和39年、東京オリンピックで花開き、其の後の躍進の足場になった裏には、これを乗り越えた数々の努力があった事を再度強調してほしい。

これら躍進の時代は私権者の協力無しには実現しなかったでしょう。その素地はあの関東大震災（大正12年）の帝都復興院、後藤新平総裁の東京復興計画にありました。彼は焼け跡から大都市計画を立ち上げるに当たり、

①計画区域を決めて都市計画を立てる
②区域内の地権者の既得権より公共都市全体の利益を優先する
③区域内の地権者から利益（地価）上昇分の提供（減歩あるいは金銭）を求め、公共用地と事業費に充てる

という基本方針を立て、当時の国家予算に匹敵する規模の大事業を長年月掛けて実現しています。

この手法は戦後間もなく「都市計画法」として法制化され、我が仙台市もそのお陰で戦災の中から立ち上がって、大型道路網を柱とする今日の姿を、50年程かけて実現しています。

建築進む仙台港（昭和 47 年『県勢の状況』より）

↑ 堀込港湾の浚泄開始　　↑ 東北石油精油所

昭和30年に私が仙台へ復職した頃のことです。復興都市計画の広い道路が未舗装でボツボツと姿を現わし始めていました。東京の恩師から「市内所有の土地が3割取り上げられる。厭ならその分の金を払えと、仙台で依頼している管理人から連絡がきて、何のことか要領を得ず困っているから調べて欲しい」とご要請がありました。その先生は石巻の伊達藩以来の名家の出身で、仙台市内に不動産を多く所有して居られました。

早速、東北地建の土木仲間に問い合わせて、**都市計画法の存在と仙台市での減歩率30％**（或いは25％だったか）を知り、先生に要領よく回答して信用を高めました。私もこの解説を聞いた当初は戦後の共産党の造った法律かと疑念を持ちましたが、その源は後藤新平さんにあったのですね。

新産都市には仙台も立候補して採択され、私も参画しました。仙台平野に10万トンタンカーが入る大型港を掘込方式で建設して石油精製工場を誘致する。その旗振り役（※）として東北電力も大型火力発電所を建設する、その電力窓口を担当したのです（↓217頁）。

掘込港方式は昭和30年代に世界中に流行した、平野に浚渫船（しゅんせつせん）を入れて港を掘り、その土砂で工業用地を造成するものです。計画区域は殆どが農地で、他に今度の津波で有名になった防潮林の松林がありました。その区域全体の40％は農地で残し、60％を工業区域に充てる、世にロクヨン方式と言うものです。

これは先進事業の鹿島新港整備計画で、時の茨城県知事が案出されたものです。鹿島は当初はヨン

※**旗振り**：港湾を新規に計画する際に、動機となる産業に課せられる役目。従来は木材産業の貯木場が充てられていた。

ロクでしたが、農業の将来その他を勘案して仙台はロクヨンにしたようです。しかしその後、ヨンの農地も徐々に離農者が増えて、今は殆ど残っていないのではないでしょうか。

この海岸の防潮林が難物で、丁寧に全部抜根する必要がある。此処で山本壮一郎知事が造園業界に言い出したのが「向こう2ヶ月間は、誰でも、何時でも、アノ松を移植に持っていって良い。アノ緑が県内の何処かに息づいているようにしたい」と、泣かせるセリフでした。本当に2ヶ月の間に見事に1本も無くなり、私の知る範囲では市の造成した鶴ヶ谷住宅団地のメイン道路に残っています。知慧とはこういう風に使うものなのですね。

これ等の努力は資金の裏付けなしには実現できません。只見川の水力建設には先述のように「ＡＦ（援助資金）」が使われましたが、その後の水力開発には、世界銀行融資の受け皿として、通産省が画策し、10年期限の法律で設立した電源開発株式会社が佐久間発電所を完成させ、同じく世界銀行の資金と技術協力で関西電力がクロヨンを何とか完成しています。

世界銀行からは、その後、愛知用水や八郎潟干拓事業もお蔭を蒙って完成しています。世銀のお世話で当時最新の技術も導入されました。このように**日本の復興に世界を挙げての協力があったこ**

↑中央の白くうつる敷地が工業用地（256万㎡（60%）
＊出典：新産業市／仙台港湾地区工業開発区域（60%）
昭和48年『県勢の状況』より

とは現代人に知っていてほしいことの一つですね。

7．日本の原子力発電の始まりと産業発展

資金のことを言えば**原子力発電**のことがあります。

原子力を武器に使ったアメリカは、戦後直ちに平和利用を始めています。１９５０年（昭和25）、全世界の１００年後のエネルギーの態様を原子力委員会が検討した**「パトナム・レポート（「Energy in Future」）」**が公表され、１００年後の地球を支えるエネルギー源は原子力以外にあり得ないと、アイゼンハワー大統領が決断されて民間事業の原子力発電に踏み切ったのでした。

「パトナム・レポート」日本語訳版の序文

パトナムは、彼の《将来のエネルギー》のなかで、こういうことを云っている。今後の１００年間に、すなわち１９５０年から２０５０年の間に、世界中で消費されるエネルギーの量は最も低く予想しても、72Qとなり、人間が有史以来消費した全エネルギーに対して凡そ5・5倍になるであろうというものである。Qというのは1×10の13乗Btuに相当するエネルギーの単位で、石炭３８０億トンのもつエネルギーにほぼ等しい熱量である。

パトナムは先づこの計算を試みるのに当って、将来の人口数を想定し、これに対し一人一

人のエネルギー消費の量を考へ、次いでエネルギー消費の効率の上昇をも合せ考慮して、この間のエネルギー所要量を求めているのである。

一方これに対して、今日考へられるエネルギーの総供給量をいろいろな面から検討して、地上埋蔵燃料として凡そ38Q、それに太陽熱、風力、水力、薪などの循環燃料を5～10Qと計算して、前記のエネルギー需要量に対して、どうしても不足を生ずることを指摘し、将来この不足量は原子エネルギーによって満たされるであろうということを述べている。

（中略）

パトナムは原子力委員会に関係する前に、アメリカ合衆国大統領行政府につくられた物資政策委員会（所謂ペーリー委員会）の活動に参加していたといわれる。この報告書では、アメリカ自身にとってすら、国内資源の利用開発に実質価格を考へねばならぬことを主張し、物資政策は国際的な視野で考へねばならないということを主張している。

私は、パトナムのこの尨大な《将来のエネルギー》をこのように見ている。この本は、私達の当面している問題の解決に一つの重要な示唆を与へてくれるに違いない。

1954年12月

総理府資源調査会副会長
東京大学教授　工学博士
安藝皎一

トン分のエネルギー量）とし、**100年後までの需用を72 Qと推測**している。これに応ずる石炭の埋蔵量は27 Q。これをガソリン代替に液化して、1/3の9 Q（＝**下概念図の★**）にしかならず、これを補えるのは原子力以外にないとしています。

それにしても地球に到達する太陽エネルギーが年間5,000 Qで、陸地はその1/4の1,445 Q。太陽エネルギーの巨大さが如何に大きいか驚かされます。何しろ年間にこれ丈の量が、太陽がある限り続くのですから！　うろ覚えですが、大変印象に残っています。

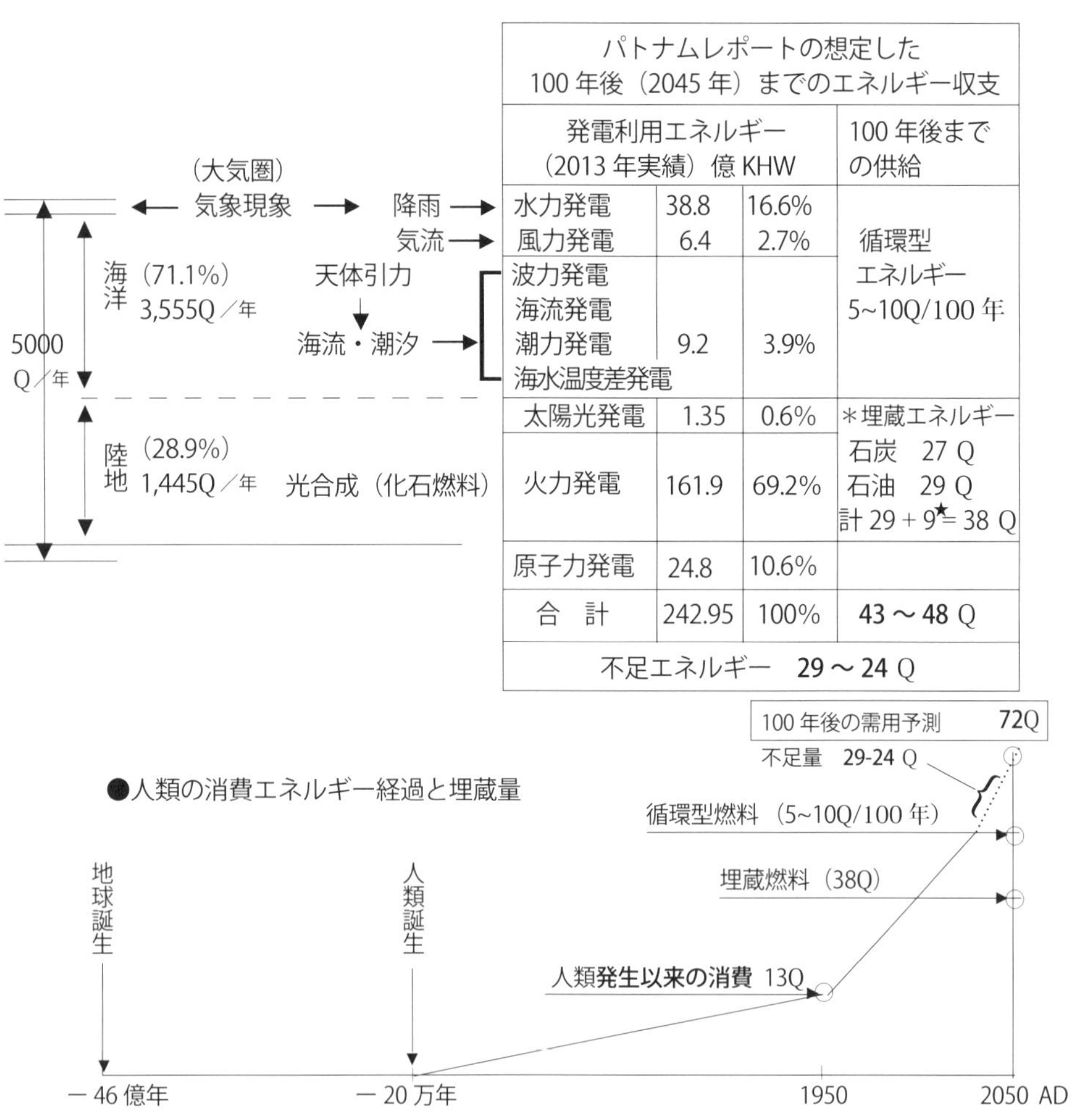

パトナムレポートの想定した 100年後（2045年）までのエネルギー収支			
発電利用エネルギー（2013年実績）億KHW			100年後までの供給
水力発電	38.8	16.6%	循環型エネルギー 5~10Q/100年
風力発電	6.4	2.7%	
波力発電 海流発電 潮力発電 海水温度差発電	9.2	3.9%	
太陽光発電	1.35	0.6%	＊埋蔵エネルギー 石炭 27 Q 石油 29 Q 計 29＋9★＝38 Q
火力発電	161.9	69.2%	
原子力発電	24.8	10.6%	
合　計	242.95	100%	**43 ～ 48** Q
不足エネルギー **29 ～ 24** Q			

Putnum Report "Energy in Future" (1950)

パトナムレポートを今知る人は少ないと思いますが、アメリカが戦後直ちに（或いは戦時中からかもしれません）地球の将来のエネルギー源を、考えられるあらゆる面から調査してエネルギー政策の基本としたもので、**結論は原子エネルギーしか頼れるものはない**として、アイゼンハワー大統領が、爆弾の次に民間の発電利用に踏み出したのです。

人類が有史以来使ってきた全エネルギーを 13 Q（Qは石炭 380 億

パトナムレポートの概念図（データ引用：パトナムレポート、理科年表（2019）、二宮書房データブック・オブ・ザ・ワールド（2019）

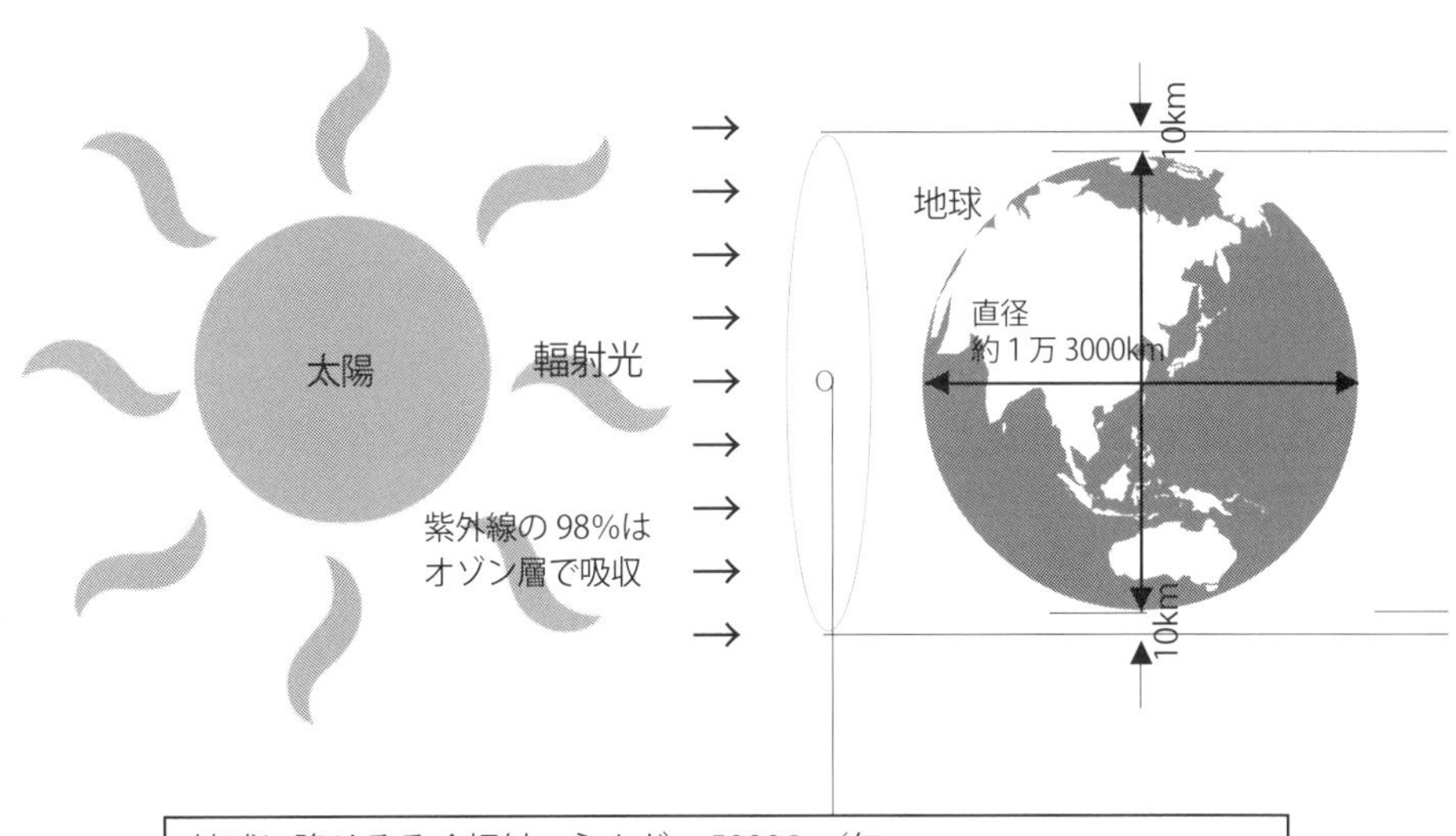

地球に降りそそぐ輻射エネルギー 5000Q ／年

Q：石炭 380 億トン分のエネルギー
参考：全世界の（褐炭を含む）石炭採掘量 72 億トン／年（2018 年実績）の 5.3 年分のエネルギー
発電 —— 2013 年発電実績の 140 年分のエネルギー

・Enerty in Future　概念図作製：大島達治

日本でもこれを受けて、電気事業者と重電メーカーを主体とする民間の原子力産業会議が昭和32年に結成され、初代議長に菅礼之助東電会長が推されました。その発会式の記者会見の席のことです。「原子力発電には膨大な資金が要る。これをどうするのですか」に対し、菅議長のやり取りは「君。子供さんは居るかね」「ハイ、2人居ります」「その子供さんは大学へ出すかね」「ハイ、そうしたいと思って居ります」「それじゃー聞くが、君はその子供さんの学費を造ってから、子供を仕込むのかね！」

これには満場爆笑。一遍に、和やかに会見を終わったとのこと。現在のギスギスした色々な記者会見もこれを見習ってほしいものですね。

あれから70年経った現在でもこの結論は変わらないと思うが、将来の生命線・原子力発電を維持する世界的な合意の為にも、現状に合わせてのパトナムレポートの再検討が世界規模でやれないものでしょうかね。

産業の大発展と公害問題

日本の産業は、朝鮮戦争（昭25年〜）の兵站（へいたん）基地としてGHQが占領政策を大転換して以来、自由主義各国からの積極的な協力を受けて凡ゆる分野で復興・発展しました。その中で**スケールメリット**を習得したことが大きかったと思ひます。

鉄鋼、造船、自動車産業は言うに及ばず、石油化学も原油大量入手の産物ですが、これ等**「大量生産、消費は美徳」の思想が、自由主義諸国を風靡（ふうび）して現在に至った結果が公害問題として地球規**

模で重くのし掛かっています。

とくに化学工業は、他産業が目的を持って新技術を開発していくのと違って、種々の物質を研究所で試作し、その独特の性質を有効利用する手段を後から探す。結局は大量生産・スケールメリットを前提として成り立つ産業形態が主流だから本質的にコスト重視の弊を持っています。中でも石油化学の成果として人類が造り出したビニール、プラスチック類が、使い捨ての後、紫外線による風化等で次世代に残した廃棄物が地球規模の公害問題化しつつあるのは、現世代として由々しきことですね。

◇この問題が**物理・化学的な問題に止まらず、情報と道徳の面でも大きな問題**であることを強調したい。それは**守秘義務**のことです。

元来サラリーマンには「**職務上知り得た秘密はこれを社外に漏らしてはならない、守秘の原則**」が科せられていました。それが昭和40年代の四日市公害事件が内部告発から発覚・発展して以来、「**こと公害に関する限り内部告発は社会正義に反しない**」との社会通念に変わりました。

以来、年を追う毎にエスカレートして、内部告発を罪悪視した嘗ての会社員の倫理道徳は全く過去のことになっています。と同時に人間同士の信用、とくに発信情報の信用も乱れ、フェイクニュースが地球を動かすまでにきて終(しま)ったのをどうしたらよいのでしょう。その源(もと)が公害問題にあったと私は思うし、技術者は勿論、思想家を看板にする知識人がたも地球人類の行方を左右する大問題と考えて然る可き段階にきていると考えます。次世代に期待します。

Ⅱ 中篇

〝ものづくり〟の歩いた道

――再建・高度成長期の日本――

1．敗戦から「消費は美徳」の高度成長期へ

昭和20年の敗戦から5年を経た昭和26年に私は東北電力㈱に入社しました。その年は日本のあらゆる面での復旧が進み、**9月にはサンフランシスコ平和条約が調印され、日本が国際社会に正式に復帰した年**でもありました。国内では復興が軌道に乗り、傾斜生産政策（↓84頁）による基幹三産業の一つ電気事業に就職できた私の社会での初仕事＝只見川水力開発現場は、物資・食糧の不足を物ともせず全員が文字通り一丸となって日本復興の意気に充ち満ちていました。

その1年前の**昭和25年に朝鮮戦争**が始まり、その兵站基地としての**日本が、平和憲法を守りながらの復興、発展に進む姿を自由主義社会が挙げて歓迎して呉れたのは民族の幸運**でした。その中での電気事業は、**松永安左ヱ門翁（左ページ）**の「**〝供給責任を果たすのが使命〟の理念に基づく公益事業**」**として、「発・送・配電一貫の九社体制」**が固まり、全国各地での水力開発が意欲的に進められていました。

その巨額な建設資金は、当初は食糧援助資金（↓82頁）、後には世界銀行からの融資の受け皿として十社目の電源開発株式会社が昭和30年に設立されて、天龍川佐久間・只見川田子倉・奥只見、それに関西電力のクロヨンなど、当時としては超大型の事業と、それに伴う海外の最新技術が導入されたことも忘れてはなりません。

日本復興の勢いは凄まじく、急増する電力需要に対応するには、大型水力が開発し尽くされて火

戦後日本の電気事業の基礎を築いた松永安左ヱ門翁

明治から大正にかけての日本では、財閥が政治や産業界に大きな影響力を持っていました。そんな中にあって松永氏は、権力に屈せず、自分が正しいと思うことに邁進。特に戦後はGHQと対等に交渉し、「9電力体制」を整えた。「公益事業である電気事業は、供給責任を果たすのが最大使命」との松永哲学が基本。電力王、電力の鬼と呼ばれる。

明治8年12月　長崎県壱岐郡石田村印通寺に生まれる
幼名：亀之助
明治22年　慶應義塾に入学
明治32年　日本銀行へ就職
明治43年　九州電気㈱設立発起人として広滝水力電気と合併、九州電気の取締役となる。九州に電車を走らせる
大正4年　九州電気協会設立、会長となる
大正11年　九州電灯鉄道と関西電機を合併し、東邦電力を設立
大正12年　関東大震災で被災した東京、横浜の電力会社からの要請を受け、松永指示のもと、東邦電力が復旧、復興に尽力
昭和7年　支配資本が14億円に及び「電力王」と呼ばれる
昭和25年　国家管理により失敗した日本電気事業の実権を握る
昭和26年　電力事業再編成（民営化）を強行し、「電力の鬼」と称される
昭和28年　電力中央研究所理事長に就任する
昭和30年　石油時代到来、原子力は20年先と予言する
昭和39年　勲一等瑞宝章
昭和46年　96歳の生涯を閉じる

写真提供：電力中央研究所

力発電に頼る他なく、水力王国を誇った東北電力も昭和31年に急遽八戸火力に着工する等、電力業界は懸命に復興の原動力確保の責を果たしました。

これは日本だけの事ではなく、人類社会共通の将来エネルギー問題として昭和30年にアイゼンハウワー大統領の米国が原子力平和利用の途を開きました。日本も、この民間の受け皿として早くも昭和31年に原子力産業会議を発足させています。

これ等の風景は前篇に紹介した通りで（↓134頁）、池田勇人首相が昭和35年に提唱した「所得倍増計画」（※）が推進され、昭和39年の東京オリンピックの成功で自信を取り戻した日本は、世界の先頭に立って高度成長期に突入したのでした。

昭和40年代は、**「消費は美徳」**。**スケールメリットを追及するアメリカ型経済が、大量消費による高度成長**を世界各地に現出しました。日本の所得倍増計画もこれを背景にしたものだったのでせう。**技術的にあらゆる分野で大きな進歩をもたらした反面、環境への影響が世界各地で公害問題として尖鋭化し、延いては、企業立地に産業界が悩まされる**こととなりました。

「開国し、殖産興業で日本が大発展した明治維新」以来の足尾銅山事件などの局部的社会問題が、戦後の**自由主義社会の基本問題の一つ、公害問題として顕在化**したのです。〝公益事業〟の錦の御旗を持つ電気事業もその例外ではなく、私も昭和41年にその担当に廻されました。土木技術者を天

※所得倍増計画：昭和35年に池田内閣のもとで策定された長期経済計画。61年度からの10年間に実質国民所得を倍増させることを目標としたが、現実の経済成長はこれを上回った。

職と心得て励んでいた私でしたが、**「誰かがやらねばならないこと」**と観念して、それなりに一生懸命励みました。「何年か勤めて何れ土木技術者に戻ること」を夢見ながら時は過ぎ、結局は後半生をこの分野で過ごすことになったのでした。

とは言っても、何事も一生懸命やるものです。**結果として自分の視野を拡げることとなり**、技術者としての分野もさることながら、全世界での庶民が如何に工夫しながら生活を維持しているのか、更には地球での生物の消長にまで関心が及び、大袈裟に言えば**豊かな自分の一生を造ることに繋がりました。**現在の情報社会では、常に問題意識を絶やさなければ、如何様にも豊かな対応が出来るのでした。

リンクする社会情勢と企業の節目

私は不思議に略々(ほぼ)5年ごとに生きざまが変わっていました。この事に気づいて昭和61年の社誌巻頭言に「固有周期」と題して投稿しました。再録してお目に掛けます。

東北緑化環境保全株式会社「社誌」（昭和61年8月号）

固有周期

昨年の話になりますが、経営セミナーに参加する機会を与えられ、一泊二日で、社会的に責任を持っている経営者がたのお話を拝聴してきました。私にとっての初体験であり、実務経験のにじみ出た貴重な教訓を私なりに得て来た心算でありますが、各講師に共通のこととして、古今東西の歴史を、各氏が独自の解釈で自信をもって身につけておられることに強い感銘を受けました。

「日本の発展の原動力となってきた大化の改新以来の官僚機構は、敗戦後、今日の復興まで有効に機能してきたが、現在直面している経済摩擦危機は官僚の理論ベースでは解決せず、民間人が、日本の歴史を踏まえた大和民族として他民族の理解を求めるのでなければ乗り切れない」と喝破されたことには、あらためて目を見開かされました。

また、歴史の一つの見方として、**「幕府政治以来40年周期で節目が来ている」**といった解釈もありました。つまり、安泰な鎖国で威張ってだけいた武家が、何時（いつ）の間にか経済主導権が賢い町民に移行していることに気付いて、何回かの改革（町民からその蓄積した富を召し上げる）を繰り返した周期が、丁度40年であり、幕末に黒船が来て開国を迫られ、事情急変による危機感から明治維新が実現するまで続いた、と見る訳です。

その維新も、40年目で日露戦争に勝ってからは危機感が崩れて「神国日本」に戻り、これが敗戦まで40年になっています。

昨年は又もや40年目に当たっていた訳で、経済摩擦は、その節目に当たる危機として捉える必要があり、危機感を持って対処すれば、我々大和民族は乗り切ることが可能だといった論旨でありました。

翻って自分のことを振り返ってみると、私事ながら、電力入社以来、只見川の現場に足掛5年、本社土木に10年勤めて企画室に5年、公害・立地に5年といった具合に、丁度**5年目に会社員としての節目がきている**ことに、かねてから気がついてはいましたが、民族としての節目にまで気が廻らなかったことには汗顔させられました。

さして理論的根拠があるとは思えないにしても、或る程度の必然性をもって繰り返される周期が社会現象の中にあるとすれば、年に一度くらいは自分の固有周期を見詰め、将来の設計を考えるのは、それなりに意味のあることでありましょう。

このことを企業に当て嵌(は)めてみれば、「何時(いつ)までも、あると思うな、親と金」で、同じ仕事で同じように稼げる期間は、業種それぞれに固有の周期があると思わねばならないでしょう。四六時中このようなことを考えるのは有益ではないとしても、必要な時期には、この観点から現状を見直して視野を拡げ、考えを新たにしていきたいと考えています。

このことを私の職歴から追ってみませう。私の職場は大体5年前後で変わっていました。これに気付いたのは企画室での終わりの頃でした。

・建設現場　足掛5年

・本社へ戻って　５年で結婚
・土木職　15年
・企画室　設備担当　５年半
・企画室　公害対策担当　４年半
・立地環境部　４年半
・電源開発調査室　６年

異動時期になると落ち着かないのがサラリーマンですが、自分の固有周期に気付けば、落ち着いて仕事に励めます。だから年に一度だけ自分の立ち位置を確かめればよい。

如何です。大企業ではこのように人事異動に大まかな周期があり、私の場合は5年周期でした。こんなことで、高度成長期を通して右肩上がりの時代に、天職と心得た電源関係の仕事に従事し、現職を全うできた私は幸福でした。昭和が全く過去のことになったこの機会に、私の貴重な体験をご紹介しませう。

昭和26	サンフランシスコ平和条約・日米安全保障条約調印
昭和31	日本が国連加盟
昭和34	ご成婚
昭和35	池田内閣「所得倍増計画」閣議決定
昭和39	東京オリンピック　東海道新幹線開業
昭和47	沖縄返還
昭和57	東北新幹線が大宮―盛岡で開業
昭和63	青函トンネル開通
平成7	阪神淡路大震災

年月	経歴
昭和26年4月	日本発送電㈱入社　東北支店土木部工事課工事係
26年5月	東北電力株に継承　建設局　只見川開発事務所　土木課
26年11月	〃　〃　片門発電所建設所　土木課　第二工区
28年7月	〃　〃　本名発電所建設所　土木科　工務係
30年3月	傷病により休職　会津電力事務所付
30年5月	東北電力　復職　建設局　水力建設部土木計画課　計画係
38年4月	〃　〃　〃　〃　計画係長
38年7月	〃　〃　〃　〃　副長
41年3月	〃　企画室　総合計画課　副長
43年8月	〃　〃　〃　副調査役
45年3月	〃　〃　調査役
47年3月	〃　〃　公害対策室調査役
48年8月	〃　立地環境部調査役
51年8月	〃　電源開発調査室調査役
57年7月	東北発電工業㈱へ出向　酒田支社長
59年10月	〃　兼　東北調査設計センター事務所長（平成元年5月まで）
60年3月	〃　原子力部調査役
60年6月	東北緑化環境保全㈱へ出向　専務取締役
62年7月	東北電力㈱退職　東北緑化環境保全㈱専任となる
平成3年6月	〃　取締役社長
9年6月	〃　非常勤取締役
12年6月	〃　退任

建設現場（4年）　電源立地（8年）　（3年）（3年）　企画室（7年）　建設局／土木（15年）　東発（3年）　東北緑化（15年）

出向（5年）　本社（27年）

（13年）　東北電力（36年）

2. 〝ものづくり〟の道へ——飛行機への憧れ

日支事変勃発前年の昭和11年に小学生、日米開戦の昭和16年に中学生になった私は、その頃の常として、戦争の悲惨さよりは花形兵器、とくに飛行機に興味を持ちました。

見上げる上空の戦闘機「隼」(一式戦)や二式戦「鍾馗」に憧れて、その頃から始まったペーパーグライダーにのめり込みました。性能良く作る為の勘どころを4年先輩の戸部勉さん(平成8年没)から教えられ、①物体は重心で動く。②その動きは重心に作用する力=推力(慣性力)と浮力のバランスで飛んで行く。③浮力は主翼で揚力を作り、尾翼は姿勢を保つ為に、むしろ下げ気味にして調整する。水平安定板の役目です。全体の重心が全長の3分の1に来るよう、機首の錘(おもり)を調整し、更に主翼の揚力中心を翼弦の3分の1にして重心を合わせる。理屈に適っていると納得しました。

ペーパーグライダー摸式図

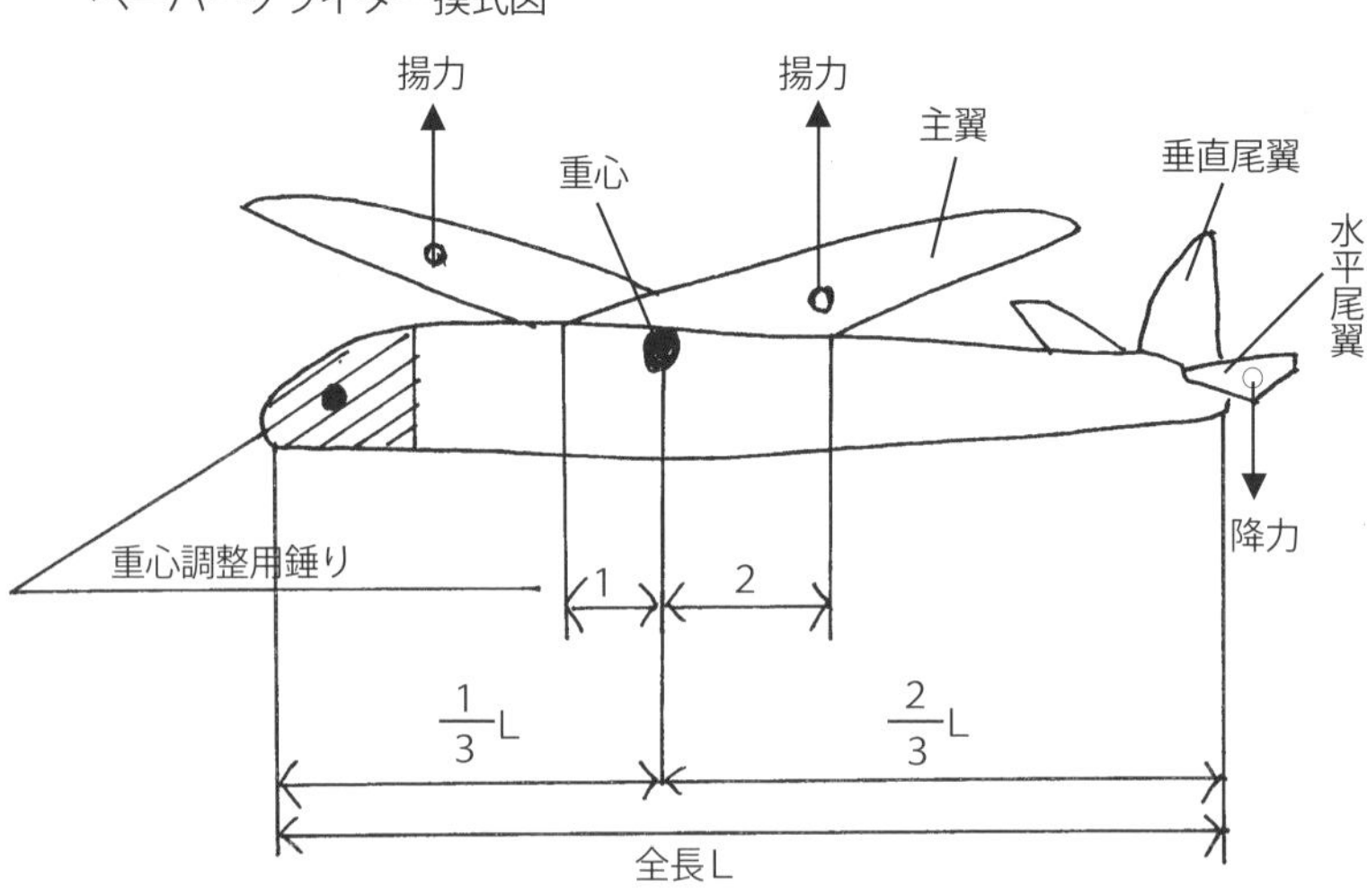

北上川水系和賀川大荒沢ダム（現在は錦秋湖に水没）
（私の第二の故郷なので再掲）

物資不足のなか、強靭な紙を求めて、父の机から古名刺を引っ張り出して200分の1のソリッドスケールモデルも作って得意になっていました。中学2年生の成績がガタ落ちで両親を心配させ、叱られましたが、手先の器用さの訓練ともなり、**将来の航空機設計者を夢見ていました。**

その夢は高校初年度、昭和20年の敗戦で打ち砕かれたが、即座に水力発電所へ夢を移しました。夏休み中に何度かお世話になった黒沢尻（今の北上）の山奥の叔父の工場で、和賀川発電所（1万5000キロワット・現在は湯田ダムの錦秋湖に水没廃止）、とくにそのダムに〝男の仕事〟と惹かれていたのです（↓108頁）。大学の土木工学科に首尾良く合格し、力学の講義ではペーパーグライダーでの知識から力の作用のメカニズムを即座に理解出来たのでした。

祖父の家業酒造家から応用化学への道に進んだ父。実兄も応用化学を継いだのでものづくりの家柄なのですが、兄貴と同じ道では分が悪いと兄とは別の土木の世界をライフワークに選んだ私は、迷うことなく工学部＝〝ものづくり〟の世界で広く社会を眺めることが出来て幸運でした。

3. 就職と〝丁稚奉公〟――実務体験で受け継がれる技術

昭和23年、東大工学部土木工学科に首尾良く合格した私は、いい加減な学生で、実家から徒歩30分の教室に毎日遅刻していましたが（その結果、鉄筋コンクリート工学講座は落第）、**内海清温先生**（↓183頁）の「**発電水力講座**」だけは終始真面目に最前列で受講し、採点が甘いと先輩から定評のあった卒論ですが内海先生から最高点を頂きました。昭和26年春の卒業には、折からの就職難のなかを、**父と叔父が旧知の日本発送電㈱建設担当理事平井弥之助さんに頼み込んで**、2倍の競争率のなか採用して頂きました。平井理事の指定で東北支店に配属され、一ヶ月後の東北電力㈱に承継されて、半年の本社務めの後、初代常務建設局長の平井さんのご配慮で、諸先輩を差し置いて花形の只見川開発現場の片門水力建設所で揉まれる社会人になったのでした。

水力土木工事は、その場所の実状に合わせて造る一品生産です。基本計画から出発して構造物基本設計から現場の細部設計と施工まで、一つとして同じ物はない。〝全ては現場所長の全責任で、本社は金繰りを含めたバックアップの縦割り分担〟が明治以来の構図でした。従って現場の猛者は、担当する分野の経験豊かなスペシャリストの集まりです。一つの現場が終わると退職金を配分して

私の初現場・片門建設所二工区にて（昭和27年、23歳）

片門発電所建設所ドラフトチューブ据付（昭和 27 年 5 月）

解散し、建設所長が次の現場を開拓して前の現場での子分を集めて仕事をしていました。

「フリーメーソンリー」というジェントルマンが集う世界的なクラブがありますが、その起源は「石工（メーソン）の職人組合」でした。中世欧洲での教会建築で、親分が欧洲各地に散在する子分職人を集めて世界遺産クラスの仕事をした、その語源となった制度と同じことです。

昭和15年の電力国家管理法で発電事業が日本発送電㈱に統一され、組織化された後も、その親分・子分の人脈は常々と受け継がれていました。その頃の水力屋は一ト現場3～5年。山奥で5ヶ所も勤めれば水力屋としての一生を孫に威張れたものでした。

こんな**伝統の水力土木の世界だから、入門当初は丁稚奉公**で鍛えられる。その心構えが無ければ長続きせず、唯のサラリーマンで一生を送ることになる。年功序列で一応の処まではいくが大成しない。

幸に私は入社前に幾許（いくばく）かの経験を積んでいまし

た。大学は、実務主体の高専とは違い、その時点での最高知識・最高技術を講じるが、丁稚の心得まではやらない。その補いとして**夏休みに現場実習の慣習**がありました。これは学習単位には入れないが、**〝後輩を慈しむ〟人の道の教えを含む貴重な伝統**です。

初年度の現場として、国鉄北陸線能生での測量実習に金子允君（※）と他校からの数人とで参加しました。当時最新の地辷り土質について斉藤迪孝さんが研究して居られました。地辷り移動の経年変化を測量する仕事です。その傍ら、試作中の地辷り歪計を見て感動しました。手造りの原始的な装置でしたが、その工夫と同時に**技術の原点を熟く教わったの**が有難いことでした。

2年度は奥村助教授（溶接工学）

※金子允君：私より2歳年長だが、群馬県土木部長、出納長で早逝

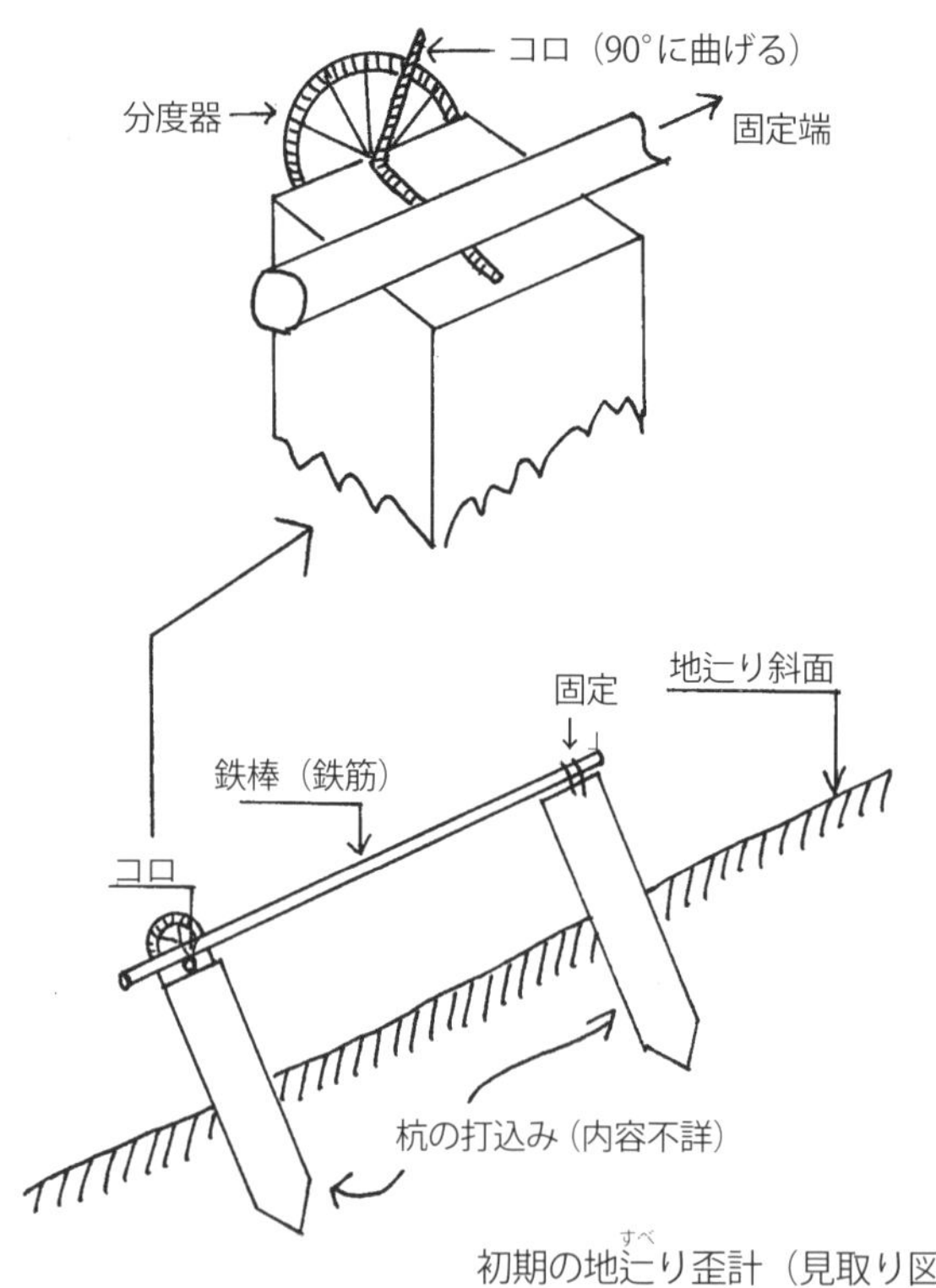

初期の地辷り歪計（見取り図）

のご紹介で建設省土木研究所土質研究室長福岡正巳さんのお世話になり、福岡さんが関心を持たれた〝電気地下探査の堤防地質調査実用化実験〟とその結果を持っての東北地建の河川管理現場を2ヶ月も廻りました（この時に調査した10ヶ所程の堤防の漏水箇所の2地点が令和元年19号台風の洪水で破堤しています）。少なからぬアルバイト料もさる事乍ら、7名の人夫を使っての現場調査で、洪水の堤防漏水を心配する地元の方々との交流体験が大きな収穫でした。同期の河合稔典君と2人で泊められた漏水堤防前の農家で貴重な銀シャリをご馳走になり有難かったが、ご馳走の卵とじのお吸物の中に泥鰌が引繰返って浮いているのに閉口したのも良い思い出です（食糧事情が未だ回復していなかった）。

3年度は父のコネで旭化成（延岡）水ケ崎水力発電所工事設計監督の日本工営㈱の現場で脇治雄先輩のお世話になりました。此処では排水ゲート操作橋の構造設計を言いつかったのですが、大学講義での知識を現場にどう適用したらよいか、一ヶ月掛かって終に図面に出来なかったのが今でも口惜しいし、相済まぬことだったと思っています。**〝学問だけでは役に立たない！ 実地が基本だ〟**と、骨の髄まで身に滲みる体験でした。その上、土木の世界で土質工学が注目された初期の頃の福岡研究室での体験も、その後の発展と共に現場の実地に活きて、有難いことでした。

昭和26年に入社して本店の只見川開発事務所に配属され、折から本流案分流案（※次ページに図版）で揉めていた只見川水力開発計画の技術評価に吉田政府が招聘した「O・C・I（Overseas Consultant Incoporated）の東京での作業補助に何ヶ月か出張しました。計画の雑計算を手伝いながら、コンサルタント業とそのリーダーＢＯＮＩＮ氏の言動を学びました。そのなかで我々の**指導者、平井弥之助建設局長（以下、暫らく「局長」と略称）**の論文にも教えられました。

久保田豊さん（※）の分流案の長所である〝即効的、効率の良い開発〟の価値を認める一方、〝最終的には只見川の水と落差を余す処なく開発する本流案が日本にとって本命である。日本の現状では両案を事業化するに力不足、遠廻りでも本流案で行くべきである〟の趣旨が、堂々と筋を通したものだったのです。

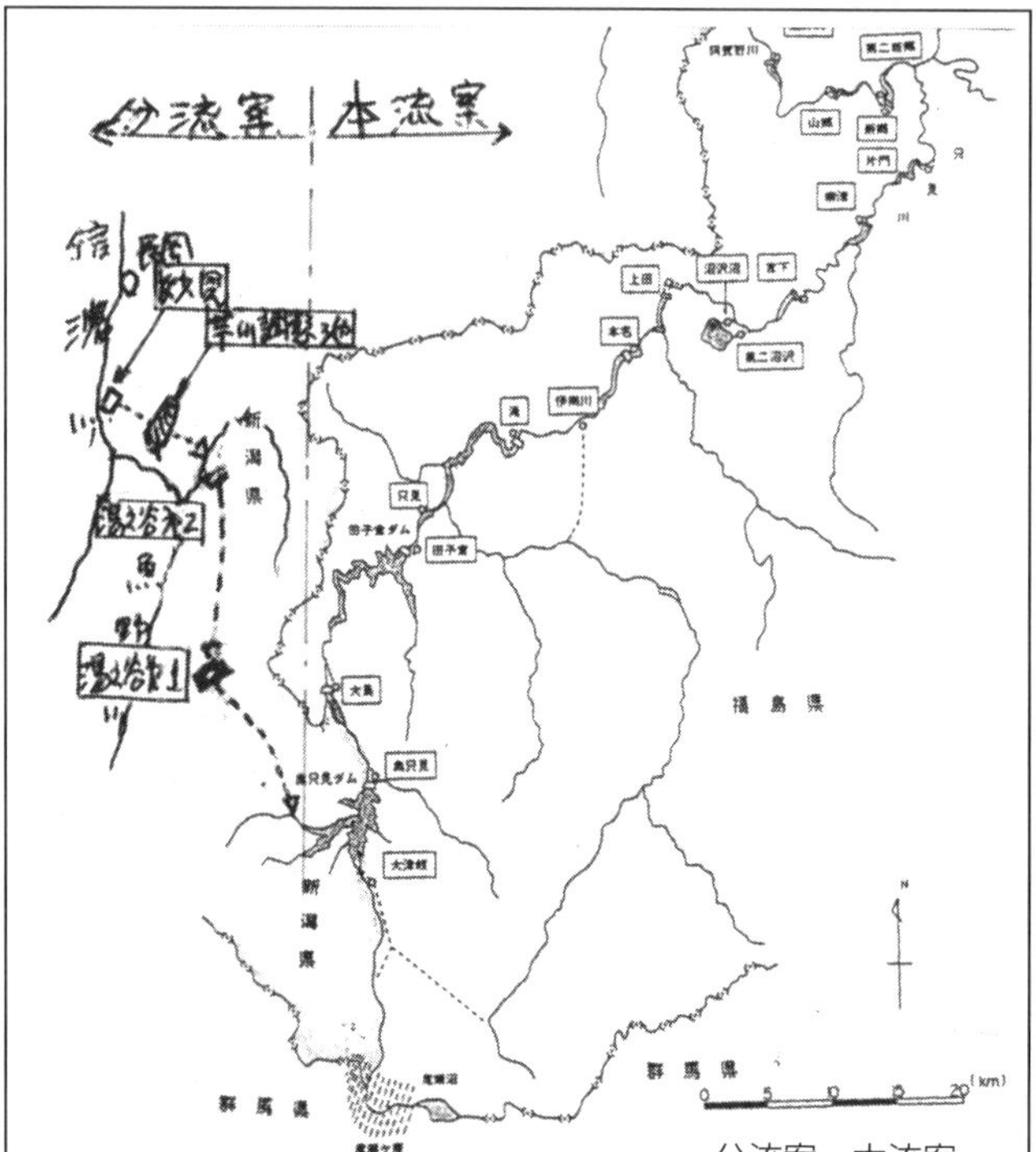

分流案　本流案

※**久保田豊さん**：朝鮮鴨緑江水豊ダムを開発。遙か上流から日本海への分流発電も実現し、朝鮮工業開発の要とした功労者。

これらの下地を持って現場へ行ってみると、何しろ最若年の新米。当時の生活給体系のなかでの給料は２００人の建設所員の最低。建設所長よりも現場の倉庫番のほうが高かった、おそらく子沢山だったのでせう。学卒は当時の国家公務員六級一号の初任給６千３００円（月給）と決められていました。それに時間外給与0.6％（時給）が、当時の時間外上限180時間、で丁度2倍になったが、これは余談。

各現場に一人ずつ配置される学卒は学歴を尊重して貰えるが、指導・教育して呉れる立場の先輩所長、課長とも大先輩だが多忙で、新米の教育どころではない。配属された第二工区（発電所）の主任は現場叩き上げの徳人で事ごとに目を掛けて下さり、工区内14名の融和を果して下さるが、設計計算にはノータッチ。従って教わる人もない中で**全部自分で考えて**、複雑な発電所内構造物の具体的設計・計算をやらねばならない破目だったのでした。

それでも、**技術の原点が一つ一つの積み重ねであり、計算の原点が力のバランス**だと体験していたことから、前述した（↓117頁）隣のダム工区の、実務に長ける福西一彦さんのご助力のお蔭で、何とか鉄筋コンクリートの強度計算と鉄筋の設計図を間に合わせ、土木課長の承認を貰って工事が進みました。この**現場の鉄筋**には今だに2つの思い出があります。

一、当時の鉄筋は丸鋼で、直径9ミリ筋から、12ミリ、

↑間 工区主任

第二工区14人の面々

25ミリ、28ミリ、32ミリの5種類が、白洲次郎会長の指示で将来の値上がりを見越して大量に買い付けられ、現場に定尺5.5ｍ50トンずつ積んでありました。これを工作場で設計寸法に合わせて切り揃え、現場で設計図に従い組み立てるのです。余った端筋（はきん）は払い下げるまでの管理が厳しい。当時はこれが経済だと思っていたのです。

こんな手間は馬鹿げている、と私は慣行を破って5.5ｍの定尺を二つ切り（2・75ｍ）、三つ切り（1・83ｍ）、四つ切り（1・38ｍ）の三通りにして鉄筋の組立図を造りました。とは言っても、当時の鉄筋はフック加工と言って、両端を曲げてコンクリートからの抜（ぬけ）上りを予防するので、実効長さは可成り（かなり）縮まります。それで鉄筋工作場へ行き、曲げた鉄筋の有効長さを計ることから始めました。その上、長尺ものは何ｍかをラップして力が伝わるようにせねばならん。最も太い32ミリ筋ともなると、5.5ｍの定尺が実際の有効長は4ｍそこそこで非能率極まりないが、フック加工不要のコルゲートバー（異形鉄筋）出現前の当時は止むを得ない。翌27年夏に東北大から来た2人の実習生に、先ずは鉄筋工作場での計測を体験して貰いました。学問をやってきた彼等は仰天したことでせうが、社会へ出て役に立った筈です。

二、鉄筋工との付き合い。私の作った配筋図で作業する斉藤頭領は職人気質（かたぎ）で、素人の私の配筋図を立派にコナして呉れました。通常は標準断面図を渡すのですが、複雑な配筋だと数量の計算が面倒なので、私は50分の1の設計図を展開図にして配筋を記入しました。これで配筋のラップを図示できるし、本数を数えるのもさしたる手間ではない。実務に入って直ちにこの手法を考え出して、最後までこれで通しました。

或る日のこと、現場からの鉄筋工の一人が工区詰所へ顔を出し、〝鉄筋が入らない〟と喧嘩腰で言う。ドレドレと現場へ行くと発電所最底部のドラフトの複雑な鉄筋の最後の一本、5.5mの32ミリ筋が「入らない」と寝かしてある。弱い所を見せては不可ん。〝どれどれ〟と落ち着き払って自分で担ぐと、親方が手助けして呉れて、複雑に組み上がった鉄筋の中をやり取りして丁度納まりました。縮尺だが実寸の設計図のお蔭でした。

その親方に日頃の協力と慰労の心積りで甲州印伝の自慢ものの財布を手渡しして、〝みんなでやって呉れ〟と渡しました。財布は翌日その侭返ってきたが、これが鉄筋職人との固い絆となったのでした。この親方はその後も、忙しさと面倒な配筋に文句を言う職人に、〝大島サンの設計図はこのように作ってあるのだ〟と、解説して宥めて呉れていたし、私もこれに応えて、手が間に合わない時には危ない型枠の上での長尺モノ受け渡しを手伝いました。32ミリ筋5.5mものは略々50キロはあったでせう。施主も請負もない。若さ溢れる元気な頃でした。

第2号機ケーシング下部配筋状況

まぁ、こんな事を重ねて丁稚奉公の実を上げ、本社でも平井局長が若手を集めて、「片門の大島が良くヤッテイル」と誉めて下さっていた、と後で聞きました。その時に「生保内（おぼない）の発電機架台にクラック（ヒビ）が入ったが、君達どう思うか」とのご下問に「鉄筋コンクリートはクラックが入って、鉄筋がはたらくんではないですかと答えて馬鹿野郎と怒鳴られた」と、後年の高橋由巳さん（※）の話です。彼は大学で習った通りの意見を言ったのですが、見せられた写真のクラックはおそらく6ミリ以上。破壊されたものだったのでせう。**学問と現実の違いを丁稚奉公のうちに体得しないと、技術屋の将来は拡がりませんね。**

※高橋由巳さん：東大土木 昭和29年卒。後に東北電力副社長

4．土木15年

第二の現場、本名ダムでのゲート落とし

初現場片門での丁稚奉公2年で一人前の土木屋として次の本名現場の工務係に移動しました。着工1年を経た現場には、花形の工区に後から参加する余地はない。片門から来た福西一彦さんと一緒に雑用係です。その中で幾つかの特殊設計を担当しました。今でも鮮明に覚えているのが**昭和29年7月の湛水**です。

梅雨末期の只見川の毎秒100トンを超す大流量を遮断してダムに水を湛める仕事です。ダム最下部に開けてある工事中の排水孔を厳丈なゲートで閉め切る。そのゲートを重さにまかせて落とし込むのです。当時、おそらく**記録的だった毎秒120トンもの流水を物ともせずに遮断する公式などありはしない**中で、何とか理屈を考えて35トンと答えを出しました。

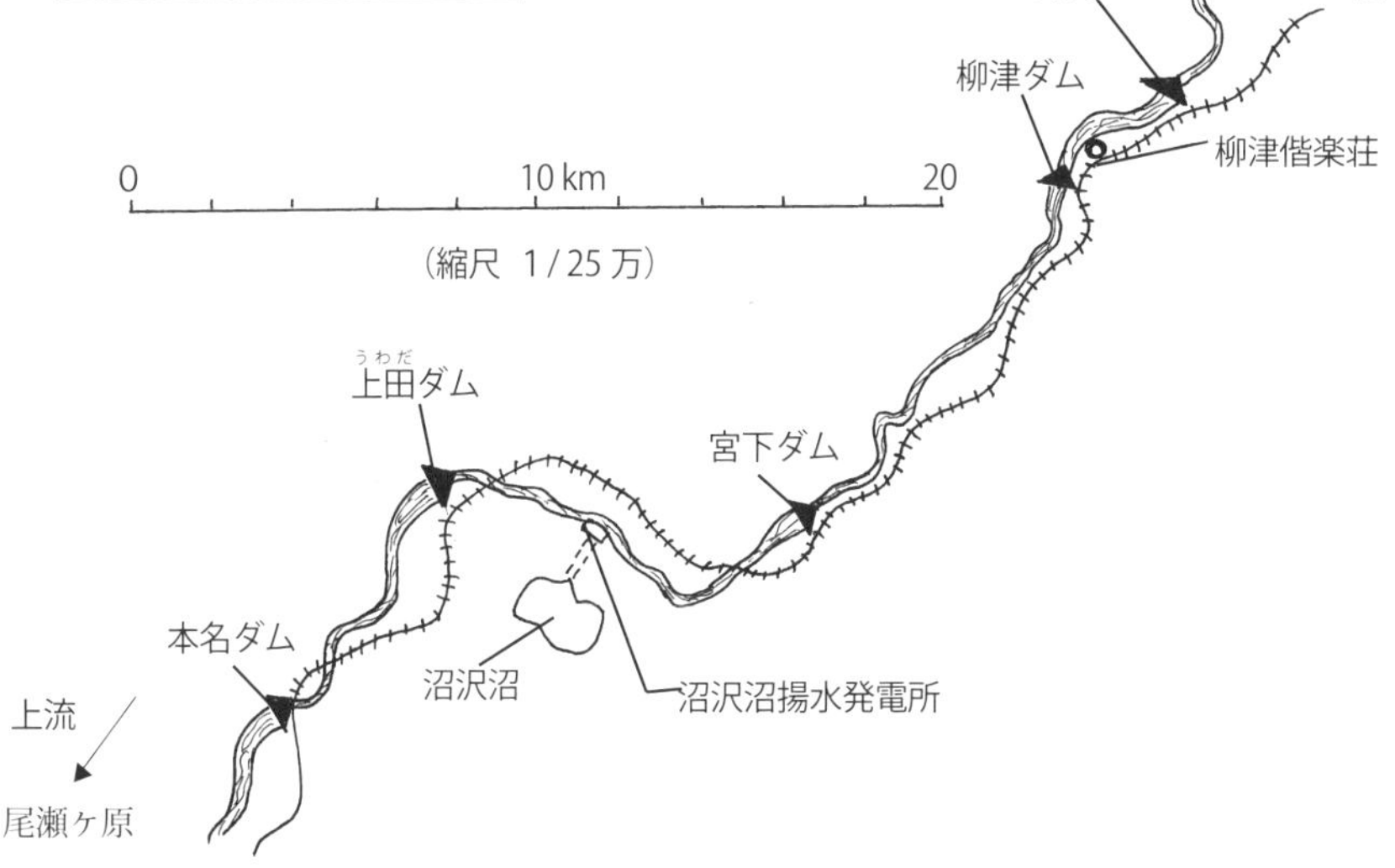

只見川下流ダム発電所位置図

出来上がっているゲートは20トンだから、15トンの重量を足す必要がありました。鉄筋の切れ端(はし)を集めてヘビーコンクリート塊を作り、ゲートに乗せる準備が整って、後はどう落とし込むか。これは柳内泰介土木課長の指示で1本の太いワイヤーで吊るして置き、危険だがガスバーナーで切って落とす。この作業は社員の穴澤清さんが直営で当たりました。

「危険」というのは、張力が掛ったワイヤーを切ると、強力な特殊鋼製の素線(そせん)を幾重にも縒(よ)ってあるので、縒りが開放されると解(ほど)けて猛烈な勢いで拡がり周囲を薙ぎ倒します。今でもその事故例があります。その用心に切断部の両側を二重、三重に別のワイヤーで縛り上げて準備は整いました。

さて、**湛水の日時には只見川の流量を常時把握している会津給電指令所の智慧を借りました。**融雪の具合で流量が時々刻々変わるのです。〝7月28日午前10時が最低水量になる〟との**神業(かみわざ)的なご託宣(たくせん)で決まったのが半月は前だったか。本当にその通りになった**のでした。

当日朝6時前に宿舎の前で自動車の音がする。寝間着のまま窓を開けると、ランドローバーから平井局長が顔を出して居られる。周章(あわ)てて着替えて出ると、局長は今日の湛水の段取りを確かめに来られたのでした。

ゲートに重しを乗せた概略と、落とし込み段取りをご説明すると得心して帰っていかれました。平井局長はその侭(まま)宿舎の柳津偕楽荘（※）へ戻られ、白洲会長がご招待申しあげた秩父宮妃殿下（会津若松・松平家の出身）と（おそらく）何喰わぬ顔で朝食をお相伴(しょうばん)の後、一時間はかかる本名現場へ白洲会長の

※柳津偕楽荘：只見川現場の来客宿泊施設を兼ねて白洲会長の指示で設けた厚生施設

運転でご案内して湛水式に臨まれたのでした。現場責任者の立場を尊重しながらも、**最高責任者としての周到な心配りを心底から教わった**、と今でもこの思い出を大切にしているのです。

このゲート落としの結果は、ガスバーナーでワイヤーに火を掛けた途端にワイヤーが切れて危ない所でした。特殊鋼だから一寸熱をかけると材質が変わって考えるより余程速く切れたようで、現場でのワイヤーロープの扱いは玄人でも慎重さが要るのです。数日前のテレビで、何処かの現場で引張っててワイヤーが切れ、縒りが戻って周囲を薙ぎ倒して死亡事故になった、と知り、本名での体験がまことに貴重だった、と痛感しています。**現場の苦心は現場を体験した者でなければ判らない！**

川筋現場での無茶な過労の故でせう。本名での定期健康診断で肺結核の発病が発見され、無事、湛水を見届けたうえ、東京の実家へ戻りました。梅雨明けの会津高原を蛇行する磐越西線の車窓から見た、湿原に咲くあやめ群落の美しかったこと。一ト仕事を終えた満足感もあって、病んで実家に戻る悲愴感は左程感じなかったと思います。

この肺結核発病は、中学2年生での初感染から10年経っていて、普通なら5年用心すれば良いことだと、全然考えていなかったのですが、日本復興の意気に燃えて、若さにまかせ丁稚奉公の気持ちで随分無茶をやった過労と、十分とは言えない栄養状態からだったのでせう。就職時に52キログラムあった体重が42キログラムになって、お袋を驚かせました（前述）。実家での両親と周囲のご心配のお蔭で、10ヶ月休養の末、復職できた顛末は98頁の通りです。５００円玉ほどもあったこの肺結核は今では痕跡も全く残っていません。一過性だったということです。幸運でした。

現場に出られない悶々の本社で——平井局長の訓育

さりとは言え、10ヶ月の休養の後、昭和30年6月に本社に復職したあとは、建設現場へ勇躍赴任する先輩同僚を見送るばかりで、**念願の現場へのお声が掛かりませんでした**。当時の医療水準では肺病やみが現場の激務で再発することを慮（おもんぱか）ってのことだったようです。結局、昭和35年に新築した電力ビルに27年も棲みついた本社勤めの侭で終わりました。これ以上長期に本社勤めが続いたのは若林社長と給電部の技術の神様だけだった、と威張っても始まりませんね。

本社土木建設課へ戻っての初仕事は、**悶々の私を意識して下さっている平井弥之助局長から〝東京都の水道事情を調べて来るように〟**と一週間の出張を命じられたことでした。

東京の実家を足場に、父から紹介して貰った東京都水道局長さんから、上水計画は民度に応じて一人一日当りの使用量を300リットルから500リットルと見積もること。東京は多摩川を歴史的な水源として村山・山口の両貯水池（第一水道）と戦後完成した小河内ダム（第二水道）の貯水量では到底足りず、利根川水源の東京電力矢木沢ダム（第三水道）、霞ヶ浦水系（第四水道）、それに下水の混（まじ）った江戸川から金町で上水とは言わない中水を取水し浄化して（第五水道）漸（ようや）く賄っている（昭和30年の話）実情を知りました。500万人の当時でこれだから、1000万人の現在、東京都の関係者の苦心は思い半ばに過ぎるものがありますね。

それは兎も角、この出張報告を纏（まと）めて平井局長に届けた処、〝マア座れ〟とやおら赤鉛筆を採り上げて斜にかまえ、一字一句、丹念に直して下さいました。要は、〝君は会社の時間と費用を使ったのだから、「からであらうと思われる」を「自分はこう思う」に直せ〟。詰(つま)り、**第三人称は無責任。責任を持っての第一人称に直す**とのことでした。

その他、字句の意味を正確に吟味すること（一例として、〝矢木沢ダムの水利権を東京電力が東京電灯㈱から譲渡され〟は、「譲渡」ではなく「承継」が正確）も教えられましたが、この教えが何よりも作文不得手な私が文章に興味を持つきっかけになり、現在の「ものかき」に繋がりました。何のことはない、第一人称で表現すること。技術論文はデータが基本だから先ずデータ・図面・写真を揃えて原稿用紙に配置し、その間を説明で埋めて全体のバランスを考え乍ら仕上げる。現在の私の手法は此処が出発点なのでした。60年も前のことです。

このことは後日、「内ヶ崎社長から日量１８０万トンある北上、阿武隈両川の流量をどう活用したら良いか聞かれている。君はどう思うか?」とご下問があって、アアこれだったか、とわかりました。一度、席へ戻って、面倒を省いて「１８０万トンあれば一人一日５００リット

女川を救ってくださった平井弥之助さんの信念

「大事業に携わる事業家は、社会から託された事業を保つために想定外の事態にも備えなければならない。それも社会から許される範囲で」

平井弥之助さん略歴

- 明治 35 年　宮城県柴田町に生れる
- 仙台一中、旧制二高を経て東京帝国大学　工学部土木工学科卒業（大正 15 年）
- 大正 15 年　東邦電力㈱入社。（飛騨川）川辺発電所建設所長
- 昭和 16 年　日本発送電㈱入社。（奥日光）黒部工事事務所所長、土木部長、理事
- 昭和 26 年　東北電力㈱　常務取締役建設局長、
- 昭和 35 年　同社取締役副社長（昭和 37 年退任）
- 昭和 37 年　電力中央研究所　理事技術研究所長（昭和 50 年退任）
- 昭和 61 年　逝去　淳徳院彌翁真徹居士（行年 83 歳）

ルとして360万人の都市用水です。100万にも満たない仙台だから、松島の裏山を平らにして石巻まで都市を繋げなければ使い切れませんよ」と返答しました。この件はその後、阿武隈川から日に10万トンを取水する岩沼の製紙会社の誘致に活きています。

水力王国から火力へ――昭和31年以降の東北電力

昭和31年の年頭挨拶で、水力開発で東北の振興を全うすると訓辞された内ケ崎贇五郎社長は、間もなく火力に向かう方針に転換されました。需要見通しが大幅に上ったのです。これは土木屋にとっても**硬質岩盤から軟質地盤を相手にする大転換**なのでした。

その手始めは八戸火力建設からです。

手薄な北部電源を急遽補強する為に7.5万キロワットの最新鋭火力2基を建設するものです。水力電気屋は売る程いるが火力電気屋がおらず（機械屋も）、九州電力から88名もの火力技術者を、同社最高峰の新刈田火力建設所長・古賀孝さんを先頭に転籍していただきました。古賀さんを始めこの方々が、事情のある二、三の方を除いて、**全員が仙台に骨を埋めて下さっていることに、東北全体で感謝せねばなりません**。

土木屋のほうは、唯一火力に携わった経験のある平井局長の指導で、海をその心算（つもり）で見たこともない山猿どもの仕事。海岸構造物は見様見まねで何とかなるが、一品生産の発電設備基礎を建築屋が片手間に考える当時の慣習に対し、日発時代の局長が火力基礎の不等沈下に悩まされた経験から、土木屋が確りした基礎を作らねばならんと、直接、我々を指導されたのです。

八戸火力――ケーソン基礎

八戸火力は馬渕（まべち）川河口の深い堆積地質に対処するのが最大の課題で、局長はラフト（筏）基礎を**ニューマチックケーソン工法**で建設する事を考え、指導されました。設計担当の私は、魚住さんの『ニューマチックケーソン』の著書を唯一の頼りに取り組む外はない（相談相手が仙台に居ない）し、魚住さんは面積20ｍ×20ｍ＝４００㎡の、敦賀の海軍貯油槽の経験だけでした。八戸火力基礎は56ｍ×76ｍ＝４３００㎡の面積に火力機器と建屋の約３万トンを載せる基礎工として４基のケーソンを沈設するもので、一基当り１０００㎡クラスの、当時、画期的な巨大なものです。**局長は構造物の基礎は、責任を持っ**

↑平井局長　　↑増田建築課長　　↑ボク

工事中のマンモスケーソン前で。
右後方が沈設前の駆体。左後方が作業中のエアロック。

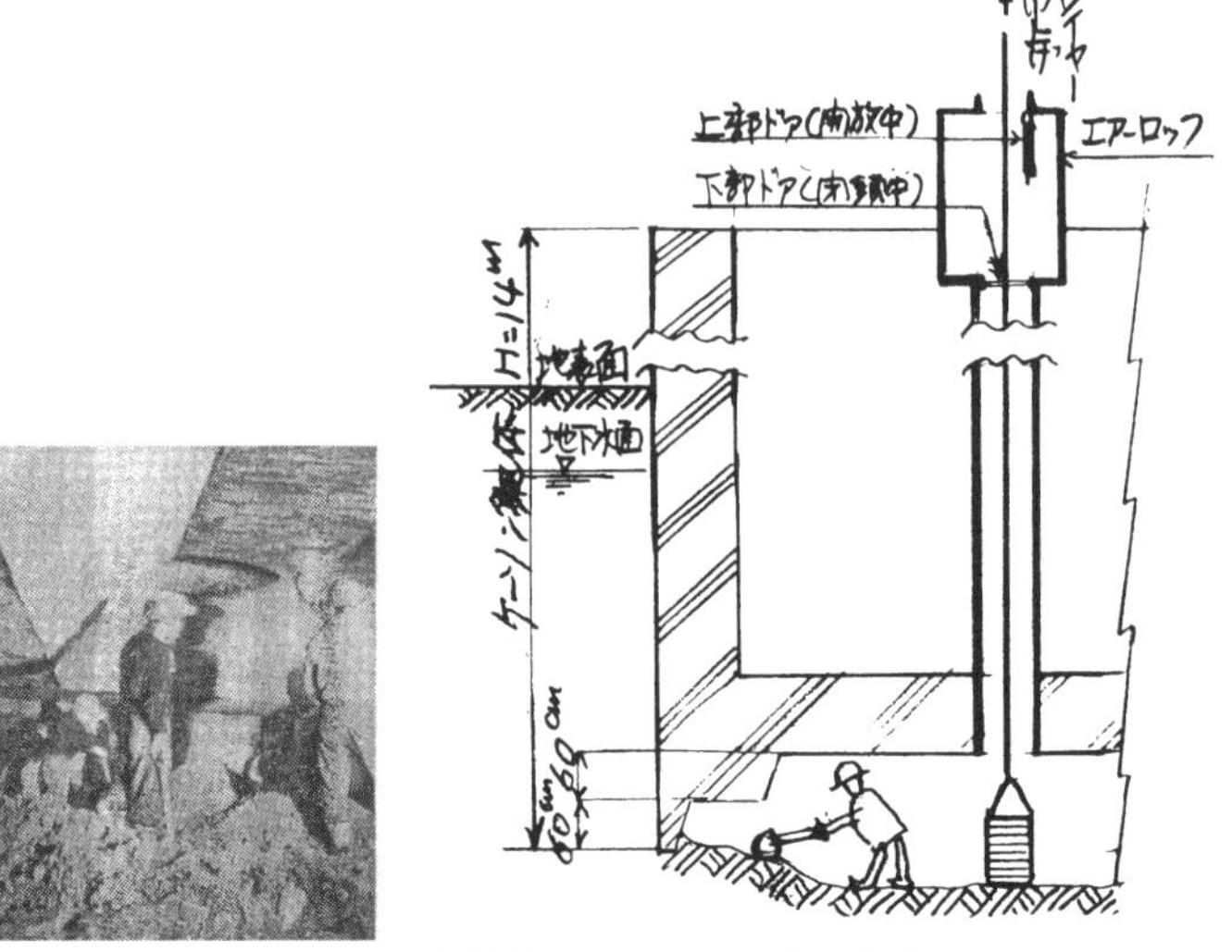

ケーソン掘削沈下作業状況

作業中のニューマチックケーソン（圧気潜函）

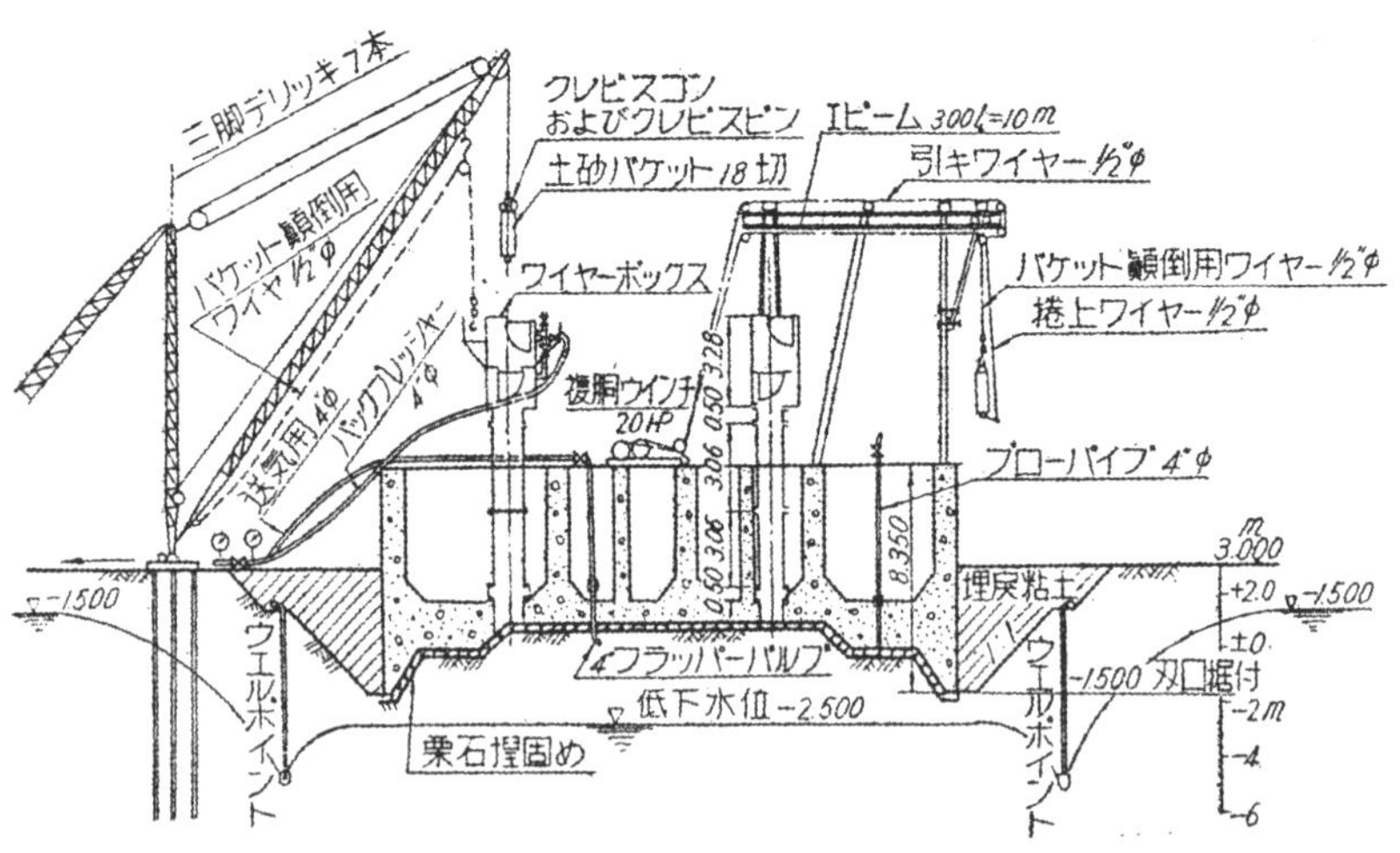

八戸火力発電所３号ケーソン据付け並びに掘削仮設備断面図

て直接肉眼で確かめ、確実なものにすることを信条として終生貫かれました。

仙台火力――石炭埠頭設計の大失敗

この火力が東北地区の中央主力電源として着工されたのは昭和31年10月でした。八戸に北部緊急電源として7・5万キロワット2基、計15万キロワットを建設中でしたが、その昭和33年6月の竣工を待たず、17・5万キロワット3基、計52・5万キロワットの建設に着手したのです。当時の東北電力は全社で１００万キロワット程度の規模でした。その頃は全国を挙げて、産業復興・日本再建に取り組んでいて、土木大先輩の宮城県三浦義男知事の要望もあり、用地を松島湾に埋立造成することで実現しました。

此処は「特別名勝・松島」の一隅で、文部省所管の文化財保護委員会の承認が必要でした。当時のあらゆる技術を景観尊重の見地から動員し、特に最も景観に影響する、むくつけき石炭火力煙突には気を使いました。あたかも松島に建設中の観光ホテルに完成していた高さ90mエレベーター式の展望塔が、観光上の配慮を要望する地元の反対意見に押されて、高さを60mに

浚渫埋立用地造成中の仙台火力写真

縮めてようやく実現に漕ぎつけていたのです。それよりも高い90ｍの、頂径10ｍ鉄筋コンクリート製の代物だったから、３種類の外形比較図を県文化財保護委員会に提出して審査して頂きました。何よりも有難かったのは「景観上美しいのは奇数本。とくに３本が景色になる」とのご意見を頂いたことでした。

後年、造園建設業界に参画して、これが庭師の常識と知り、得心がいったのですが、将来計画の４号機（火力は操作盤の関係で2台単位が常識）の時はどうしよう、と取り越し苦労もしました。10年後の火力増設の折には、４号機を県の計画した仙台新港に置いて欲しいと要請があり、密かに内心ホッとしたものでした。

この問題もさること乍ら、塩釜湾一帯の、港湾業界は著名な超軟弱地盤に取り組むことになったのです。間隔比3.2という、泥の体積の４分の３が水なのです。ぜんざいやお汁粉のような土質で、此処に将来１万トン級石炭船の岸壁を造ることは、当時の港湾業界で問題視されていました。それを〝命令だから〟と若気のいたりで乱暴な設計をやりました。１万トン船の着岸衝撃に耐える強力な桟橋を鉄筋コンクリートで造り、当面７ｍ、将来10ｍの水深を確保する護岸は土質改良でやる、という内容です。

その地盤土質改良には、当時の土木技術で最も頼れると考えたサンドドレーン工法でいくことが決められました。直径１ｍの多数の砂杭を土中に造って、地表には重しを掛け、その圧力で地底から水分を地表に抜き出して地質を改良強化するのです。平井局長はこの設計を諒承されるに当たり、桟橋の柱（直径２ｍ、中空の鉄筋コンクリート製）の基礎の着盤にはニューマチックケーソン式にし

仙台火力発電所構内一般平面図

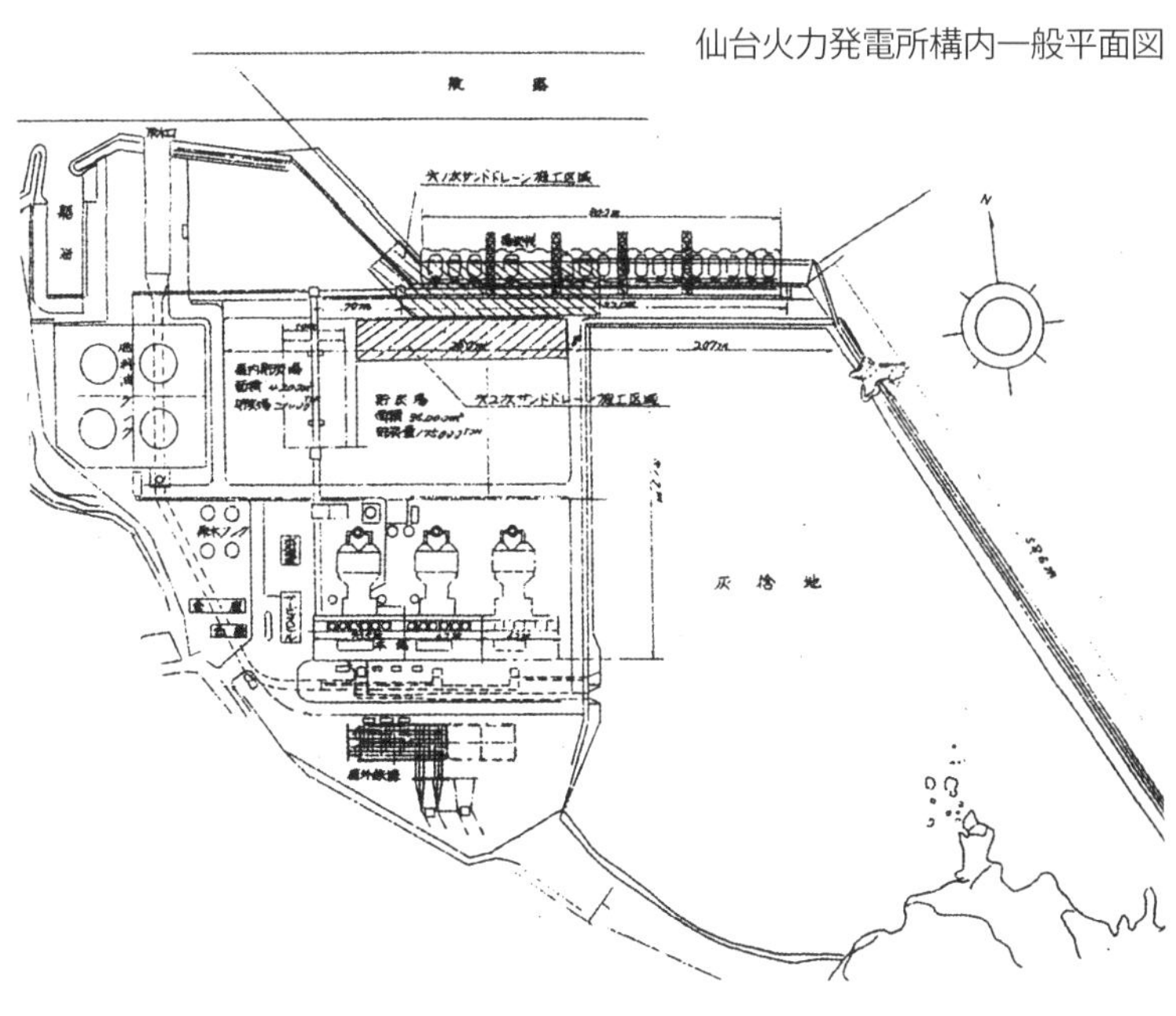

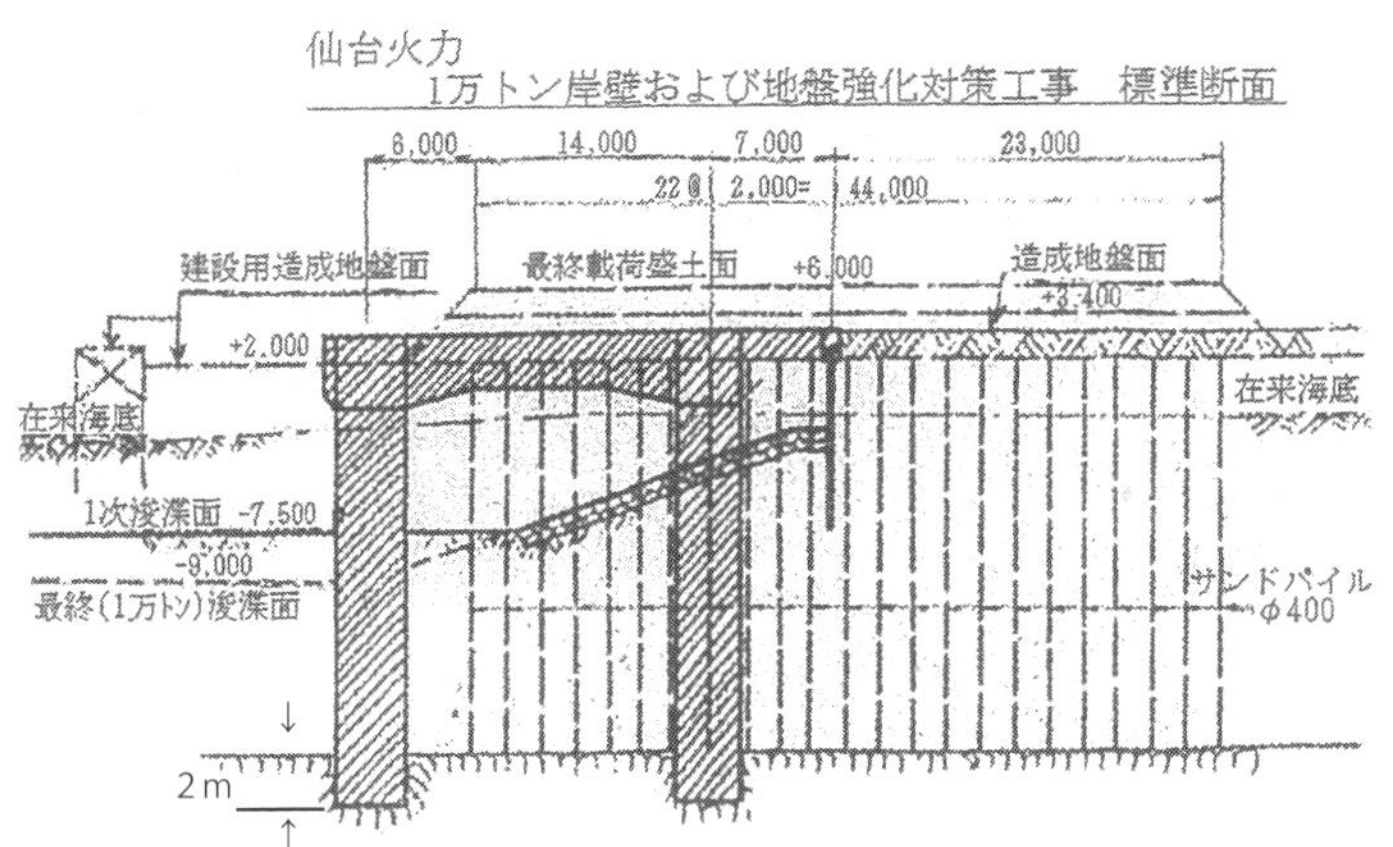

岩盤を2m掘り下げて固定する
仙台火力岸壁強化工事 標準断面図

て人力で岩盤を２ｍ掘り下げ、頑丈な基礎にするよう指示があり、この工事を、八戸で経験を積んだ福西さんが担当して呉れました。砂杭を地中に打ち込む特殊技術が進み、地表の６ｍ程の盛り土の載荷により、地底から水が湧き出して来ました。計算上必要とした時間が過ぎ、じゅうぶんな沈下ではないがマア良いや、と次の工程が進められ、工事は一応完了しました。

それが３ヶ月程して、強固な桟橋に大きな亀裂が入ったのです。通報で本社から現場へ飛んでいくと、長さ１００ｍの桟橋が陸側から海側へ圧されて、30ｍ程の範囲に亀裂が出ていました。昭和34年2月のことです。平井局長からは当然大叱られで、連日徹夜で福西さんと対策に取り組みました。叱られて痩せるのは癪だと、昼食を美人のやっているトンカツ屋に連日通ひ、却って太ったのを思い出します。

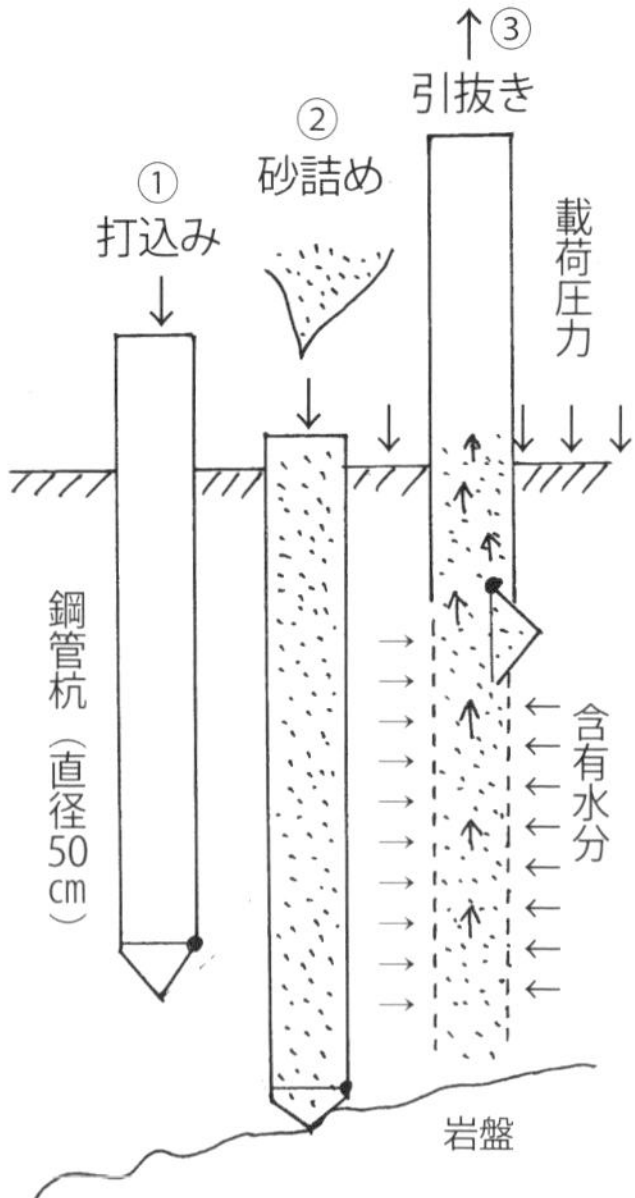

本社は全力を挙げて取り組み、松田義久土木建設課長の指揮で桟橋上部を鉄筋コンクリート板で補強して何とか収拾されました。即ち、陸からの土圧を桟橋構造物の補強で支えたのです。平井局長の技術哲学**「構造物の基礎は、仮令(たとえ)コストが掛かっても絶対確実を期す」**のお陰で何とか持ちこたえたのでした。この原因は、土質改良工事が砂杭を直径１ｍの鉄管を土中に打ち込んで砂を充填して鉄管に抜き上げる工法にあり、在来土壌を乱して透水性を損なう「鋭敏比」と術語化された土

①打込み
②砂詰め
③引抜き
載荷圧力
鋼管杭（直径50㎝）
含有水分
岩盤

サンドドレーン工法図

の特性への知識を欠いていたことを後で知って、大いに反省させられました。

さてこの次の対策には土質工事業者の新知識を借りて、地中に噴水管を入れジェット噴流により土と砂を入れ換える工法により、陸側可成(かな)り広範囲の土質改良が完了しています。この工事は火力運開後も可成りの長期間を掛け、地質改善状況を一歩一歩確かめながらのことで、土質改良には「必要な時間を掛け、決して急いではならん」との貴重な体験でした。私の推測では会社に払わせた授業料は５千万円。その他に岸壁背後に予定されていた貯炭場が数年間使えず、発電所の運営に大きな支障がありました。私の生涯での大失敗でしたが、それならどうすれば良かったのか、当時の周囲の状況を考えると、今でも工夫がつきません。平井局長の周到な基礎工指示と土木建設課あげての協力で、何とか形を保ってこの事故は収束されました。

新潟火力――激甚な地盤沈下地帯に挑む

昭和32年頃の新潟地区は、戦後発見された天然ガスを原料とする化学工業が大躍進した反面、**ガス採掘が地下水汲み上げに依っていたことからの地盤沈下に悩まされていました**。その沈下速度は毎年12㎝と巨大なもので、早晩、新潟地区は海抜以下になる、と10年分の高さ1.2ｍの防潮堤を至急建設することに国を挙げての対策が急務とされていました。**多数計画されていたガス化学工業の進出が足踏みし**、火力を誘致されていた東北電力も、３００億円もの投資を躊(ためら)い、その事を耳にした県知事から内ケ崎社長に「この状況のなかで、地元電力が率先して火力を建設して欲しい」と直接の要請があってこれを受けざるを得ず、重油・天然ガスを燃料とする12・５万キロワット2基、計

25万キロワットの新潟火力の建設が始まりました。昭和36年のことです。

地元基幹産業の義務なのだとは言っても、**地盤沈下地帯に火力を建設することが〝事業として危い橋を渡ることに変わりはない〟**。本社では標高ゼロmの地盤を盛土して安全な高さまで嵩上げする方針を採り、地盤沈下量推測の命令が下ってきました。担当した私は、国の算定した今後10年分の沈下量1・2mの内容を吟味して、遠い将来の沈下量を2・75mと算定して平井局長に報告しました。局長は、「2・75mは半端だ。2・5mか3・0m、どちらが良いか」と仰(おっしゃ)るから、「高いほうが良いじゃないですか」とお答えして、**地盤標高＋3mが決まり、結果としてこの数字が周辺工業地帯すべてに使わ**

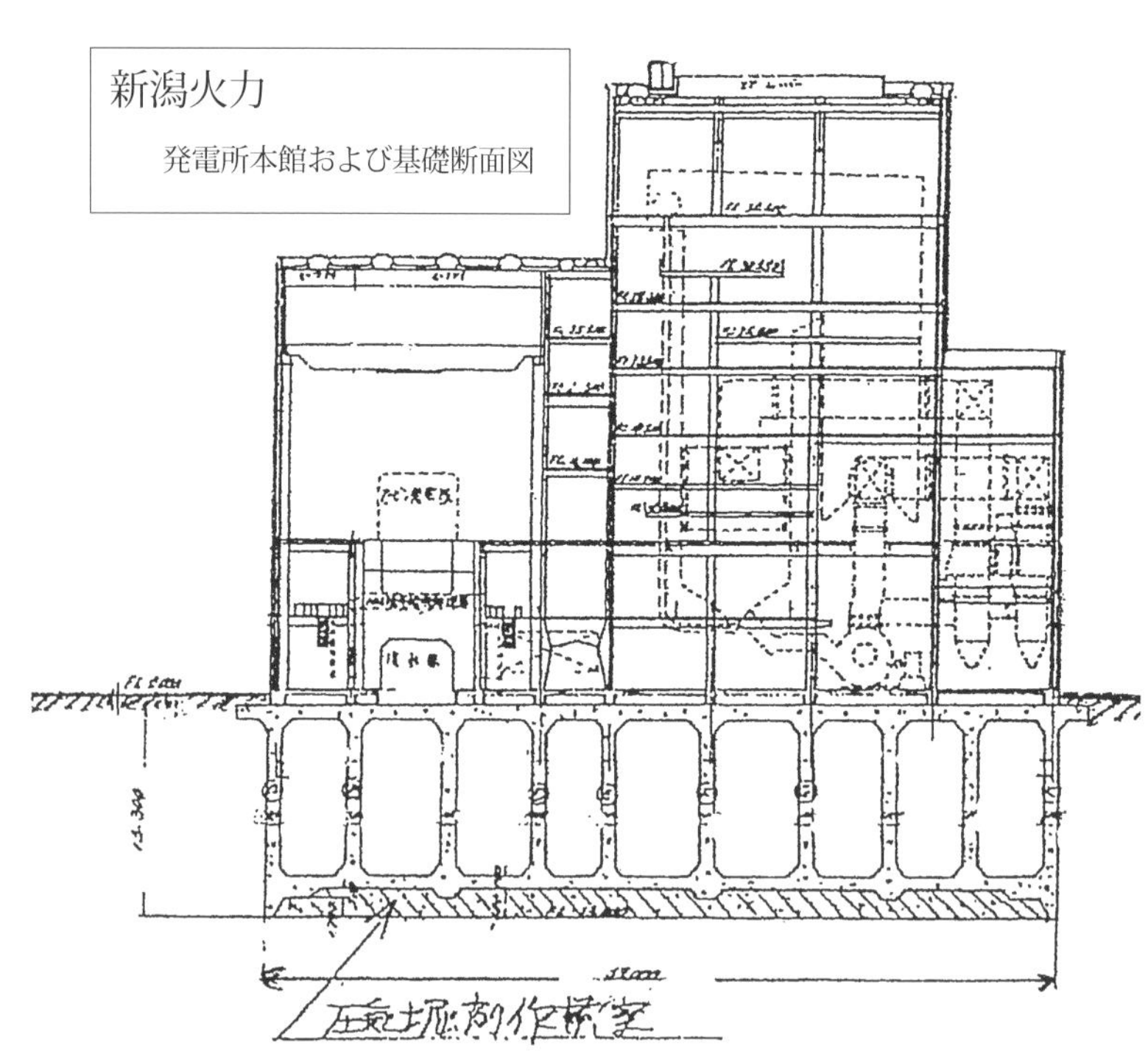

※ニューマチックケーソン（圧気潜函）。P122の解説図の再掲

れることになりました。

さてその次は厚さ120mと言われる信濃川堆積地帯の軟質地盤対策です。これには八戸火力での初体験が活きて、平井局長は発電所基礎の大型ニューマチックケーソンに自信を持って指導され、私も自信を持って取り組みました。マンモスケーソンの表現が使われることになったのは此の頃だったでせうか。

〝私も自信を持った〟と言っても、**どの位の深さまで入れるか**、には悩まされました。八戸は地下10m附近に頼れる礫層がありましたが、新潟ではこれといった礫層はなく、何処まで行っても軟質砂層なのです。考えあぐねて平井局長に直接お伺いしました。直ちに「12mにせよ」との指示が返ってきて、局長も同じことを考えて居られたのだ、と安心しました。長年の経験からこの数字を持って居られたのです。砂質地盤は振動で強度を失う、後年、**「砂地盤の液状化」と命名されたこの現象が、「地下10mの範囲で、それ以下には及ばない」**と観察して居られたのでした。

技術者として**「自然に畏敬の念を抱きながらも自然科学者としての観察を怠らず、判断基準を常に持つ心掛け」**、このことを、最高峰の技術者として、私は生涯尊敬し続けているのです。

これで、タービン・ボイラー ワンセット、**世界最大クラスの3000㎡のマンモスケーソン**が実現したのでした。このケーソンは自重3万トン。これを圧気工法で安全に地下に沈着できる新技術が確立できました。八戸と同様、新潟火力を請け負った大林組と現場を担当した福西一彦さんの努力の結晶なのです。

東北の汽力地点
(火力、地熱、原子力)
大間原子力（電発）
尻屋岬
竜飛岬
東通原子力
(東北・東電)
六ヶ所原燃サイクル
鯵ヶ沢
青森市
八戸火力
種市
久慈
能代火力
滝沢村
葛根田地熱
秋田火力
盛岡市
秋田市
釜石
湯沢地熱
酒田共同火力
気仙沼
鬼首地熱
(電発)
石巻
女川原子力
山形市
仙台市
東新潟火力
仙台火力
両津火力
新仙台火力
新潟火力
佐渡火力
角田岬
新潟市
巻
相馬共同火力
弥彦山
福島市
原町火力
柏崎・刈羽原子力（東電）
浪江
西山地熱
福島原子力（東電）
上越共同火力
広野火力（東電）
直江津
小名浜
糸魚川
常磐共同火力

「自ら調べ自ら考える」武蔵高校の3理想が活きた雑用係

こんな難題を何とかこなして日常の仕事を果たし乍らも、折に触れて平井局長から直接呼ばれてご下問に預かりました。何れ(いず)も設計基準のない事故係的な雑用の部類の難問でしたが、**自ら調べ自ら考える躾**が活きて答えが出せました。思い出す侭に列記してみます。

送電線ジャンパー脱落事故

正確な日時は覚えていないが、当時の東北電力の送電大幹線、本名—仙台線（15万ボルト）の福島県境稲子峠の引き止め鉄塔でジャンパー線が脱落した事故があり、〝君はこれをどう思うか〟と、地図も図面も無しに聞かれたのです。事柄を確かめて一旦引き取って考え付いたのは、土木で習ったアーチ橋のことでした。

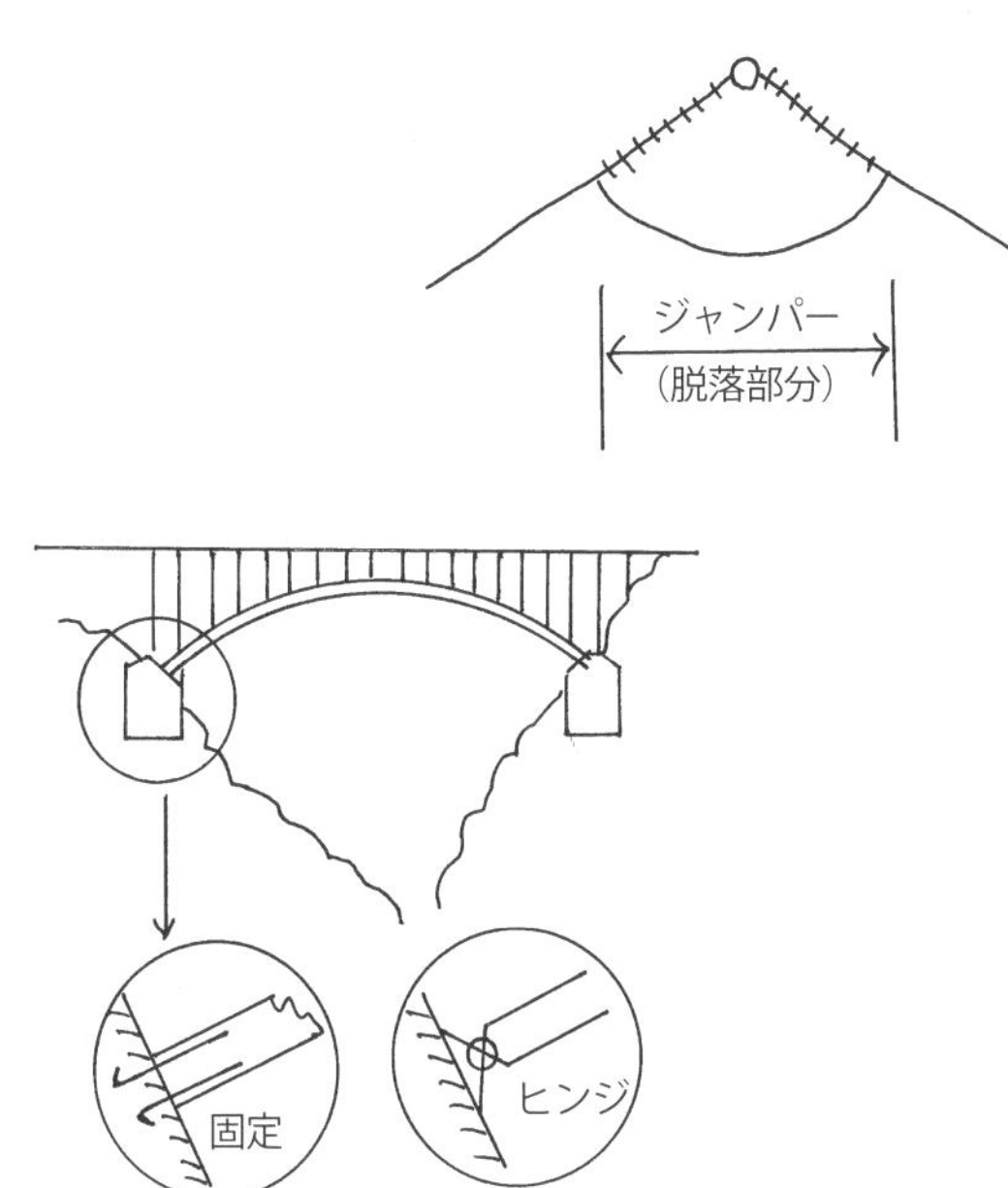

ジャンパー線脱落の図解

アーチは基礎岩盤への固定条件が要（かなめ）なのです。ジャンパー線は、引繰返（ひっくり）せばアーチで、当時は送電線の導体（鋼芯アルミ線）を曲げて固定していました。空中線だから当然揺れます。従って、**アーチのスパンが伸縮すると同時に固定部には繰り返し応力（※）が作用**します。此処まで気が付けば後は疲労破断と断定できるのは構造工学の常識。日ならずして、平井局長はこの説明を即座に諒解されて送電部門に改修を命じられました。

このことで、**以後、各社の送電線で引き止め鉄塔での設計が改良されています**。当時、会社の送電部門に居た武蔵高校一年先輩の坂本雄吉さんがやってきて、〝君は平井さんに何を言ったんだ。計算を見せろ〟と吠えたが、〝計算なんかしていないよ〟との返答に呆れて帰った姿も懐かしく思い出されますね。坂本さんは親父さんが土木工学科の先輩で、国鉄天竜川橋梁の建設に携わり、同期の平井局長と親交があったご縁もあったのです。この坂本さんは平井さんに従って電中研に移籍し、日本の送電技術の中枢の勤めを果たされました。

※繰り返し応力：繰り返し作用する応力。材料の破断応力度より小さな応力でも、繰り返し応力が作用すれば破断することがある。これを疲労という。

送電線台風倒壊事故調査――ハリガネ屋との付き合い

ある年の台風で、新潟近郊の送電鉄塔がバタバタと多数倒壊した事故がありました。

平井建設局長直命でその原因調査に出掛けた時には弱りました。当時の組織では電気関係所管の

中越線鉄塔倒壊状況

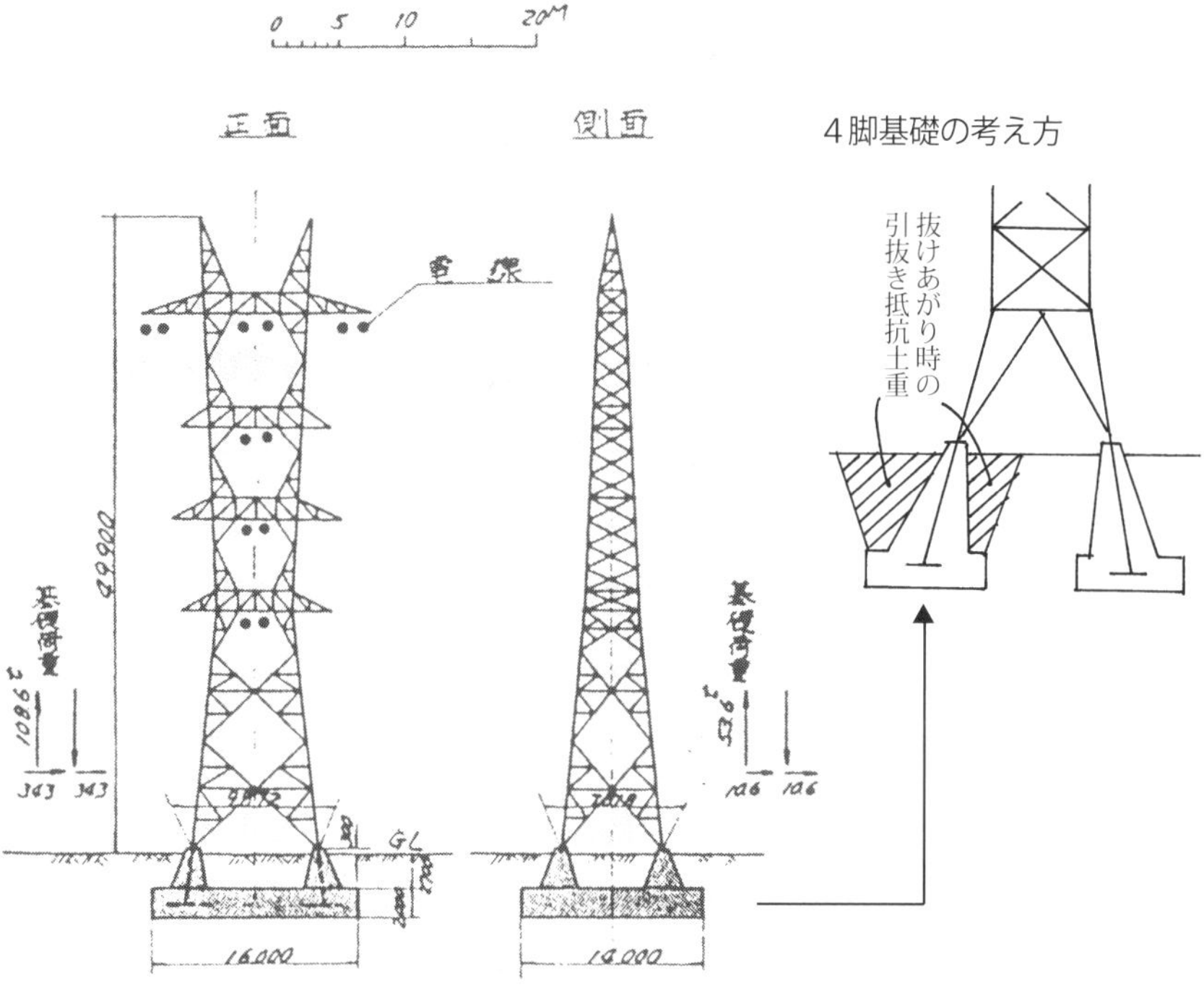

0 5 10 20M

正面　側面

29,900

GL

16,000　14,000

4脚基礎の考え方

抜けあがり時の引抜き抵抗土重

大型送電鉄塔の一体基礎

技術局の問題であり、他人の帳場に土足で踏み込むことになるのです。特に、送電屋は土木以上に猛者が揃っていて、全社3分の1の需要を抱える新潟支店には特に煩さがたが揃っていたのです。

度胸を決めて現場に行くと、全ての倒壊鉄塔がコンクリートの基礎脚を上げて横倒しになっていました。あの辺は新潟亀田郷という有名な泥田んぼ地帯で、悪い地質条件の中で施工したコンクリートが必ずしも十分な姿ではない。「水中コンクリートの施工不完全」と、並みの技術屋なら済ます処だが、そんな結論ではあの恐ろしい送電屋から一生睨まれる。10基程を見て廻るうちに水と泥の関係を思い出しました。海水浴で海辺を歩くと、足で踏む振動で水が浮き出てくるアレです。

習った**土質工学の知識で、含水量と振動で土の性質が大きく変わること**は知っていました。横風で揺れる送電線が、断続する風で大きく振動するから鉄塔も振動し、脚に伝わって周囲の基礎地盤の砂を動かした。現在では、「**砂の液状化**」と技術名も付いているあの現象が原因に違いない、と吾ながら上手い理屈を考え付きました。平井局長に報告すると即座に諒解され、うるさい送電屋も納得して、以来、今も続くハリガネ屋との親交の緒となりました。

これを機に、30基程の新潟火力線**鉄塔では基礎四脚を連結する一体基礎工法**が採用され、その後の全国的に大型重要鉄塔に採用される、その創めと威張って良いと思っています。

新鳴子発電所のサージタンク

昭和36年に仙台火力（17・5万キロワット、3台）を新設するにあたって、切実な系統問題がありました。当時の東北電力系統80万キロワット全設備のなかに、15万キロワット級の設備を入れ、急遮断試験をするとサイクルに大きな影響が出るのです。即座（秒単位）に電力を補給しサイクルを維持する電源が必要で、即応性あるダム式の水力が必要でした。

鳴子発電所サージタンク全景

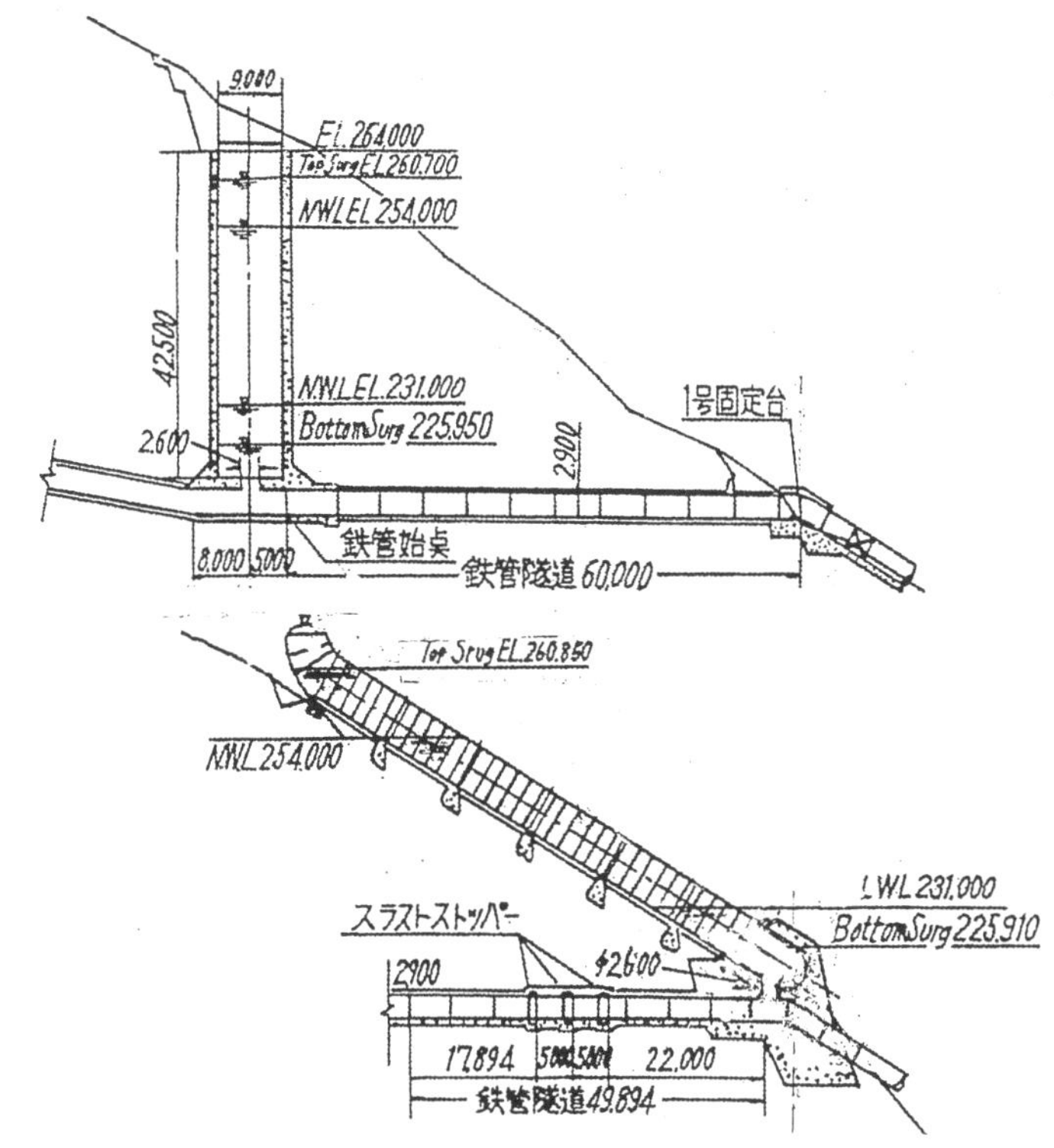

鳴子発電所サージタンク　比較検討案縦断面図

頼りになる只見系の水力電源は遠方で、送電線を強化しないと即応できない。近間（ちかま）に調整用電源が要る。山形県庄内の八久和（やくわ）に6万キロワットの水力を建設中だが、少し遠い。恰（あたか）も最寄りの鳴子に建設省が多目的ダムを建設中で、その水没補償「新鳴子発電所」（2万キロワット）を建設していました。昭和32年頃のことです。平井局長から呼ばれて、「鳴子の岩山を掘って造る計画のサージタンクは、温泉地帯だけに土捨場が面倒だ。何とかならんか」と工夫を求められました。通例の直立型鋼製サージタンクの耐震構造を平井局長が吟味され、紆余曲折の末、地震力を地山で受ける**「横置き露出型鋼管製調圧水槽」**を案出し、この図面をご覧になった局長は新工夫だと即座に採用され、後に、この表現で特許まで取って下さいました。この特許は九州電力大平揚水発電所（50万キロワット）で採用され今でも稼働しています。

今も鳴子温泉へ行くと、対岸の山に鉄管が静かに横たわっています。

社会教育──東北大工学部出講と他社との交流

こんなことが重なったからでせう。昭和32年春から、弱冠27歳で平井局長以来東北電力の諸先輩がたが勤めてこられた東北大学工学部の非常勤講師（発電水力講座）に推薦され、内海清温先生の講座を終始真面目に受講したノートをネタに、足かけ13年も務めることになりました。内海先生の講義に従って、技術上のことだけではなく、国土5ヶ年計画も調べて講義に入れました。学生諸君がこの価値をどう受け止めていたでせうかね。今でも、「アッ、先生」と寄ってくれる弟子がいて有り難いことです。

この時には、他人に教えるには自分が勉強せねば！ **学生あがりの常として、「試験が来ないと勉強しない。その代わり一夜漬けで何とか突破する能力を身に付ける」**。週1回2時間の講義ですが、毎晩を殆んど徹夜で準備したものでした。パトナムレポート（１３０頁）を発見したのもこの時です。

それに加えて、年2回の「全国土木建設部長会議」に常に陪席を命じられました。他社の陪席は役職者が常連で平社員は稀でしたが、私は会議に提出する資料・報告を常に執筆立案していて報告を代弁していたから文句なし。徳人の矢崎道美（みちよし）土木建設部長のお供をして、毎年2回のうち1回目は東京。2回目は10社持ち廻りの全国各社担当で、お国ぶりのご接待に預ると共に、電力土木界お歴々の知遇を頂き、地元各地の事情も体験しました。社内の空気を慮（おもんぱか）ってか、北海道での会議の最中に本社から電話で「お前は用ができたから帰ってこい」と、会議後の道内旅行を外されたことがありました。若造を優遇し過ぎると、部内のバランスが乱れることに配慮があったようで、今でも北海道内のことには不案内です。

水力の落穂拾いから――下流増問題

高度成長の掛声が始まったのは昭和35年でせう。その年にこの問題が起こりました。只見川上流の大型ダム群、特に奥只見ダム（高さ１５０ｍ）、田子倉ダム（高さ１００ｍ）が完成するに先立って、**ダムに貯留される5億トンの水が下流、東北電力発電所群を潤（うるお）して電力量が増える、**法律用語でいうところの**「反射利益による不当利得の還元請求」**です。雪解け出水をそのまま放流してきたものを有効に貯めて、緩（ゆっく）り均等に流すのだから、確かに経済効果があり、水力計画の基本の一つなのです。

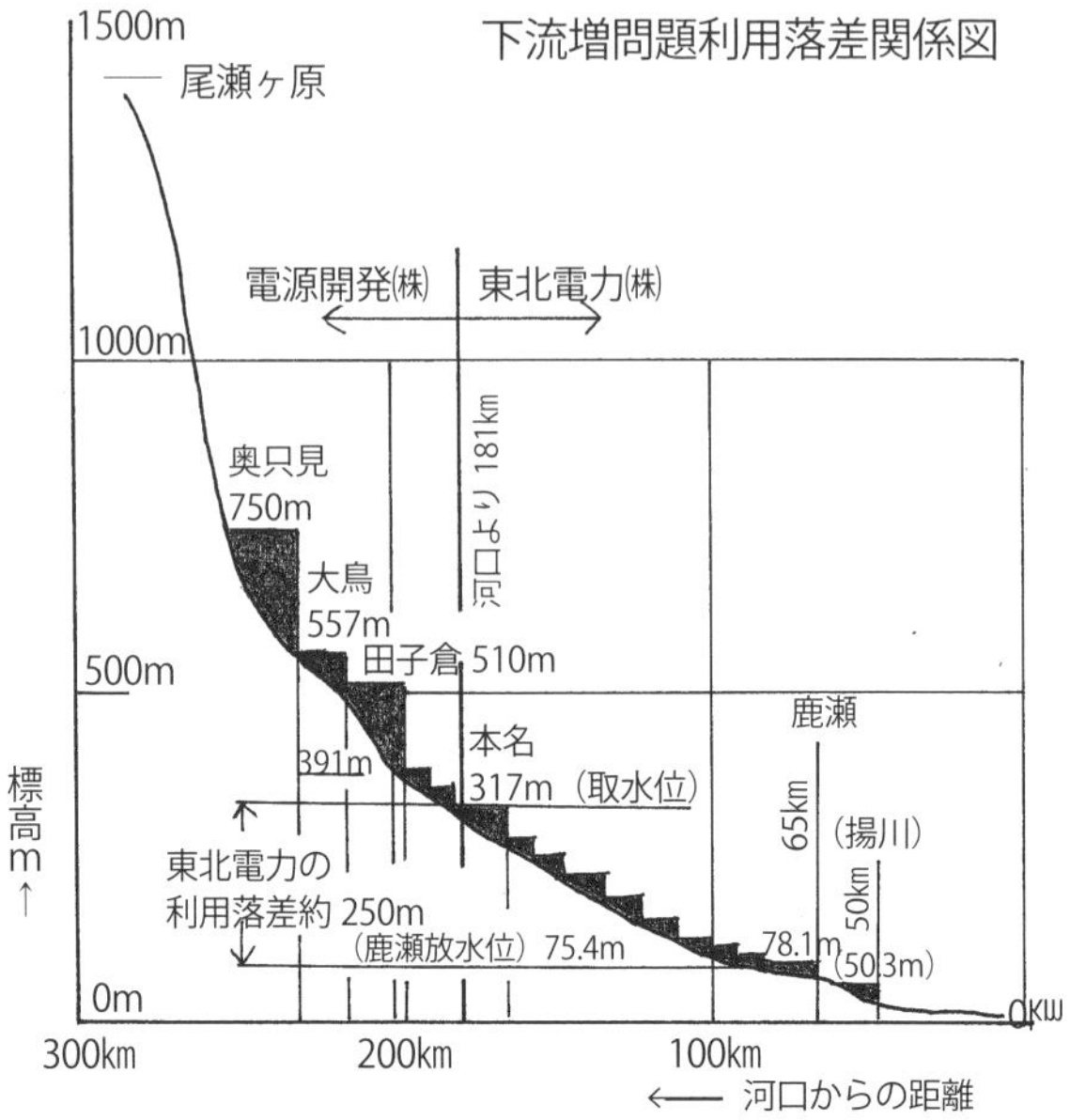

実際、５億トンを年平均に直すと毎秒16㎥。これを総落差３００ｍの下流東北電力発電所群で使うと3.5億キロワットアワーになるから、その代価１２０億円を一時金として電線開発㈱に還元せよ、との申出なのでした。この金額は田子倉（38万キロワット）の建設費３９５億円、私等の居た柳津（5.3万キロワット）、片門（3.9万ワット）が、それぞれ30億円前後で完成した時代だから、大変な金額でした。

「反射利益の不当利得とは何だ！」とゴネても始まらず。交渉に応ぜねばならない。この１２０億円は、当時の東北電力にとっては如何にも高額で、当事者の平井弥之助副社長、矢崎建設局長が頭を抱え〝何とかならんか〟とご相談が下ってきました（私は未だ平社員）。

この問題は電発＝東北両社の技術ベースで何十年ものデーターを基に担当者が懸命に点検・議論したうえでの数字だったので、基データーを批判する余地はない。弱ったな、と腕組みして気付いたのは、毎年の結果数値にバラツキがあったことでした。これを大きい順に並べ直すと最大年と最小年に３倍の差があって奇麗に並びました。しめた！と、３分の１はベース電源の高い価値。その上の分は不定時電力の低い価値（火力の燃料費相当）と、当時の相場に従って査定して、「35億円が東北電力の補償額」と返事しました。この発見には上層部も大変喜ばれて電発と折衝され、風の便りでは「足して2で割る」あたりで解決したと聞こえてきました。

この当事者、東北電力平井弥之助副社長が後年退任され、電発の当事者平井寛一郎副総裁がその後を追って東北電力社長に来られたのにも、何かの因縁を感じますね。

技術士――〝ものづくり〟の地位向上と視野拡大

恩師内海清温先生（↓183頁）が戦後尽力されて技術士法が昭和25年に制定されたことは承知していましたが、コンサルタント業の話で、電力会社の土木技術者には関係ないと思っていました。それが、昭和36年度の資格試験官を科学技術庁から委嘱された平井副社長から〝試験問題を立案するように〟との下命がありました。「技術士建設部門」の専門科目「発電水力」の学識経験者としての指名で、私は東北大工学部発電水力講座の非常勤講師を勤めていました。「学生上がりは試験が来ないと勉強しない」から、周章(あわ)て一夜漬けで技術士法を勉強しました。

戦前の日本は、中国文化に学んで身分・格付けの封建世界を踏習し、就中(なかんず)く**職業の貴賤が「士・農・工・商」と格付けされていて、「ものづくり」の「工」は身分の低い者のやることと**されていたのです。

内海先生は戦後の日本復興は産業が大きな一翼を担うことから**〝ものづくり〟の地位向上が何よ**

りも急務だ〟と技術士資格を公に認めさせることに尽粋されたのでした。特に、その内容には技術の専門知識に加えて「**技術全般に視野を拡げた見識を持つ全人格**」を対象にされました。「一芸は道に通ずる」。**専門を極めると、他分野のことでも勘どころに先ず目がいく**ようになり、技術屋に風格を加えて一家を成す。「技術家（か）」と私が呼ぶ存在になり、これが「ものづくり＝工（たくみ）」の社会格付を上げる〝内海先生の画かれた道〟なのでした。

電力社内では矢崎土木部長から若い者に「君たちは、今は技術士の資格は要らないが、何れ（いず）役に立つから受験しなさい」と平井弥之助さんが試験官の翌年、大挙7名が受験して6名合格。私もその一人でした。

後年、子会社へ出向（東北緑化環境保全㈱）し、娑婆の業界で揉まれるようになって、技術資格者の社員数が建設業者の格付要素であり、特に**技術士が最高ランクの資格**と知り、早速、技術士登録の手続きをして、晴れて技術士を名乗りました。昭和61年のことで、矢崎土木部長のお勧めで昭和37年に資格だけ取得してから24年後になります。登録番号1万8000番だから**平均して年600人程の合格者**だったでせうか。結構狭き門だったので、現在の私が胸を張って「技術士」を名乗って居られるのは有り難いことです。

工学博士　内海清温先生

「構造的に正しいものは、見て美しい。
見て美しいものは、構造的に正しい」

これは、私が東京大学在学中に教えを受けた**内海清温先生**が講義の中で、常に信念を持って語って居られた言葉です。電力の仕事を離れた今も、このことを見極められる眼だけは一生持ち続けたいと信條にしています。

明治 23 年 12 月 6 日	鳥取県倉吉市に生れる。
	一高　東京帝国大学工科大学土木工科卒
大正 4 年	内務省入省（大正 8 年退官）
大正 8 年～昭和 3 年	水力事業に従事
昭和 2 年～ 12 年	水力コンサルタント（自営）
昭和 11 年～ 28 年	東京大学講師　昭和 19 年工学博士
昭和 14 年～ 16 年	日本軽金属 (株) 取締役
昭和 16 年～ 19 年	日本発送電 (株) 参事　理事
昭和 20 年～	(財）建設技術研究所所長を務めた後に理事長、相談役

昭和 25 年～ （社）日本建設機械化協会副会長、会長、名誉会長、その他政府審議会委員、公私立学校講師、他 主要公職を多数歴任

昭和 31 年～ 33 年　電源開発 (株) 総裁

昭和 32 年～ （社会福祉法人）日本心身障害児協会常任理事、専務理事、理事長、顧問

昭和 40 年　勲二等瑞宝章

昭和 41 ～ 47 年 （財）日本産業開発青年協会理事

昭和 59 年 3 月 9 日　逝去（93 歳）正四位追叙

内海清温先生と色紙

土木の職人から管理職へ

土木の職人気質(かたぎ)を後世に受け継ぐために

平井弥之助副社長は30％もの大幅料金値上げの責を負い、堀豁(とおる)社長、村田英雄常務と共に昭和37年末に退任されました。その翌年、前任者の疾病退任により33歳の私が土木計画係長へと一般管理職に昇任され、半年後の機構改正により土木課副長に駆け上りました。所謂「**特別管理職**」で組合から離れたのです。組合費を払わなくて良くなったが時間外手当が無くなり、一時減俸の状態になりました。

それは扨置(さてお)き、「君はあれ程平井さんに目を掛けられたのだから、平井さんに殉じて平井さんの行かれた電中研に行け」と忠告して下さる方が、二、三に止まりませんでした。折から〝金を使い過ぎた〟と建設部門の縮小が社の方針となって、土木社員を他社に移転させる政策に急転換し、私にその先陣を勧めよ、ということでもありました。然し、**職人として平井さんから育てられた私は、この職人気質(かたぎ)を後世に受け継ぐ使命感を持ち続け**、社内での冷や飯扱いを覚悟で本社にしがみつきました。**〝かたりべ〟の発端**です。

私の見る処では、戦前の日本は貧しい東北地方に産業を興すために、国策として〝豊富な水力発電により電気化学工業を発展させる方向に進め！〟と、安い電力を原料にした産業が各地に建設されていました。叔父のいた東北振興化学（岩手県）、日東化学（八戸）、猪苗代周辺の工場群等が安価な電力をベースに戦前早くから相次いで開業していました。それが戦後の**電力再編成で料金制度が全国統一され、送電経費のかからない電源直結の立地メリットが無くなった**のです。東北電力は発足以来その対応に追われ、料金制度ルールの範囲内での工業用電力の低料金取引が営業部の主要使命だったようです。その揚句、電源直結のメリットを失った昭和電工大寺工場は廃業の止むなきに至ったが、他社は何とか経営を維持して下さっていました。

その結果、工業用電力の低料金を、おそらく採算線を割って供給し続けたことが、昭和37年の一社単独大幅料金値上げに繋がり、平井弥之助副社長も退任を求められた結果となったと考えます。今から思えば、**工業用電力需要家がたにご協力を願い切れなかった**ことが本流で、平井弥之助建設局長（当時）の責任と言われる高水準の建設費は、本質を外れた非難だった。その証拠に、今の物価水準はあの当時の建設費の10倍以上になっているではないですか。鎖却費を持ち耐えれば危機は突破できる。建設費はその様に扱うべきもので、最近では土木学会会長の大石久和さんが建設省出身の立場で力説して居られる処なのです（→大石さんの著書『「危機感のない日本」の危機』〈海竜社刊、2017〉に詳しい）。

管理職教育から――建設技術者の本分は「機能」である

その頃30年代末の世間には「経営学」が大流行でした。アメリカ仕込みの知ったかぶりで飯を喰う連中が跋扈し、「経営学」の著者が発売後まもなく自社を破産させても恥じない等、世の中の在り方が混乱を極めていました。そんな雰囲気の中でしたが、流石に東北電力は堅実な会社として多角的に特管職教育を実行していました。私は生意気に「所謂る経営学」など本物ではない、と取り合わなかったが、唯一、今に活きている教育があります。

それは「機能分析」です。

「ものの値打」には、**機能価値**（FUNCTION VALUE）と**情緒価値**（EMOTIONAL VALUE）とがある。**企業は「機能的に優れたものづくり」に徹して、合理的で安価なものを供給するのが社会への務めだ。**として、一例を矢缶にとり、部品に分解してそれぞれの部品が矢缶全体のなかで果たす役割を評価して、その部品のコストとの整合性とバランスを最優先する考え方でした。

これは「ものづくり」の本質を突く考え方だ、と今でも他人のやる事を醒めた眼で見る私の判断基準にしています。とは言っても現代の趨勢では**情緒価値も加える商業主義**に災いされて、機能一辺倒では立ち行かないが、私は今でも、**「建設技術者の本分は機能一辺倒である」**と信じています。

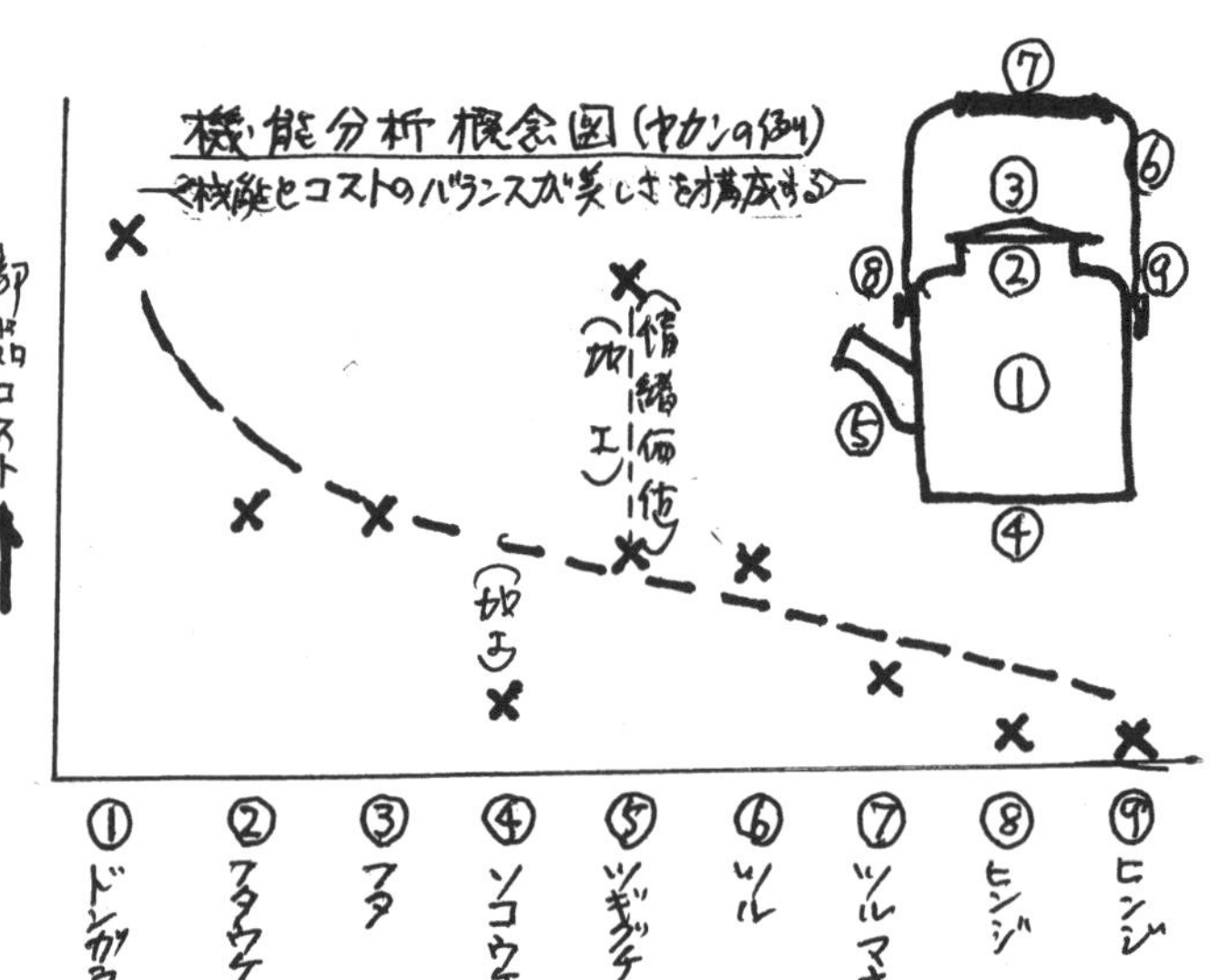

私の技術論

技術と謂うもの ―― 必要な無駄と失敗

40年も前のこと。三菱の新車ランサーの社用車に乗ったことがあります。兎に角、無駄がなく軽快に走る。さすがに零戦の故郷(ふるさと)と感服したものでした。

しかし何か物足りない。可成り経ってそれが無駄の無いことによると気付きました。トヨタ・日産等の老舗(しにせ)の車は何となく余裕があり、それが**「必要な無駄」**であり、想像するに永年の経験から蓄積された必要な無駄なのでした。

此処に工学部と理学部の本質的な問題があります。50年も前に武蔵高校6年先輩の東北大理学部化学の泰斗(たいと)から「理学部はいま役に立たないことを探求し、工学部はそれを役立つようにする所」と喝破され、目を開かされた教訓がこれだったのです。（＊泰斗：その道で最も権威ある人）

科学技術の世界には失敗が付き物です。**理学部は結論に到達する為に失敗を重ね、工学部は製品を完成させる為に失敗をする。**近年では、昭和15年に北米タコマ市の吊橋の落橋事件から耐風工学が進歩して、吊橋の技術が完成しました。これには**失敗に対する理解が、社会の根底にありました。**

《参考資料：タコマ ナロウス橋 落橋の顛末》

北米タコマ市の全長1822mのこの橋は、中央スパン853m（2800フィート）、当時世界第3位の長径間吊橋として、昭和15年7月1日に開橋したが、その4ヶ月後の11月7日に19m／sec

の風による激しいねじれ振動で破壊落橋した。建設（架設）時に既に微風によるたわみ振動が注目され、種々対策に腐心していたが、当日は17m／secの風が19m／secの風となって俄然ねじれ振動が激化し、1時間で落橋したのだった。

吊橋は土木構造物の中で最も風に敏感なもので、風による振動で既に十指に余る落橋を経験し、それなりの対策を講じた結果、可成りの年月の間事故が見られないようになっていた。他面、当時の世界で一番美しい橋梁を設計するといわれていたモイセイフ氏が新理論を展開して、〝合理的な設計〟を進めており、この橋も同氏の設計になるものであった。

この事故を機に、設計方法が見直され、再建を目指すタコマ市は同氏に再び設計を依頼した。俗説によると、**〝一度失敗したから今度は大丈夫〟**との考えであった由。

新しい橋は旧橋と同地点に昭和23年4月に着工された。その間に死去したモイセイフ氏を含む数多くの専門技術者たちが空気力学系の専門家をも加えて検討した結果、増大する交通量対策も含めて、橋の路面幅を39フィートから60フィートに増幅し、合理的な範囲で頑丈なものにしている。

ワシントン・トール・ブリッジ・オーソリティが担当したこの設計は

1940年完成時のタコマナロウス橋

横風による路面の揺れ（捻じれ）

落橋翌年の昭和16年7月に始まり、世界中の橋梁学者の関心を集めて昭和25年に開橋し、その後も交通量の増大に対する改良を重ねて現在に至っている。

この過程で巨大吊橋の研究が格段に進み、その後、進歩を重ねて現在の完成された技術水準を実現しているのである。

失敗をしない為の学問ではなく、**失敗を活かすのが技術進歩の基本であることを、広く社会に認知して貰うこと**が、技術に関与する者の基本義務の一つと言うべきでせう。**自動車業界が100～150年掛けてリコール制度を普及させた**のがその好例です。

今一つの義務は、**自然への畏れを含めて未知の世界に挑んでいることへの自覚**です。東日本大震災の原子力事故に関し、私はこれを「**結果責任を負う事業経営者の在り方**」(→199～207頁)として世に問いました。このことは冒頭の「必要な無駄」の論議に帰納されると思います。

即ち、古来、構造物には必要な強度に対して一般的には3倍の安全率を持つ材料を使用してこの問題に対処してきました。構造強度計算以外の要素、例えば、水理現象の分野に安全率の概念に相当するものがなかったのが、今回の震災大事故に繋がっていると私は強調しました。建築分

1950年完成の新タコマナロウス橋
(撮影1988年 / 東北大倉西教授撮影)

1940年11月7日遂に破壊

野では建築基準法の技術基準がこれを補ってきました。この**試行錯誤の末の技術基準が今回の大震災被害を最小限に止めたようにみえる**のです。

安全率を過大にすることは技術者の恥であると考えねばなりませんが、**実害を最小限に止めて社会・経済を維持する**ことが、技術者の本来の使命です。情報・知識に安住せず、これを上廻る智慧が求められる由縁なのです。

具体的には、平井局長の手法は**想定外の災害を予見し、その被害を回復可能の範囲に止める工夫**を常に考えて居られました。その為に必要なコストは多寡(たか)が知れている。社会的に許される範囲を常に配慮して居られました。

技術のみちすじ

水車回転数を増速して発電機を廻す低落差発電のチューブラータービン計画段階で各社からの説明のなかで受けた水力機器権威者がたのお話に大変感銘を受けたので、この機会にご紹介します。その一致した見解として「増（減）速歯車にはピッチエラー（歯車の製作加工上の誤差を0にすると歯車が噛んで動かない。これに必要な工作精度誤差）が必要なのです。これをスムースに、振動にならないように逃がすのが技術である」ということであったのにはあらためて驚きました。技術には勘どころがあるのですね。

世界的権威者の日立製作所・深栖俊一氏は、この為に遊星ギヤを使って成功したのがStöckicht社であるとして、詳しく説明して下さったが、いま再現できないのが残念です。

同じく東芝の禰宜（ねぎ）部長は、チューブラータービンに船用機関の減速に使われているquill shaft（たわみシャフト）を提案されました。今でも覚えているのは図のように細長い連結シャフト（quill shaft）を介して回転を伝達する方法で、クイルシャフトを捻じれやすいように細く長いものにしておいて、この捻じれでピッチエラーを吸収する、古くから考案され使われているとの説明でした（＊この仲介歯車は固定された数個のものであるが、クイルシャフトを省いた仲介歯車を外部から取り囲む歯車の中に納め、その外周歯車をスプリング付きで固定するのが遊星歯車方式ではなかったかと思い出すのです）。

深栖さんからは、この説明の際の他の話題として**ポンプタービン**の話を承りました。当時の揚水発電所は結線を直して発電機を逆廻しすれば電動機になるから、（旧）沼沢沼揚水発電所のように、その両側に水車とポンプを取り付けるのが一般でした。戦前からこれを合理化することが各国で研究されていましたが、戦後になって、**水車を逆回ししてポンプに使えないかと研究していた日本は成功せず、逆の発想でポンプが水車に使えないかと研究していたアメリカがＴＶＡのNorris発電所で成功**したとのことでした。

このことは技術家としての本質に迫る重大な要素です。同じ山に登るのに登山口を間違えると結果が違ってくる。

たわみシャフト（クイルシャフト）

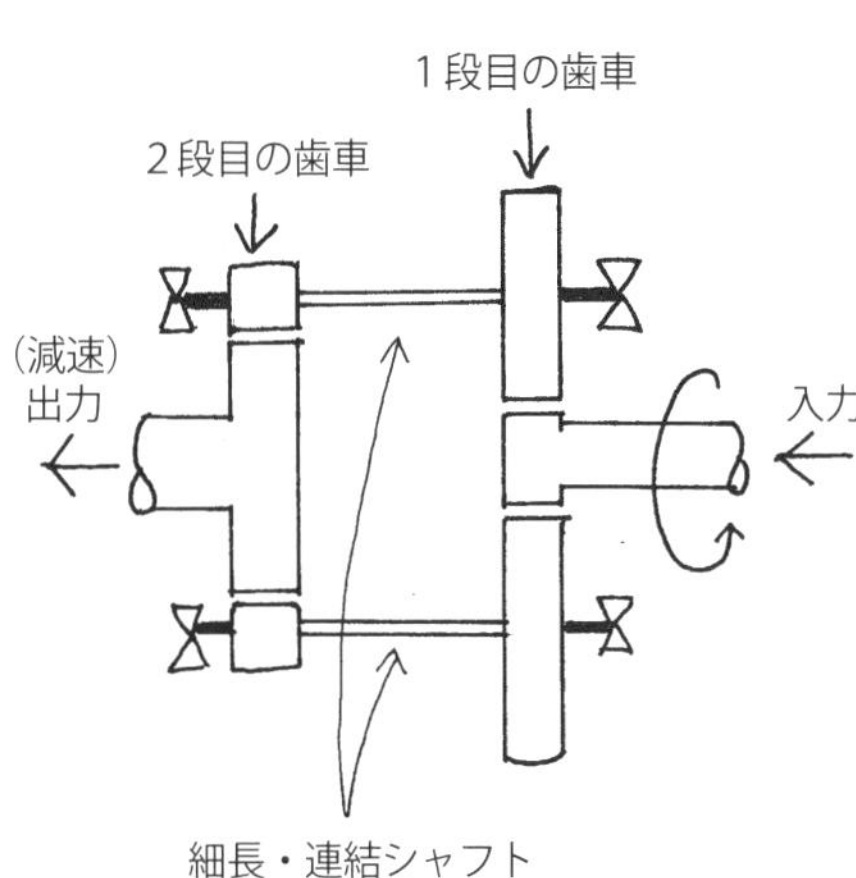

「技術者たる者は闇雲(やみくも)にがむしゃらに取り組めば良いものではない。当初の構想が成否を決する」と心得るべきものと教えられた、と私は受けとめました。

「がむしゃらは理学部に任せ、工学部は先の見通し或いは相場を念頭において」仕事をしなければならない。

最高水準の話を承る際にこのようなことを念頭に置けば得る所が多々あるし、その為にも権威と定評のある方々の話を意欲的に承わる心掛けが必要です。平井さんが常に「構想が大事だ！」と我々を戒めて居られた意味がよく解るのであり、その為には日常の体験を自分のものとして身に付けていなければならないのです。

新潟地震と平井哲学「電力は供給責任が最大の使命である」

東北電力は相次ぐ災害で鍛えられて

震災顛末――「この被害状況なら1ヶ月で復旧せよ」

昭和39年6月16日にこの震災が発生しました。

日本が東京オリンピックの準備に大童（おおわらわ）の最中の出来事です。

いて直ちに全社態勢に移ったが、本店土木部に浦和に居られた平井弥之助顧問から「新潟へ直ぐに行くから支度せよ」との申し入れがあり、矢崎道美建設局長以下、頭を抱えていました。平井局長が既に現役を退陣されていることは別にしても、**現地の状況が確かめられない時点の話**なのです。矢崎局長の指示で浦和の平井さんに私が電話して「現地の交通事情が判るまでお待ち下さい」と申し上げた所、「**災害の実状は、警察の非常**

地震で発火。黒煙を上げて燃える昭和新潟製油所と、信濃川に落ちた昭和大橋。

線を突破して現地へ行かなければ判らない。私は今から会津へ行きます。揚川の前田建設に船を用意させておきなさい（ガチャン）」と、東京支社に会津への車を手配させて居られたのでした。此処に平井さんの真骨頂が示されています。

責任を持った技術者として、「あの苦心した新潟火力の設備の被害がどうなっているか」が、何よりも心に掛かって居られたのです。そして、関東大震災の救援が大阪からの海軍の船で芝浦埠頭から始まった戦訓から、**震災時には水上交通が何よりも頼りになる**ことを熟知して居られたのです。

副長だった私は即座に随行を命じられ、電話で隣の店屋（みせや）に伝言を頼んでカミサンが支度して呉れたリュックサックを背負って、終列車で郡山まで行って野宿。翌朝の始発で会津の平井局長と合流し、手配されたヘリコプター2番機（1番機は通信関係者）に同乗して新潟へ行きました。会津若松ヘリポートから離陸、暫らくして灯油の臭いがする。**昭石タンク炎上の煙が150km離れた会津まで半日で来ていた**のでした。

ヘリは新潟上空を周回して、昭石タンクの炎上と、隣接する新潟火力の健在を目視して新潟ヘリポートに着陸、現地へ向かいました。地盤沈下の街は全域浸水していて、長靴で案内の鳥居良明土木課長が大柄な局長を背負って現地案内されたことが再三に亘りました。火力設備の最大の被害は新潟港から1200m引いてくる冷却用水路で、液状化した地盤のなかで滅茶苦茶になっていました。火力発電所に落ち着いて、隣の昭石タンクの炎上をご覧になってからの私への陰の指示は、**「良いか。この被害状況なら1ヶ月で復旧させせよ」**でした。平井さんは一泊して帰京されましたが、私は本社の立場で暫く現地に留まることにされ、鳥居さんの社宅に厄介になり乍ら、2週間程滞在しました。何よりも復旧の目処（めど）を決めねばならない。一週間後、炎上する昭石タンクを窓外に見ながらの古賀常務主催の工程会議があり、**現場から「復旧発電再開に2ヶ月」**の工程が示されました。私は平井さんの指示に従って、**「公益事業の供給責任から1ヶ月の復旧目標」**を申し上げ、古賀常務が**「努力目標1ヶ月」**と裁定してくださいました。現場はこの指示に従って懸命に努力し、会議から丁度1ヶ月後の7月23日に発電を再開して呉れました。平井顧問は、過去の体験から無理してでも1ヶ月で復旧できると履（ふ）んで居られたのです。

このことは、震災1ヶ月後に池田総理大臣が現地に来られ、海上から新潟火力運転再開の姿をご覧になって、「東北電力のように、皆がやれ」と誉めて下さったことに、全てが込められています。

現地、新潟支店では、震災直後（午後1時02分）、新潟営業所長の河野美代治さんが所員を招集して**「全員自宅へ帰れ。被災者はその侭自宅の対応に。無事な者は帰る途中の被災状況を報告せよ」**と指示されたと聞きます。当時は社用自動車は少なく、自転車が主な通勤・交通手段。震災の街には最適で、何よりも**交通・通信が途絶した現地の状況を早く集約する**ことが急務なのでした。

そして、「復旧点灯は古町を急げ」。**これは新潟を象徴する繁華街を真っ先に点灯して市民に安心感を持って貰う。**今でも模範とすべき処置でした。後日、東北・東京両社の現地調査団に随行して、東京電力の団長が「配電線を地中化してあったから復旧が遅れた」と言うに対し、親分肌の河野営業所長が「新潟は何回かの大火災の教訓から地中化していたのだ」と反論していました。**〝現地の事情も知らずに生意気を言うでない。評論家は駄目だ。**特に、**災害時には現場の実務家が中心になってやらねば**〟の教訓ですね。

後日談ですが、震災当時、小田原に滞在して居られた松永安左ヱ門翁は、テレビで「新潟火力が爆発炎上」と報じたことに、「平井のやった新潟火力が壊れる筈がない」と側近に言われたようです。平井局長はアノ危ない新潟に火力を造るについて、その危ない要素に対処する設備の勘どころを松永翁に説明して居られたに違いありません。そしてさらに後日ですが、復旧1ヶ月では遅いと平井さんに言われた由。**それ程、電気事業の供給責任は重い。**松永・平井間の阿吽の呼吸を感じますね。

現在の電力は何よりも社会のライフラインの根源です。最近の水害事故での高層ビル群の停電で現実化したように、電力供給の責任範囲は急速に拡大・重要化しています。**自由化の波に押された供給責任の在り方を至急再検討して直さねばなりません。**松永翁がご健在ならば、声を大きくして叱咤されると信じます。

平井哲学と東日本大震災――土木界の定説にとらわれず実現した「津波対策15m」

「新潟震災顛末」（→193頁）に見られるように、「供給責任を全うすることが、公益事業唯一最大の使命」に徹して居られた平井局長の烈々たる使命感は松永安左ヱ門翁直伝のものです。翁は戦前の電力乱立競争時代に東邦電力を率いて会得されていたこの「電気事業の在り方」を引っ提げて、戦後GHQ主導の電力再編成を「発送配電を一貫経営の全国9分割体制」で成し遂げられました。

供給責任を果たす為には責任を持てる一貫体制を、競争による合理化を果たす為には全国の9分割を、の意味です。再編成時には翁に反対した立場の東京電灯㈱木川田一隆常務（当時）も、最後は翁の理念に心酔されました。彼は後に、電気事業界の総帥として、松永翁の理念に沿って、日本の電気事業を今日の姿に築き上げて下さっています。

私が未だ平社員の頃、群馬県で既に土木幹部に進んでいた学友金子君から、土木工事の発注単価について、随意契約制の東北電力の単価が競争入札制のそれより可成り高いことを知りました。平井局長に「娑婆よりも高い随意契約で発注する東北電力に需用家からクレームがこないでせうか」とお聞きしました。そのことで社内外から土木部門が白い眼で見られていたのです。座り直して即座のお答えは、「**供給責任を果たす為には、非常災害時に緊急に復旧するについて、例えば、自分の家が燃えていても放り出して駆け付けて呉れる出入り業者を普段から確保していなければならん。これは公益事業者の義務だ**」でした。

日頃、理念として松永哲学を承知してはいたのですが、このお答えには、実務家としての烈々なる覚悟として感動しました。土木設備費が高いとの批判的社内風潮を物ともせず、電源拡充の指揮を取ってこられた信念でしたね。

「**自然に畏敬の念を持って安全に徹し、目前に囚われず、長い眼で熟慮する**」ことが土木技術者の基本と納得しました。その頃の電気屋は、「設計以上の風速で鉄塔が倒壊しないのは不経済設計」と放言し、それを合理的と考える人が多かったが、彼らは**設計上の安全率を味方にして、安全を保つ手法に無知**と私は批判します。強度設計に常用する**三倍の安全率が、不経済ではあるが、歴史的な人類の知恵として許される不経済の相場**と考えるのが良いのです。

この平井哲学の真髄が没後25年の平成23年、東日本大震災での女川原子力発電所の無事で表に出ました。一般常識で〝津波対策は10ｍで十分〟との相場を、体験から割り出した〝15ｍでなければならん〟と、現職を退かれて5年余、最高顧問の立場を使って力説され、**当時の会社首脳がこれを受け入れて、大災難を未然に免れた**のです。公表される14・8ｍは世間に迎合した数字で、あの平井さんがそんな半端を仰る筈がない。津波銀座の三陸に原子力を置くことに、本質的には原子力反対の意見をお持ちになり乍ら、どうしても現役がやるなら、と老躯をおして社内委員会を立ち上げて強調され、当時の東北電力首脳部の英断で実現されたのでした。

　この事が世間での東京電力被災大事故と対比され、特に技術者の責任問題とされ兼ねない世相に危機感を持った私は、2ヶ月後に3ページの論文を作成し、手の届く世間に600部配って、ジャーナリズムの共感を頂き、評価が定まったと自負しています。題して、「**結果責任を負う事業経営者の在り方**」。〝平井さんがご健在なら〟と代弁した心算（つもり）でした。

「結果責任を負う事業経営者の在りかた」（自称 3頁論文）

東日本大震災から約3か月後、6月8日記す 7月20日加筆 大島達治

（ ）は後に加えたタイトル

（危険を回避するために為すべきことの決断）

平成23年3月11日に発生した東日本大震災。東北電力の土木技術者として、大きなものでは新潟震災はじめ、幾多の災害、事故の当事者としての経験を自負してきた私も、今度ばかりはシャッポを脱ぎました。

と言うのも、**土木大先輩の平井弥之助さん、唯一おひとりだけが1200年前の貞観大津波に備えることを強硬主張され、警告して居られた**のを、〃それ程までにしなくても〃と、周囲では内心思っていました。私とても、過去の地震学が「**地震の来ない確率**」から「**地震の来なかった確率**」に180度転換したことまでは弁（わきま）えていましたが、これが津波についても同じであったことを失念していたのです。

※**貞観大津波**：第56代清和天皇（858~876）貞観11年の地震津波。多賀城国府の足元まで襲われたとの記録がある（町が全滅し、国府が廃止された）。また、岩沼の千貫神社まで来た、と、これは岩沼出身の平井さんからうかがっていること。

女川原子力の立地計画が進んでいた昭和40年代の中ごろ、昭和37年に副社長を退任され東北

電力顧問であられた平井さんは、電力中央研究所長として社内外を網羅した技術委員会に参画され、反対意見もある中で強硬に主張された津波対策を講じてきたお蔭で、女川発電所が今回の大難を免れたのでした。その対策の基本は、**津波の高さと衝撃力だけではなく、引き波で海底が露出する事態に備えるもの、**と後日知りました。海水を汲み上げる冷却水ポンプが空転することがないよう、対策してあります。

此処で思い出すのは、同時期に建設が具体化していた中部電力浜岡**原子力の冷却水取水**を、平井さんの助言に従って**400m沖合の海中に設けた取水口から海底トンネルで取水している**ことです。これなら大津波の引き波でも取水路に水の切れることはありませんね。〝電力の鬼松永安左ヱ門〟翁の流れを継いでいる中部電力ですから、同じく松永翁直系の弟子平井さんの助言を重く受け止め、社内の土木技術者の反対を押し切って実現したこと、と承知していましたが、その内容が津波の引き波に備えたものでもあった、と今更乍ら再認識しました。

（経験値、計算上の安全値の上をいく平井指示）

松永翁の哲学が「電気事業の基本は、公益事業として供給責任を全うすることに尽きる」であることを、私は平井さんから骨の髄まで教

女川原子力 津波引き波時に取水路内に確保される水量

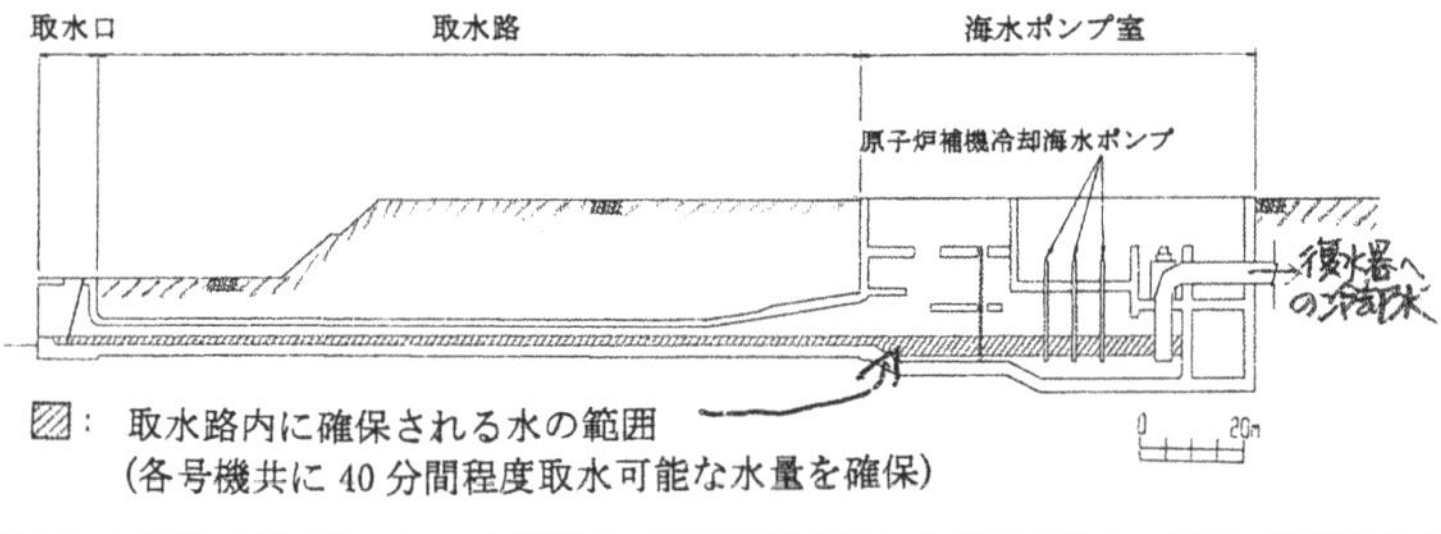

取水口　取水路　海水ポンプ室

原子炉補機冷却海水ポンプ

復水器への冷却水

▨：取水路内に確保される水の範囲
（各号機共に40分間程度取水可能な水量を確保）

0　20m

えられてきました。

昭和32年当時、**地盤沈下で多くの事業が進出をためらっていた新潟に火力発電所を建設する**に当たり、その責任者としての平井建設局長は、私に記録的超大型のケーソン基礎の設計を命じられました。堅硬な支持盤のない軟質の地盤に、鉄筋コンクリート製の大型の箱舟を造り、火力の大型機器を載せるもので、これなら後日、砂質地盤の液状化として常識化した地震時の現象にも〝泥の海に浮かぶ船〟として十分安定した構造物になるのです。

その基礎の深さを12mと指示されたのは、後に地盤の液状化は10mまでと判ってみると、平井さんが日頃いろいろな事例を技術者として観察し、自分の判断とされていたのだ、と教えられたと私は受けとめています。この結果として、あの新潟震災にも基礎としての役割を十二分に果たし、社内のオーバーストロングだ、との陰

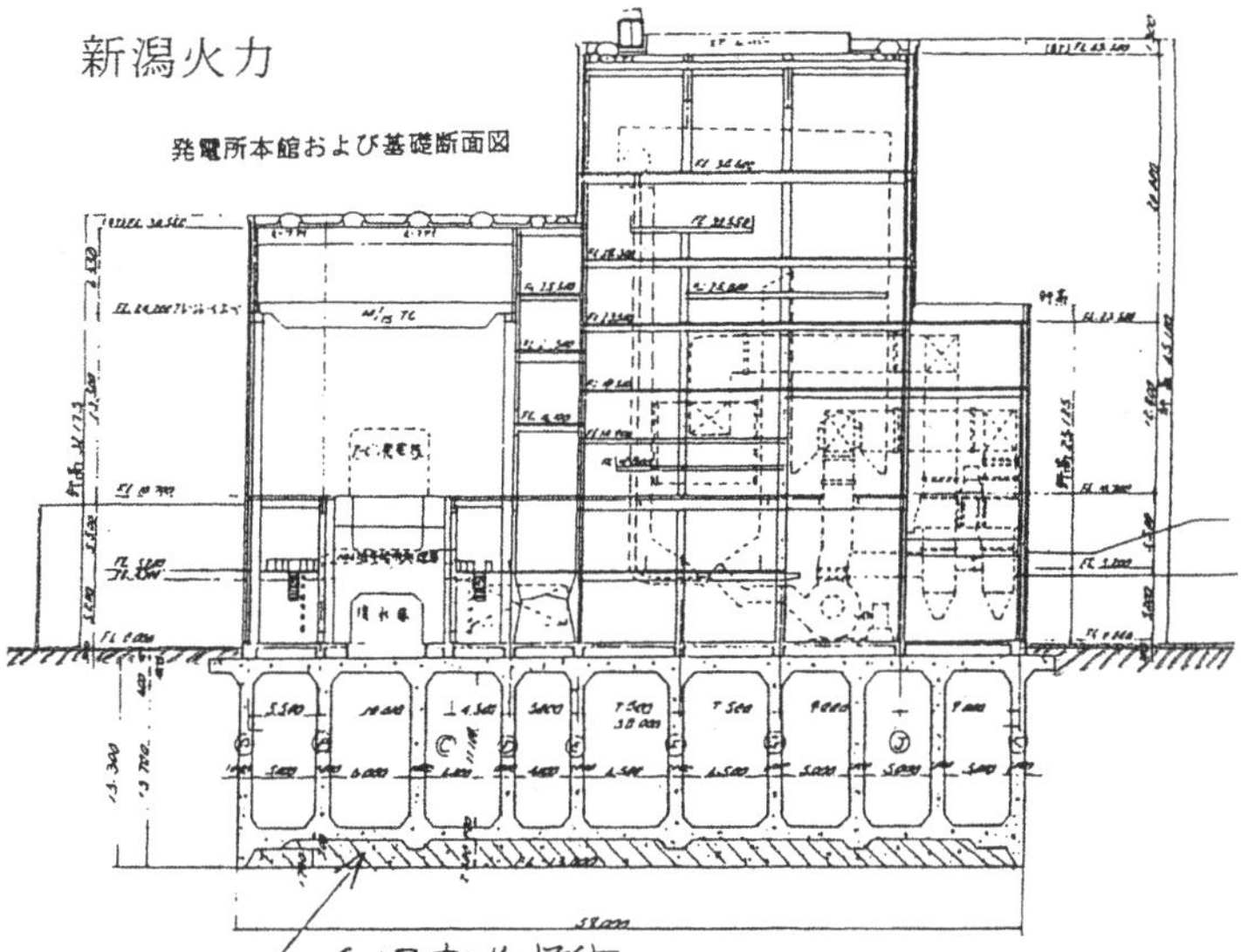

口を吹き飛ばしたのでした。

後日、1ヶ月で発電再開を果たしたことを報告された平井さんに、「一ヶ月も止めたのは駄目だ」と、松永翁の供給責任感は非常に厳しかったと伺いました。

同じ新潟が昭和42年に羽越水害に襲われた時には、県北の**荒川水系**も大洪水で多大の被害を被ったなかで、唯一、**岩船ダム**だけが災害を免れたのでした。設計に想定しない洪水がダムの非溢流部をオーバーすることがあっても、ダムの両岸の可成り高い処まで（5ｍと聞く）護岸を固め、下流側も相応のコンクリート護岸で保護してありました。普通はやらないこれらの施設は、平井さんの周到な指示によるもので、直下流の発電所が殆んど水没するまでの大洪水にも、立派にダムの役目を果したのでした。

荒川水力㈱岩船発電所全景
ダム右岸の溢流に備えた護岸

昭和45年、**新仙台火力**の建設にあたり、**仙台新港の入り口にある火力を、貞観津波に備えて**、標高＋10ｍの防波堤で護れ、と平井顧問からご指導があり、電力だけがお城のような護岸を造るわけにもいかず、港湾計画の＋2.5ｍよりは高い＋4ｍまでの護岸堤として、あとは発電所本館の壁面を強化することでご諒承を願った、とこれは当時の鳥居土木部長の苦心談です。

（技術責任者として結果責任を果たすとは何かを教えられた）

以上はその一端ですが、日常のご指導は**法律を尊重しながらも法令に定める基準や指針を超えて、結果責任を問われる技術最高責任者として自分の判断で**責任を果たす使命感に徹して居られた。それも許される増加コストの範囲で、と今更ながら、今回の震災であらためて教えられました。

没後25年も経ちましたが、真徹居士の戒名を贈られ、所沢市聖武霊園に奥様と共に静かに眠って居られる大先輩に心からの敬意と感謝を捧げます。

皇太子殿下（昭和天皇）が電力中央研究所行啓時に研究施設をご案内する平井氏

尚、震災後、日ならずして末のお嬢様、安子さんから「父が夢に出てきて、俺(ワシ)は（電気事業が）原子力をやるべきではない、と日頃から言ってきたことを（大島に）伝えよと言っていた」と、地震見舞いを兼ねたお電話を頂きました。

今、考えてみるに、東北電力退任の後、松永翁の主催された電中研所長を務められて、専門技術について吟味されたうえでの経営者の立場にたった判

断だったのでしょう。

しかし、電気事業が原子力に進まざるを得ない事態に対応するに、不十分な法令に構わず結果責任を負う立場へのアドバイスには、電中研の所長は最適のポストです。松永翁の期待とこれに応える麗しい師弟関係と私は拝見します。

今回の女川原子力の被災回避でようやく耳目を集めるに至った平井さんの事蹟が、**一朝一夕のものではない**ことを世間に報せることが、入社のお世話から、直接の技術指導を受け、仲人までして頂いた恩師・大先輩への私の務めなのです。

このことは技術の世界に限ったことではありません。

昭和30年代前半のことだったであろうか、**早川種三さんが仙台放送テレビを創立され、大年寺山にテレビ塔の建設**を始められた時のことでした。建設場所が地辷(じすべ)り地区と知った早川さんは、当時在仙の最高の地質学者、土木技術者数名の方々に集まって貰い、アドバイスを求められました。若輩ながら陪席を命じられた私にとって、早川さんのご挨拶は今でも思ひ出す、頭の下がるものでした。

「**今日、皆さんからご意見を承わって、私の責任で工事（設計を含む）を決めます**」

早川さんは事業再建の面でも著名な仙台出身の経営者として承知していたのでしたが、**専門外の技術分野のことについて**、有識者の説明意見を**自分が納得したうえで結果責任を果たす覚悟と姿勢**を、若年未熟の私が初めて学び、これを学ばせる為に平井さんは陪席を命じられたのでした。

(電力会社の基本使命「供給責任」の重さ)

自分の専門外のことであっても、結果責任を負う。自分の判断で責任を負う。このことは企業倫理とコンプライアンス(法令遵守)の関係に似ているように私は考えます。世間にはこれを同義と思っている方々が多いようですが、**社会での企業の務めを果たすことは、法律の範囲で罪に問われないことと、本質的に違いますよ**ね。

電気事業は自由化と称して供給責任の義務を外されているようですが、私の知る範囲での**電力会社は義務以上に供給責任を果たすことを公益事業の基本使命**として承継していると承知しています。従って、事業経営者が供給についての結果責任を負っていることを、世間一般に再認識してほしいのです。

と言うのは**震災を契機に発送電分離を論ずる雰囲気**が起きています。この命題は戦後、電気事業再編成問題として60年前に松永安左ヱ門翁が信念を持って決着された歴史があります。その信念は「供給責任を全うすることが公益事業の基本、唯一の使命」でした。

供給責任は電源の問題だけではありません。経済性を保つために大型化している電源を送電系統で需要地へ送る技術には、世間であまり知られていない苦心が多々あります。長い送電線路ですから1ケ所故障して全系統が停止してはならない。設備を頑丈にしても始まらない。ルートを複数にし、その為の運用に苦労する。部外者からは矛盾にみえる課題を克服して供給責任を果たし、**しかも電圧、周波数の変動に世界レベルで最も優れた技術で対応**しているのです。**松永翁は永年の電気事業経営の結論として、発・送・配電を独占一元化して、初めて公益事業の供給責任を、それも民営で果たすことが出来る、と信念を持たれた**のでした。

現役を離れて20年を経た私には、現在の実情に即した意見を持つ用意はありませんが、電力会社の形態を論ずる方々には、このことを無視しないでほしい。**理念は松永翁の理念で、あとは現実に即して結果責任を全うできる結論**を当事者にお願いします。

(これが本当の技術者である)

結果責任の考え方にも幅がありますね。これを恐れるあまり、設備やら何やらにコストを掛け過ぎては何にもならない。前出の平井さんの対策は全て、全体コストの中で許されるコスト増の範囲でした。

世の中に完全なものは無いでしょうから、事故・故障は必ずくる。その時の影響範囲を局限し、**回復可能を見極める迄の技術能力**が必要ですね。これが本当の技術者です。

今回の震災で、世間では注目していないが**橋梁の落橋が皆無**なのです。津波で流された橋はあっても、構造的な破壊はおそらく1件も無いでせう。私見ですが、これらには構造材料の強度安全率が寄与していると思います。普通には、**3倍程度の安全率を採用し、これが結果責任を果たす為に世間的に許されている相場**なのでせう。建築の分野も同様で、昨今の技術基準は土木の安全率に似た相場に到達しているように思えます。老朽化した建物は崩壊しても、一般には居住可能な損傷に止まっていますね。

その安全率は、水理現象については定説がないようで、今回の津波事件を安全率の面から、現役の方々に考慮して貰いたいものだと思ひます。

ライフラインを預かる電力、水道、ガス、下水道各業界は、**非常時に全国ベースで応援する組織協定**を結んで災害に備えています。今回の震災でも被害者として大いに感銘しました（ほかにも救急医療体制など多々あります）。

このお蔭で**電気は2～3日での点灯回復**が一般常識化しており、これが**社会的に結果責任を果たしたと認められる相場**と考えてよいでせう。

上水道は週単位、ガスは月単位での復旧が相場のようで、この結果責任の評価はどんなものでせう。今一つ強調したいのは下水道です。埋設下水管が液状化地盤で抜け上がる現象を指摘する人までは居ますが、これが年単位の復旧工事となり、大都市のあの不潔な生活排水の処理の回復に長年月を、その間の非衛生状態を考えると慄然としますね。

為政者も当事者も、結果責任としての下水道対策を真摯に考えてください。間に合わないと、東京下町の都民がおそらく１００万人単位の疎開を強いられることになるでせう。

東北電力本社の現役陣もこれを諒とされ、所沢聖武霊園に眠って居られる平井さんに、社長以下多数の方々がお礼詣でをされています。田舎者東北電力とはさういう会社なのです。因みに女川原子力を海から眺めると、〝津波が本当に来る〟と外海から完全に遮断された姿が見られます。**東北は気が利かないが、さういう実直さを誇って良い。**これを次世代にも期待します。平井さんの仙台近郊ご出身の東北人だったのです。

この間のことを〝3頁論文〟（199頁〜）を見ていただいた毎日新聞の山田孝男さんが的確に取り上げて下さった記事でご紹介します（左頁、「毎日新聞—風知草」）。

実直に東北振興の社会責任を果たしてきた東北電力

このことを町田徹さんが企業文化として著書『電力と震災　東北「復興」電力物語』（日経BP社2014年2月刊　303頁）に評価してくださいました。

その中で海輪誠社長以下の東北電力が蛮勇を奮っての行動に正義感を持って興味を持たれ、大著で具体的詳細に世に問うてくださいました。OBの我々の知識が及ばない処まで。よくも此処まで徹底的にお調べになった。流石にジャーナリストとして鍛えられた方だと感服し、OBとし

2012年（平成24年）3月19日（月）　14新版　**総合**　2

風知草

山田孝男

安全を見極める目

東北電力女川原発（宮城県女川町・石巻市）が津波に耐えたのは、平井弥之助（1902～86）という先覚者の見識と執念による。東京新聞の記事（7日朝刊）で知った。

原発の再稼働と安全性評価が問われ、信頼の欠如が指摘されている今、平井の人物とエピソードは示唆に富む。

平井の仕事を今に伝える語り部は、東北電力で指導を受けた大島達治(82)だ。

大島によれば、平井の真骨頂は「自分の判断で結果責任を負う」使命感にあった。「決められた基準さえ守れば」と安直に考える人間ではなかった。法令を尊重するが、法令順守が目標ではなく、法令を超えた本質的な課題を徹底して調べぬく技術者、経営者だった。

女川原発が壊滅を免れたのは14・8㍍の高台にあった（福島第1は10㍍）からだ。貞観大津波（869年）を調べて立地したことは知っていた。平井の孤軍奮闘で導かれた決定だったことは知らなかった。

平井は宮城県南部の船岡（現柴田）町出身。東京帝大の土木工学科を出て電力王・松永安左エ門（1875～1971）の東邦電力に入社。日本発送電を経て戦後は東北電力に移り、62年、副社長でやめた。

その後は師の松永が設立した電力中央研究所の技術研究所長になった。68年、平井は女川原発を設計する東北電力の海岸施設研究委員会に参画し、津波対策を熱心に説いた。

14・8㍍を主張したのは平井だけ。「12㍍で十分」など、平井説を過剰と見る意見が大勢を占めたが、平井の威望、気迫が勝り、東北電力は平井説を採った。40年を経て襲来した津波の高さは13㍍だった。

平井は引き波による水位低下も見越し、冷却水が残るよう取水路を工夫させた。

大津波は平井没後25年で来た。平井は正しかった。平井の執念、責任感とは何であったか。仙台にいる愛弟子の大島に電話で聞くと、こう答えた。

「企業倫理とコンプライアンス（法令順守）の関係に似てるけど、本質は違いますよね。企業の社会的責任とは、法律の範囲で罪に問われなければいいということではない」

65年、皇太子（いまの天皇陛下）が東京都狛江市の電力中央研究所を見学された。案内役の平井と殿下が並ぶ写真が電中研の松永記念室の壁にかかっている。見に行った。真一文字の口元に強い意志を感じた。戒名は真徹居士だった。

こんな逸話もある。昨年の大震災直後、大島に見舞いの電話をくれた平井の遺族（末娘）がこう語ったという。

「父が夢に出てきて、『ワシが日ごろから（電気事業は）原子力をやるべきではない、と言ってきたことを（大島に）伝えよ』と言うのです」

平井は、日本で原発が現実に建設され、原発の時代がくる前に一線から退いた。生前の平井が原発を否定した記憶はないと大島は首をひねる。

大島は平井に学んで原発の質を高めよという立場。私は、平井が何百人そろっても難しいのではないかと疑う立場だが、そのことはおく――。

関西電力大飯原発（福井県おおい町）の再稼働へ向け、手続きが進んでいる。月内にも首相と関係閣僚が決断し、地元に同意を求めるという。だが、本質は政治問題ではない。首相を支える実務家に平井のレベルの眼力と説得の気迫があるか。そこを問いたい。（敬称略）

題字・絵　五十嵐晃
（毎週月曜日掲載）　2012.3.19

「毎日新聞」2012（平成24）年3月19日

て感謝します。

東北電力は、時の菅直人総理の要請に従って、運転可能であった３００万キロワットもの原子力発電を停め、収益源を復活しない穴埋めに、内部留保金を根こそぎ取り崩したのは勿論、支配力の及ぶ全ての関係会社に特別配当の形で内部留保金の提供を求め、各社それぞれに被災で苦しいなかを全面的に要請に応じました。

電力業界が挙って料金値上げ申請の雰囲気のなか、被災者・企業を慮ばかって値上げ申請を２年も堪えたのです。我々ＯＢも、緊急の社債公募に全面的に協力しました。

法律に拠らず「首相要請」の形での原子力停止が現在も続き、電力各社塗炭の苦しみが続いています。所謂る世論〝原子力は悪だ〟に便乗してのことにせよ、要請の後始末の責任を果たさない侭、政権を離れて久しい。原子力発電が国策とされて以来50年。50基合計約25兆円の投資の処理は電力各社にとり大難題です。この後始末は各社の努力と、最後は電気料金の形で国民の負担となるのです。このことについてのご理解を切にお願いします。

ゴルフ事始め

特別管理職ともなると、社外との交流が重要になります。日本再建の目途が付き、高度成長の時代に入ってのその頃の社外接待には、料亭もさることながら、それにも増してゴルフが使われました。料亭は二次会など切りがないが、ゴルフは時間も費用も予定できるし、何よりもステータス・エリート感の位置付けもありました。と同時に**その頃（昭和30年代末）は移動手段が貧弱でマイカー族は極く少数**。東北電力では社有車利用は社長・副社長に限られ、常務以下のプライベートコンペは自前、の決まりでした。

私は先任副長の桑原力（つとむ）さんと話し合い、〝俺（わし）はマイカーから始めます。運動神経に自信があるから直ぐ追い付くよ〞と宣言し、最寄りの自動車学校に通いました。昭和39年3月15日からの事です。6ヶ月掛けて卒業すればよい、と呑気に構えていたが、6月16日に新潟震災が発生し、2ヶ月間、桑原副長と大車輪で対応に当たることになって終（しま）いました。漸（ようや）く学校のほうを9月15日ぎりぎりに卒業して運転免許証を手に入れ、中古のオースチンを5万円で手に入れたのは11月に入った頃でした。その頃の中古車は毎年半値になる相場で、安給料で年期ものをようやく買えたのです。

そのゴルフは、というと、突然やってきました。或る日、メーカーの営業マンが来て、「ゴ」をやりませんかと言う。今でも私は囲碁普及を天職の一つと心得て勉めているので（免状五段）、〝課長さんも一緒に〞と言うから、初段の上司課長に話すと〝いいよ〞とのこと。決められた土曜日の午後、営業マンの迎えの車に乗せられたが、どうも行き先が違う。そのことを言うと、富谷（とみや）ゴルフ場だと言う。「ゴ」は碁ではなくゴルフの隠語で、営業マンの共通語だったのを知りませんでした。矢崎部長の手帖に「G」と書き込まれていたのが、それだったのですね。

仕方なく、言われる侭にゴルフ場で借物の身支度の末、臍の緒を切って初めてクラブというものを持たされました。〝振る時に頭を上げないように〟との注意で、同じ大きさのピンポン球で鍛えられていた私は、振る時は反対のほうに頭を向ければ良いと即座に理解して、何とか球に当てたが、運動音痴の課長さんは全然球に当らない。結局、2ホール廻った処で流石の敏腕営業マンも諦め、鰻をご馳走になって散会。

これが私のゴルフ事始めで、程なく企画室に移ってからは特に精を出しました。その頃の安月給ではプレー費が嵩むゴルフをやるのは容易ではなく、当時の切れやすい球の補給にも事欠いて、切腹したボールをボンド（接着剤）でネバして何とか続けていました。社用接待に狩り出されるには、下手でも上手でも宜敷くない。**手練のお客のお相手をする為に早くハンデ20まで上達せよ。**但し、シングルになるのはやり過ぎで不可ん、との指示でした。囲碁でいう有段者で、〝上に四目、下にも四目〟の位置付けですね。私は土木課副長35歳の時に始め、60歳のシニヤーコンペで優勝して13のハンディキャップを貰うまでいきました。お客に華を持たせる接待の心得として、ストローク調整が必要な場合があるが、グリーン上のパットで調整してバレては不味い。グリーン間際の寄せで調整するのも心得の一つ。ドラコンも少しだけだけラフに入れてお客に譲る。等々、接客業には苦心の修練をしたものでしたね。90歳の今でもハンディ30で、宿痾の腰痛を抱え、15本目のクラブ、ステッキをつきながら、何とか続けています。

5．立地公害問題にたずさわった10年

企画室へ

昭和41年に企画室へ転出になりました。私としては土木一本でいきたいのですが、土木人員整理での役目を断り、浮いていたのでせう。二代目総合計画課長の加藤幸雄さんが、前任営業部での感覚で〝料金値上げの要、大島竹治の息子を引っ張って呉れた〟のか。土木親分の平井局長退陣で、その一の子分、大島の扱いに困った土木の思惑もあったことでせう。任地の総合計画課は、加藤幸雄課長が前任営業部での感覚を会社内に生かす使命を基本にして居られたと、今にして思い当たるのです。

何れにせよ、このことで、私は土木部門という**企業内での閉鎖社会から、全国が相手の広い社会**に投げ込まれることとなりました。そして、産業界で公害立地が大きな問題となる事始めに立ち会う結果となったのでした。

この総合計画課は平井貫一郎社長が、昭和37年12月に赴任された最初の注文で設けられた課だったのです。**社長室が片手間で処理していた年次計画を表に出す第一歩**で、土木出身の藤原忠夫さんが初代課長でした。二代目を引き継いだ加藤課長は、先ず外部との交流で田舎ものの我々の眼を、広い外界に拡げることに取り掛ったと、今にしてよく解ります。

社外との交流には**人付き合いの媒体として、当時はゴルフと麻雀にいそしみました。**土木では〝品行方正・学術優等の大島君〟が一変して遊び人に変身し、毎昼の休みは企画室の面々と、近くのゴルフ練習場（歩いて5分）に集まりました。此処は三階建て菅原会計事務所の屋上に10ヤードもない打ちっぱなしとパット練習の設備があり、SGC（SENDAI・GOLF・CIRCLE）が運営していました。

このSGCは、当時は〝高嶺の花の会員権を手に入れてオフィシャルハンディを取る制度〟に対し、SGC会員にはオフィシャルとしてとして全国に通用するハンディを出せる制度を、当時、東北ゴルフ連盟会長の堀豁（とおる）さん（東北電力2代目社長）がJGA理事の立場を活用して、宮本保さん、菅原博さんを誘って実現して下さったのでした。**堀さんは「ゴルフは特権階級のものであってはならない。一般人のスポーツにしなければならない」と、一家言（いっかげん）をお持ち**で、JGA理事会でも主張して居られた、と聞きます。

土木部でヒョンなことから手解（ほど）きを受けていたし（前述）卓球に入れあげた経験から、同じ大きさのボールの扱いを理解していたから、上達は並の人より格段に早く、社外人との交流にも重宝しました。麻雀のほうも同様に、幼児三人を抱える家庭を放り出して精を出し、徹夜マージャンで精神力を鍛え、腕を上げたものでした。

赤字東北電力の助け舟　東電社長の広域運営

それは扨て置き、総合計画課にはそれぞれ電気・土木・営業・経理を担当する四天王の副長が配置され、年次経営計画を担う会社の要の課での**土木担当副長の役目は、会社経営を傾けた金喰い虫の元凶と睨まれていた時期だけに面倒な立場でした。**通産当局もこの全国的な風潮に対してアメリカ仕込みのV／C手法で我々を指導する姿勢だったのです。V／Cはコスト＝ベネフィットレシオといって、水力発電所の年間経費（コスト）と発電量の価格（ベネフィット）の割合が1を切っては不可ん、経済性に欠ける、というのです。この考え方は基本の一つで逆へないが、コストの評価が問題なのでした。時間の要素の入らない瞬間値を使うので、現在の株式会社で結算期が4半期決算に短期化したままでの世界的な事情がありました。これに対して、〝水力発電所は耐用年数が40年。実質的には100年は使える。会計基準よりは長い寿命で会社経営に資している〟と抗弁しても、1ドル原油のお蔭での安い火力単価を信奉するアメリカかぶれの官僚には通じない。現に、只見川系建設の昭和30年頃の建設費は10万円／キロワットであったが、今は100万円／キロワットと10倍になっているではないですか。立地条件の良い地点は減ったが、物価の上昇で長期投資が有利になり、東北電力の利益のベースになっている。その価値を力説しても通らない時代だったのです。

社内では加藤課長はじめ私に理解を示して下さる方も多く居て、土木部から出てくる開発計画を満身創痍ながらも計画地点として何とか残すことが出来たのでしたが、**老朽水力廃止**には教えられました。計算上は1万キロワット以下の設備は自動化などの努力の甲斐なく老朽化で修繕費が嵩み、廃止も止むを得ないと考えざるを得ず、先ず、新潟県の黒川発電所（３０００キロワット）が取り上げられました。これが**平井寛一郎社長の目に留まり、「この発電所一つで黒川村が存続しているのだから、地元のことを考えて残すように」**との指示が降りてきて、**計数だけで物を判断することの欠陥を教えられた**のです。社是の一つに「地域と共に」とあるではないですか。特に、我が社は公益事業なのです。

会社経営の全般にまで頭を廻す余裕はなかったが、その機会は直ぐにきました。**「広域運営」**です。電気事業連合会会長の木川田一隆さん（東京電力社長）が窮状の東北に助け舟を出して下さったのです。50サイクルの東京・東北を一つに見る東地域として多方面にわたる東京＝東北の連携メリットを追う中で共同開発が私の所管に入りました。具体的には25万キロワットで計画していた新仙台火力一号機を35万キロワットと、10万キロワット増やし、その分を買い取る東京電力が建設費を分担する、というものです。その頃の建設にはスケールメリットといって、大きい程、建設単価が下がる、そのメリットを東北に提供して下さる、という筋道なのです。これならば、現ナマで東北を援助することにはならないから、株主総会で責任を追及されることもない。流石、知恵者の木川田さんの発想です。この手法はその後、全国各地に発展して、現在も再開に難儀している柏崎・刈羽原発一号機の半分は東北の持ち物なのです。

このお蔭もあって、昭和37年の料金値上げで不本意な査定を受けたにも拘わらず、東北電力の経営内容の改善が進みました。昭和42年の設備投資は３３９億６０００万円（サンザンクロー）が、翌年は４３８億９９００万円（ヨサンハキューキュー）と、企画と経理で語呂合わせを交換する余裕まで出来るようになりました。

この東京電力の支援がなければ今日の東北はない、と私は木川田さんに恩義を感じています。ですから、今度の大震災での福島の大事故で電力業界はピンチに陥っているが、東電を非難することを私は差し控えているのです。

地域社会から学ぶ立地公害

新仙台火力が旗振り役の仙台新港

昭和42年に宮城県が全国の新産業都市計画に仙台新港計画で名乗りを上げました。私は設備担当副長としてこの計画元、宮城県との対応窓口になりました。

当時の港湾計画の常識として**「旗振り」**が要りました。県は仙台火力4号機の計画を新港に持って来て旗振りをやれと提案してきました。仙台火力は3本の煙突が立っていたが、私は4本目はどうか?と、かねてから考えてきました。着工時の文化財保護委員会で奥津春生委員(東北大地質学教授)が、3本なら景観を損なわない、風景は奇数が良い、と賛成して下さっていたのです。従って、この件はパス。従来の港湾計画で貯木場が果たしてきた旗振り役を東北電力が引き受けることに社を挙げて異存はない。**"旗振り"は港湾入口に景気良く設備を立ち上げて、後発企業の呼び水**を果す役目なのですから。

この火力とペアーで**太平洋岸で最初の大型精油所を、県が誘致に成功しました。**これが核となって新港計画は進捗しました。東北石油㈱仙台精油所から重油を直送するだけで、コンビナートと誇大宣伝する材料にもなりました。

山本壮一郎知事（当時は副知事）の差配で計画が進むうち、当社に2つの問題が発生しました。一つは東北石油の用地を400m海側へ拡げる必要が出てきたのです。これは地元が譲らねばならん、と県が埋め立てて呉れる用地を使う事で解決。

今一つが大難題。昭和42年の県の原案は火力から内陸に引き込む送電線に砂押川を跨ぎながらのルートを予定していたのでしたが、**河川法で河川上空は横断を許されるが、縦に重複するルートを許さん、**というのです。東京日本橋を跨ぐ首都高速はドーナンダと抗弁しても、**役所仕事の河川法規定一点張りで建設省が首を縦に振らない。**止むなく別ルートを設定する役割が設備担当副長の私に降ってきたのです。**25万ボルト2回線の鉄塔は線下幅25m×2=50mの地上権を設定しなければならないが、**そんな用地の余裕はない。**長物は一箇所でも途絶えては駄目。**用地屋の経験がない私は、県庁担当部署の企画部計画課に日参

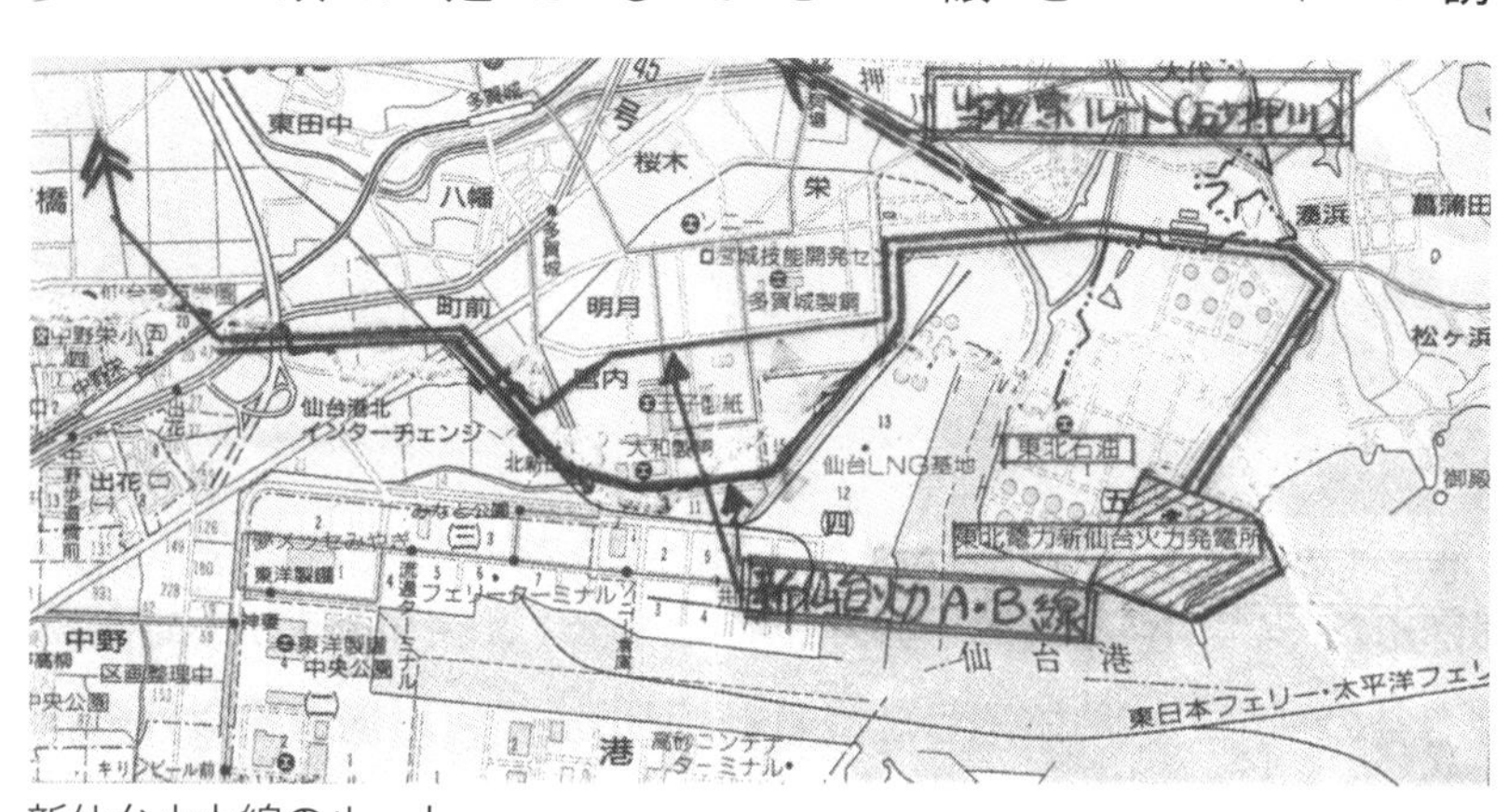

新仙台火力線のルート

新仙台火力線　高さ 80 mの鉄塔群

しました。朝駆けで相談し、昼に結果を本社へ持ち帰って用地と相談し、午後、再度企画部へ。これが何ヶ月続いたことか。結果として何とか成立したルートを見て下さい。苦心の産物です。苦労しただけではありません。余禄もありました。或る日、午前の打ち合わせが終わり帰ろうとしたら、課の人たちが寿司を用意したから次長と碁を打っていけ、との話。日頃、次長に碁でイヂめられている鬱憤を晴らしたい、との課員がたの陰謀だったのです。企画部次長兼計画課長の田中実さんは碁が達者で、私のほうが少し強いかといった腕前です。喜んでお相手して人集りの中で皆さんのご要望に応える、という楽しい思い出の一つです。**芸は身を助く。交流の媒体は大切に備えておくもの**ですね。

これらが片付くと次は公害対策。県・市と当社の間に公害防止協定を結ばねばならない世の趨勢になっていました。当社は次長待遇の岩佐繁調査役を筆頭に、火力計画課長と私、それに課員の鈴木守さんと4人で事に当たりました。県の公害対策局長室で最終打ち合わせのあった土曜日の午後のこと。外にはブン屋が詰めかけて、小用を足そうにも出られない。夏の暑い日なかのことで、手にした扇子にも草臥れて、手の置き所がない。思い付いて隣の鈴木守さんにタバコを一本所望しました。**これが私のタバコ始め。**父と同じ42歳で煙草を喫い出した始まりでした。15年前の片門現場で、会津若松の町へ出て朝鮮征伐と称してパチンコでピースを取ってきてイタズラして以来のことです。

今一つの思い出は学者のこと。公害交渉の後段でパフ現象が話題になっていました。上空に逆転層がある極端な気象では、火力の噴煙が遮られ地上に直接戻って危険だ、と**持って廻った議論をする似非（えせ）学者が現われて迷惑**していたのです。これに対応する為に電中研から専門家に来て貰って、県市の担当者への解説会を催した時のことです。彼は気象の知識で危険はないことを丁寧に説明して呉れたのですが、肝心のパフについて全く否定して呉れなかったのです。

終って、彼にその事を問い質した処、**「こういう条件ならこうなる、ということを否定する訳にいかない」と言うのです。此処に学問と現実の違いを見た思いがしました。**最近では「異常気象」について、**〝原因と結果が結び付かないことを「異常」と言う。**現在言われている**「異常気象」に原因と結果の関係に異常と言えるものはない〟と喝破した気象学者が居られ、成程と思わされました。「学問」と「実務常識」の差**ですね。そしてこれは世の中の様々の現象を見詰める上で大切なことです。風説に流されない為にも。

公害対策室――公害問題の夜明け

高度成長の副産物として、四日市ゼンソクや富山のイタイイタイ病といった公害問題が世間に表面化し、工業化の遅れている東北では漁業への影響が先ず取り上げられました。

社内では昭和45年に企画室の中に公害対策室が新設されました。室長は配電出身の岩佐繁さんで、鈴木守さんも一緒に配属されました。鈴木さんは商業分野の出身で科学には縁が遠い経歴なのですが、それだけに**物の道理・道筋を通すこと**に長けていて、**目先の技術が先行する工学部出身の私**は大いに得る所があり、いずれにしても皆で全く新しい分野の咀嚼に取組みました。

この頃の社誌に公害記事を書くよう命令があり、「公害談義」として私の考えを投稿しました。骨子をご紹介しませう。

東北電力社誌　昭和45年5月「公害談義」抄録

東京で高架化した中央線の窓から、津々浦々まで新興住宅が満ち充ちているのを見て、中学で実習したシャーレでの青カビの培養を思い出しました。彼等は寒天培地の栄養で盛んに増殖してシャーレ全面に蔓延(はびこ)るが、やがて中央から崩れ出し、それが全面に拡がって一生を終える。**自分の排泄物の毒素**が、その原因なのだそうです。これが公害問題の本質を衝いていないでせうか。その頃、高架化された中央線の窓から、見渡す限り**津々浦々まで蔓延った人類が排泄物の毒素に悩まされている**。これが公害問題の本質の一つですね。

今一つ、既得権の問題があります。私は『豚小屋問答』として、仙台の町外れで先祖代々営んできた養豚家が、周囲の宅地化に伴って移転を余儀なくされた事例から、既得権に社会的限界があることを見てきました。

憲法で国民の公平な権利を保証しているが、必ずしも〝平等〟を保証している訳ではない。**後から来て先住者を排除する**ことに、満たされないものを感じますね。将来的にもこの問題は検討するに値すると思いますね。

公害問題が普及するなかで**四日市公害訴訟は画期的だった**と記憶しています。正確さを欠くが、四日市工業地帯の工場排水問題が主題だったと思います。これは東京都公害担当の次席責任者が、退職後四日市の工場担当者の内部告発を発端に告訴事件に発展させ、勝訴したと記憶しています。このことは「**職務上知り得た秘密は、これを外部に漏らしてはならない」の社員倫理に反するが、こと公害に関しては内部告発を許容する社会倫理の緒（いとぐち）となった**と私は見て居ます。これが最近は凡ゆる事に内部告発が許される社会風潮に発展したのではないでせうか。短期社員の増えた現在、正社員としての倫理が崩壊していくのを見て、次世代はドースルンダと絶叫したい。何もかもオープンにしてこの複雑な世の中がやっていけるか。**人間の生活にも「秘めごと」があるではないか！**マスコミに考えて貰いたい一つです。

立地環境部――秋田火力四号機立地に娑婆を学ぶ

公害問題の原因が火力発電にもある、と、それまで誘致の対象であった火力立地が一筋縄でいかない全国的な世相となり、昭和48年に公害対策室を換骨奪胎して立地環境部が発足、私も配属されました。立地・用地を一体化したものです。初代部長の高尾敬一郎さんは送電出身の豪傑なだけあって、「俺は、各部の余り者を一括りに預って大変なんだ」と発足挨拶するから、私は「余り者で良いじゃないですか。**立地地元のお相手は聖人君子である筈はない。一クセもニクセもあるご仁だ。部長の仕事は相手の人格力量を早く見抜いて相性の良い担当を宛がうことだ**」と悪口を叩きました。序でに、「立地の仕事は土木屋の本意ではない。**一生懸命やって余人を以って替え難くなっては本意に反する。然し、一生懸命やらなければ部長が困る。**だから3年とは言わず、5年は一生懸命勤める。その替わり5年経ったら土木へ戻してほしい」と注文を付けました。高尾部長はそのことを覚えて居られ、5年経って売りに出して呉れましたが、時に利あらず、電源開発調査室という窓際族に追いやられたが、それは後の話。

その頃の**電源立地は各電力とも四面楚歌の最中**で、昭和48年オイルショックの頃には10電力の中で立地計画の対象と発表されたのは、東北電力種市火力、唯一ケ地点の惨状でした。

後日談になるが、この種市火力は成功しませんでした。地権者が唯の27人で、組し易しと用地屋が挑んだものですが、家の格付けが土地保有量で左右され、相続で分筆することがタブーな土地柄で、用地を全然譲って貰えないのでした。立地条件に考えるべき、基本要素だと思い知らされましたね。

この中で、継続中の秋田火力四号機の地元対策に駆り出された私は2つの貴重な経験をしました。本社から監督の立場で派遣された秋田火力四号機の立地対策。秋田支店は因循姑息な東北の地で唯一開明を感じていた場所です。

地元に住民団体が結成され、その代表者、土崎港振興会長の加賀谷保吉さん（県会議長経験者、終身早稲田大学評議員）のお宅に日参していた或る日、一人でフラッと訪問し、〝お生まれは？〟と聞いて、明治33年と伺い、それなら私のオヤジと同年、西暦１９００年でせう、との応答に、一辺にホドけて、〝貴方は毎日、公害対策を説明に来て下さる。何ボ話しても判らないヂヂイと思っているだらうが、**振興会々長は給料を貰っている訳でもないし、まして、会員に給料を出している訳でもない。私が良いと思っても、その侭、会員に指示する訳にはいかないのです。給料を出している若林社長の命令に従っている貴方とは違うのです**〟と。この事にはグッときました。**住民運動の原点が此処にある**、と革めて思い知らされました。

今一つ。秋田火力四号機には原油焚き用の４基の原油タンク増設の為の海岸保安林伐採の出願が反対されていました。公民館の畳にペチャッと座らされての厳しい質疑応答が何回もありました。敗けてはならんと胸を張るが、様になりそうもない。その時に気付いたのが両手の位置。腕アグラをかく訳にいかないが、さりとて両腕を机に並べ

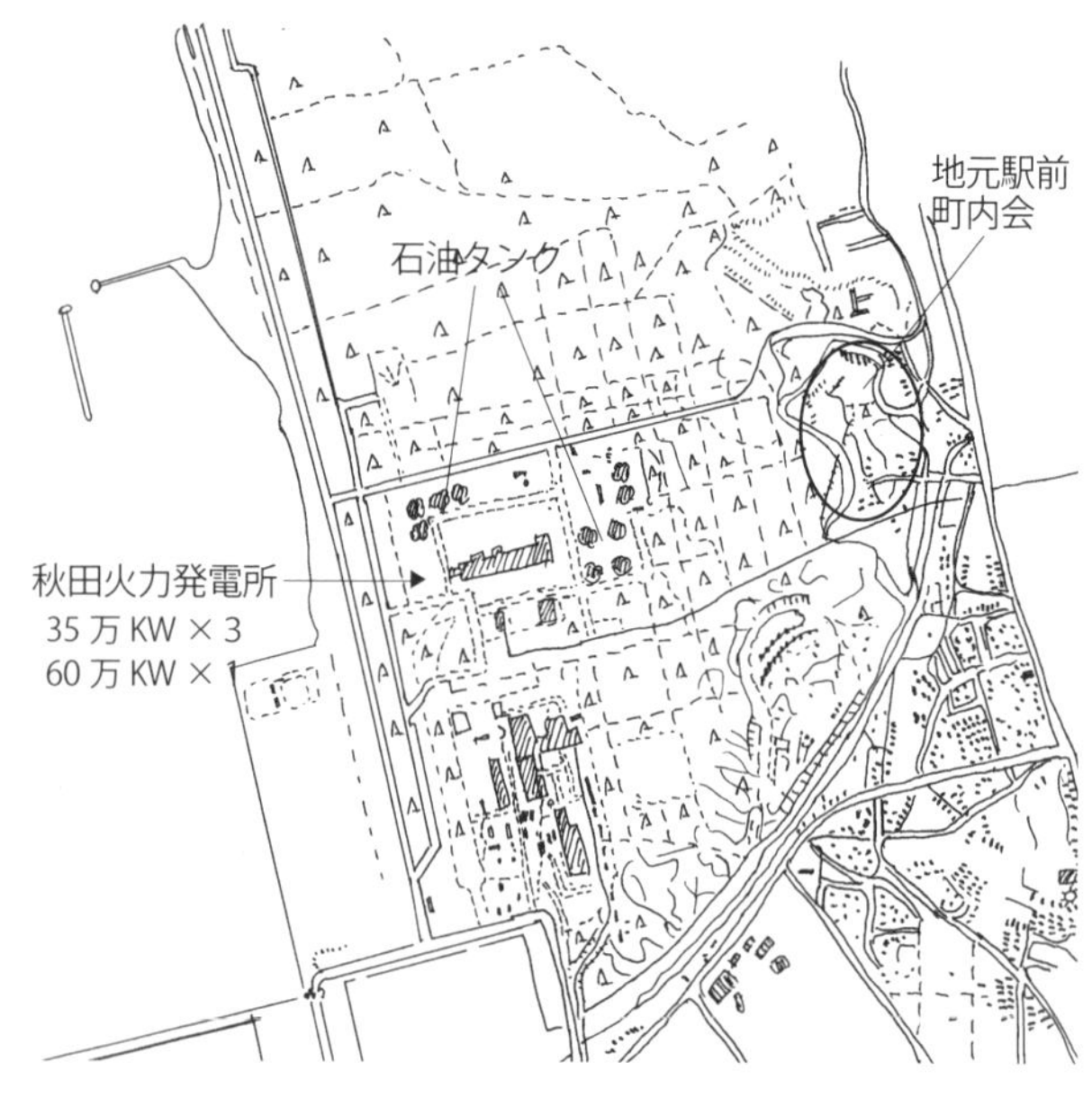

るのは敗けているようで不本意。其処で思い出したのがタバコ。これなら対等の姿勢でやっていける。かうして私のタバコが定着しました。

本題に戻って、この保安林はまだ小木の松を6万本程切るだけで大したことはない。それなのに、地元の猛反対の対象なのでした。色々聞くうちに智慧者の協力者が現われて、〝地元の本心は、東北電力は**大企業の横暴で、火力4号機の次に5号、6号機と内陸に拡張してくる**。そうなると、弱い地元の我々は立ち退く破目になると反対しているのだ。だからこれ以上内陸に侵入することはない、と原油タンクが歯止めになるのだ〟と、地元を説得して下さったのでした。

我々電力側は秋田火力は4号機で終わりと最初から考えていたのでしたが、地元の方々はその先を考えて居られた。「**娑婆は巨大横暴企業に対する弱い者の先入観を持っている**」と、私は敢えて表現します。このことは我々は元より、政治家を含めて社会を動かす方々に是非心得て欲しい。大変貴重な経験でした。

そもそも、秋田の土地柄というか、東北電力のなかで秋田支店は特異な存在なのです。「本社から来た人に恥をかかせては秋田衆の名折れだ」と、全店を挙げて支えて下さる伝統がありました。

それかあらぬか、支店長稼業は秋田支店長から始めることが社内に定着していたようです。それは兎も角、私は何よりも**言葉遣いに感動しました**。京言葉でせうか、〝～して下さい〟を、**〝～なさって下さい〟と、相手を上にする丁寧さ**なのです。現在のNHKが災害情報での「緊急避難して下さい」の科白(せりふ)を、「至急避難なさって下さい」としては如何でせう。**権限もないのに命令する口調に違和感**

を持つ私の提案です。今一つ、アナウンサーが〝○○さんに聞きます〟を〝伺います〟も同様ですね。

このような土地柄と好意に支えられて、面倒な立地稼業の勘所に良い経験を得た私は幸せでした。後で気付いたのですが、この土地柄には裏日本沿岸を通じての京都の経済圏だった名残りがあると思います。〝させて頂いて居ります〟と謙譲語で卑下して責任回避の民族体質に向かうより、敬語を上手に使うことが民族性を保つ為に優れていると思いませんか。

電源開発調査室に世間を学ぶ

立地環境部で5年経ち、高尾部長は当初の私の申し出通り、母体へ返す、通称〝売り〟に出して下さったのですが、結果は昭和51年に新設の電源開発調査室への転出でした。この室(へや)は社内各分野から7人の調査役を集め、30年先の電源を考える役目で、実質的には所謂る壁際族(かべぎわぞく)の扱いでした。加藤幸雄初代室長は、2度目のご縁でしたが、流石は遊び人。**社内外の情報を、足を使って探り廻るのは効率が悪い**、と社外の来客や支店からの出張者を〝**鞄の置き場にして草鞋を脱ぐように**〟と、七色の水を用意して歓待しました。お茶・番茶・紅茶・コーヒー、それに三種の昆布茶です。これで談論するなかで来客の目的と、差し支えない範囲での結果、更に雑談のなかでの情報交換で随分と豊富な知識を得ることが出来ました。

此処での仕事のなかで、岩手県からの原子力立地に対応したことがありました。「岩手県千田知事が昭和51年県勢発展計画に原子力発電所を計上したから、三陸沿岸に原子力地点を設定してほしい」との県企画部からの申し入れがあったのです。

その頃の東北電力は女川原子力の立地を推進していたし、その過程での調査で、ようやくこの一地点だけを実現できた実績で100万坪もの用地は三陸海岸では見当たらないからと、いろいろな場所をご案内して、他の場所は無理ですとお断りしたが、「知事案件だからどうしても」と、退く気配は更々無い。全く止むを得ず、ガセネタと思い乍ら、釜石市の半島を標高25mに削って津波に備え、何とか格好の付く図面を作りました。

この計画地点は、暫らくして釜石市菊地市長が市議会に提案されたが否決に終わりホッとしましたが、技術屋の業(さが)でせうか、**図面を描くうちに徐々に愛情が湧いてきて、今でも惜しいことをした気**がしないでもありませんね。

この他、青森県六ヶ所に県からの石炭火力誘致に対応する計画図を一(ひ)ト晩で作ったこともあります。結局は実現しませんでしたが、遙か後日に、米国が画策していた日本の電力自由化の波に便乗した米国のエンロンがこれを題材に日本での火力発電の進出を公表して物議を醸したことがありました。〝金でホッペタを叩くだけの彼等に何が出来るものか〟**〝ヤレルモンならヤッテミロ〟と啖呵(たんか)を切れば男が上がる。電力首脳部の誰かがやらないか**と切歯扼腕したのも立地屋の業(さが)。

この5年の勤めのなかで印象に残るのは、東京都知事時代の石原慎太郎氏です。彼は知事権限で東京都条例を改正して、ギーゼル規制を改革しました。火力発電を含め、排気ガスによる大気汚染規制のなかで、唯一ヂーゼル排気ガスだけが特別扱いで緩い基準でした。彼はこれを蛮勇を奮って強化したのです。そもそも**当初の公害規制値は政治が産業界と妥協した産物**なので、産業に最も影響の大きい運搬トラック用のヂーゼル機関のそれは緩かったのでした。

これは産業に影響が大きいものについては過渡的措置として認める必要があり、世の中によくあることですが、何時（いつ）までもという訳には行かない。石原さんは政界と産業界がサボっていると見たのでせう。これを機にヂーゼル規制が世界的に現在の姿になったのでした。

6．電力から娑婆に出て10年 ―― 昭和が終わる

東北発電工業㈱酒田支社長の3年間

初体験の所属長 ―― 部下の安全と幸せを体感した3年間

昭和57年の異動で子会社への出向を命じられました。60歳の停年にはまだ7年あるが、給料取りの宿命で従う外(ほか)はない。東北発電工業という100％子会社で、火力、原子力発電所構内に常駐して日常の保守・修繕が主な仕事です。酒田支社長の内命に勇み立ちました。直属の部下を持ったことがないのに、いきなり108名もの現場を預けられたのです。主な顧客の酒田共同火力さんの社長が岩佐繁さんで企画・公害対策室で目を掛けて下さっていた直属上司の関係だったことも配慮にあったのでせう。共火さんが石炭焚きに転換する事業に取り掛かっていた活発な現場で、岩佐社長から昔に帰って「タッチャン」と可愛がって頂きました。

それ迄、副長や調査役など**スタッフは腐る程やったが、ラインの部下を持ったことがない**。そのことについて岩佐さんは以前に、「タッチャン、営業所配電課長の苦労を知っているか。200人の配電工を抱えて、異動の時が大変なんだ！　彼をコッチへ遣(や)れば先はコウナル。アッチへ遣ればアーナル。ドッチが彼にとって幸福なのか。判断の分かれ処なんだ」「成程。大変な仕事ですな」と直属部下を抱える事の重大さを教えて下さっていました。早速、社員名簿と身上書きを取り寄せ、

ノートに写して懸命に108人の社員一人一人の経歴を頭に入れました。**社員の生活と先行きに責任を持つ使命感**を初めて体験したのです。

個人のミスを責めず段取りの見直しを——事故反省の有効期限

生の現場を持って**何よりも安全が第一**と直ぐに解りました。就任2ヶ月の10月に安全月間が始まり「訓辞」をやらねばならない。暫し苦慮の末、**「決められた通りにやらず事故れば、やらないほうが悪い。決められた通りにやって事故れば、決めたほうが悪い」**のセリフを考え出し、本社の安全担当の権威に伺いを立てたところ、〝それで良い〟と返ってきました。その権威は労働安全界で一目置かれていた本当の権威だったので、自信を持ちました。

そのことは酒田現場の3年間で作業事故(労災ではない)で3通の始末書を客先に出す破目になって現実になりました。3回とも段取り替えした午後に起きていたのです。朝の現場は**TBM**(Tool Box Meeting 作業に取り掛かるに当たって作業手順と段取りを全員で予習する)を必ずやることに決められています。それが午後の作業現場での実状に合わず、段取りを替えたのでした。結果は、主蒸気管の温度計交換作業を、予定した反対側から作業することが容易と判断して、締めるバルブを取り違えて計測管を切り、生の高温高圧蒸気を噴出させたのです。一歩違えば死亡事故になる全く危ないところでした。

労組幹部を交えた事故反省会では「作業者の不注意」の方向で話が始まりました。現場の常として〝俺が悪いのではない〟と先ず主張するのです。**あの頃の自動車事故では〝「馬鹿野郎」と先に怒鳴っ**

たほうが勝つ〟。補償金を伴う現場だから〝先ず主張〟が第一と躾けられているのです。

私は、段取り替えの後のＴＢＭを省略したことに注目しました。本人の不注意もさることながら、ＴＢＭをやり直さなかった現場長の責任のほうが重い。**支社長名で始末書を出す**のはその意味だと裁定し、うるさ方の労組も納得して呉れました。初体験の現場で上出来だった、とご披露します。

こんなことがあって、新しい現場へは誰よりも先に行って状況を頭に入れることに努めました。現場を知らなければ、管理責任は果たせない。

在任３年間に３回の作業事故は何れも段取り替えの後に起きていました。**この事は事故の反省に有効期間があり、この事例では1年の有効期間だった**、と知ります。**東日本大震災に1000年前の貞観津波の体験を活かしたのが平井弥之助さんの東北電力**だったのもこのことを物語っています。

娑婆の仕事

仕事のほうは客先の社長室へ何食わぬ顔で出入りしていれば、周囲が配慮して呉れる。お陰で楽をさせて貰いました。

そのお陰様で、１００人・年商10億円クラスの現場（一人１０００万円）が、１２０人・20億円クラスに発展して呉れました。この間の娑婆での貴重な体験を重ねたのでしたが、印象に残ることをご紹介しませう。

一つは誰もが嫌がる塗装工（ペンキ屋）です。石炭埠頭から発電所まで１０００ｍの運炭コンベアーの塗装ですが、本社で下請け受注されていました。工事の常として仕事には波がある。本社ではもうかるベースの部分だけ親会社の威力で受注していました。現場代人との交流でこれを知った私は、「地元の便宜があるのだから不時の仕事は現場でやる。遠方からの連れ越し業者の手配をする彼方がたがベースになる仕事をやって下さい」と本社受注を覆す申し入れをしました。之を可とした対手（あいて）、住友重工の現場代人松木伝十郎さんは私の意気に感じて塗装工事全額を発注して下さり、請負金額が3倍になりました。この松木さんはご先祖が台湾電力開発の主導者と後で承知し、そのご縁もあって、現在も交流を続けています。現場の仕事仲間にはこういう余録もあるのです。

今一つ。出入りの鶴岡の小鉄工所の社長が、「私たち、しがない業者がこんな大工事に参入できるのはあなたがた電力子会社の厳重な現場管理のお陰だ」と言うのです。ハッとしました。地元の中小業者が大企業の工事に参入する媒体として当社がある。しかも彼らは電力ご需要家様なのだ。**「彼等の払う電気料金で当社の仕事が成り立っている。彼等に損はさせられない」**との私の事業観が大きく前進した瞬間でした。

こういった現場実務に携わり、一（い）ッパシの実務家になった心算（つもり）でしたが、或る機会に「支社長はロマンチストですね」と技術課長に言われてハッとしました。彼は現場の叩き上げ、経験豊富な本当の現場屋だったのです。飛行機への憧れから土木屋になった私。その本性のロマン心が何処となく現われていた、と「ものづくり」の実務の厳しさを思い知りましたね。それはそれとして、**「技術屋にロマンの心は大切だ」**と今でも信じています。

この3年は次の12年に活きた、まことに貴重な、左遷と評された現場の体験でした。

東北緑化環境保全㈱の経営に携わった12年

役員6年

酒田で2年半。昭和60年に青森県六ケ所村で**経団連主導による原燃再処理の**事業が始まりました。東北電力が地元として子会社3社による共同企業体を組織してこれに協力することになり、私は酒田に居ながら青森の共同体事務所長に任命されました。これには電力現役の首脳部が蔭ながら私を見守って下さり、カテテ加えて六ケ所原燃㈱、小林健三郎社長が新潟地震調査団以来の土木旧知の間がらだったこともあったと思います。私に冷や飯を強いた若林社長の裏で〝大島君〟のことを忘れず、**平井門下一番弟子としての私の動静を冷静に観察し、同情を寄せて下さっていた方々のご好意**なのでした。昭和60年のことです。

程なく東発本社に転出。共同企業体事務所に美人の常勤正社員を置き、社長でも、社長室に美人秘書は置けないと威張って居ました。昭和61年6月異動期には東北緑化環境保全㈱への転出命令が下り、立ち会った人事担当のお歴々が、常務ではなく専務だ、との玉川社長の裁定に喜んで下さったのも有難いことでした。

この東北緑化環境保全㈱は昭和48年に電力の公害関連業務を担う会社として設立され、若林社長と担当の古賀常務が熟慮の末、こんな長たらしい社名を付けていたのです。後年、私が社長を命じられて、この社名を何とか出来ないか、と皆で考えたが、これに優る社名はない。**考え尽くされたこの社名の侭、現在に到っています。**発電所構内の緑化維持・アセスメント対応の環境調査・公害関連の化学分析を三種混合一括してやる会社で、当時の電力会社に必須の環境事業なのでした。赴任し、大部屋で皆に挨拶すると目の前にジュラルミンの大型トランクがある。環境調査の現地採取資料を収納するもの。「良いトランクだね。三億円入らないか？」

東京府中三億円事件の時効が話題になっていました。「此の間入れてみたが、一億円しか……入りませんでした」の即答に、此の会社に推薦されて良かったと熟々感じましたね。

此処での初仕事は持っていった六ケ所の海象調査。北陸の立地調査では傷害事件まで発生している漁業者の激しい反対運動の嵐のなかで、双方無傷で処理するのが役目です。当時240人いた社員の多くは海象調査の職人として育てられていて、10㎞×20㎞の、当時の世界でも大規模な調査に勇み立ったが、発注先から指定の、日本の5大海象調査会社を差配することに苦慮しました。**小会社では組織を動かす経験がない**のです。「**諸君は職人として育てられ、組織を動かすことに慣れていない。現場をやりたいだろうが、管理の仕事に徹して呉れ**」と訓示して事に当たりました。色々あったが、結果として無事故無災害。

この大仕事を終え、その後の当社の隆盛に寄与できたことを幸運と思っています。幸運と言えば、6年の専務勤めの後、思い掛けず社長に任命されました。親会社東北電力明間社長内示の折、吾が耳を疑い、「今、何と仰いましたか」と聞き直したものです。そのくらい意外でした。今、考えると**管理型が牛耳る大組織のなかで現場実務を尊重する私**が周囲の役員がたに煙たがられ異質に思われていた。その大組織の欠点を明間社長が意識して居られたのでせう。「真逆の時のご助力」をお願いして、有り難くお受けしました。

社長6年、造園建設業と環境調査業

就任してからは高度成長バブルを受けて順風満帆。引き継いだ年収40億円の計画が48億で仕上がり、3年後には100億を突破し240名の社員を360名に増やす結果となりました。その間に目立つことは公害分析センターを立ち上げたことでせう。

就任現場廻りの最後に仙台火力構内でひっそり稼いでいたセンターに行って余りのオンボロに驚きました。収益が上がらないと虐待されていたのです。倉庫が足りず、11戸もの移動倉庫で凌いでいました。〝電力構内で安穏（あんのん）に暮らしながら娑婆へ出て稼ぐ子会社〟への地元の反感を酒田での経験で感じ取り、民間企業として注意すべきことと考えてもいたのです。これを併せて、諸君に「こんなことで相済まなかった。外へ出て造り直すから2年間我慢して呉れ。その間、漏電事故など火を出さないように」と思わず叫びました。それまでは担当所管外で判らなかったのです。

早速、役員会で此のことを決めて仙台新港附近での土地探しから多賀城市で適地に在り付き、2年後の開業まで漕ぎ着けました。その開業ご披露の席で、「〝難しい分析は東洋レーヨンの大津の研究所へ往け〟が相場だ。**東北では〝多賀城に行け〟**と言われるようになりたい」と挨拶して、招待した市長から〝立地する企業は「宮城」とか「仙台」とかの事業所名で進出してくる。**「多賀城」を名乗って呉れるのは初めてだ〟**とお褒めの言葉を頂いたことが今でも忘れられません。この時は、東北大理学部化学出身の碩学（せきがく）を分析所長に抱いていた自信があってのことでした。

折からのバブルで**格別の借金をせずに金繰りを付けて呉れた**経理担当総務部長の武者利男さんのことも。年間100億のクラスに成長していたからこそ、こんな18億円もの身の程も弁えない大それた投資が出来たのでした。ウチは三種混合のどれかが稼ぐ恵まれた会社で、アノ時は重荷だった分析業務が今は稼ぎ頭で、貧乏暮らしの職場で黙々と励んで呉れた分析諸君のお陰なのです。

ニュートンの林檎の木

6年間社長を務めたなかで是非ともご紹介したい事があります。

或る日のこと、東北電力明間社長からお呼び出しを受け、女川発電所PR館へお伺いしました。八島常務・橋本発電所長も同席で、「此処に果樹園を造りたい。やって呉れないか」と言われて、吃驚仰天しました。当時は生物濃縮の懸念から原子力施設の周囲に放射線の影響を受けやすいモノを置くのはご法度とされていたのです。〝仕事は有り難いが良いんですか〟〝9電力社長会でチェルノブイリ視察に行き、道端の胡瓜を捥(も)いで食べさせられ、これだと思ったのだ。電力会社の姿勢はこうでなければならん！〟と確信ある前向きのお考えに感服しました。現在も果樹園と畠の収穫祭が現地で毎秋続けられています。

社内作製の計画図にリンゴ園が入っているのを見て、中学で**「ニュートンの林檎の木が300年も経った今も保**

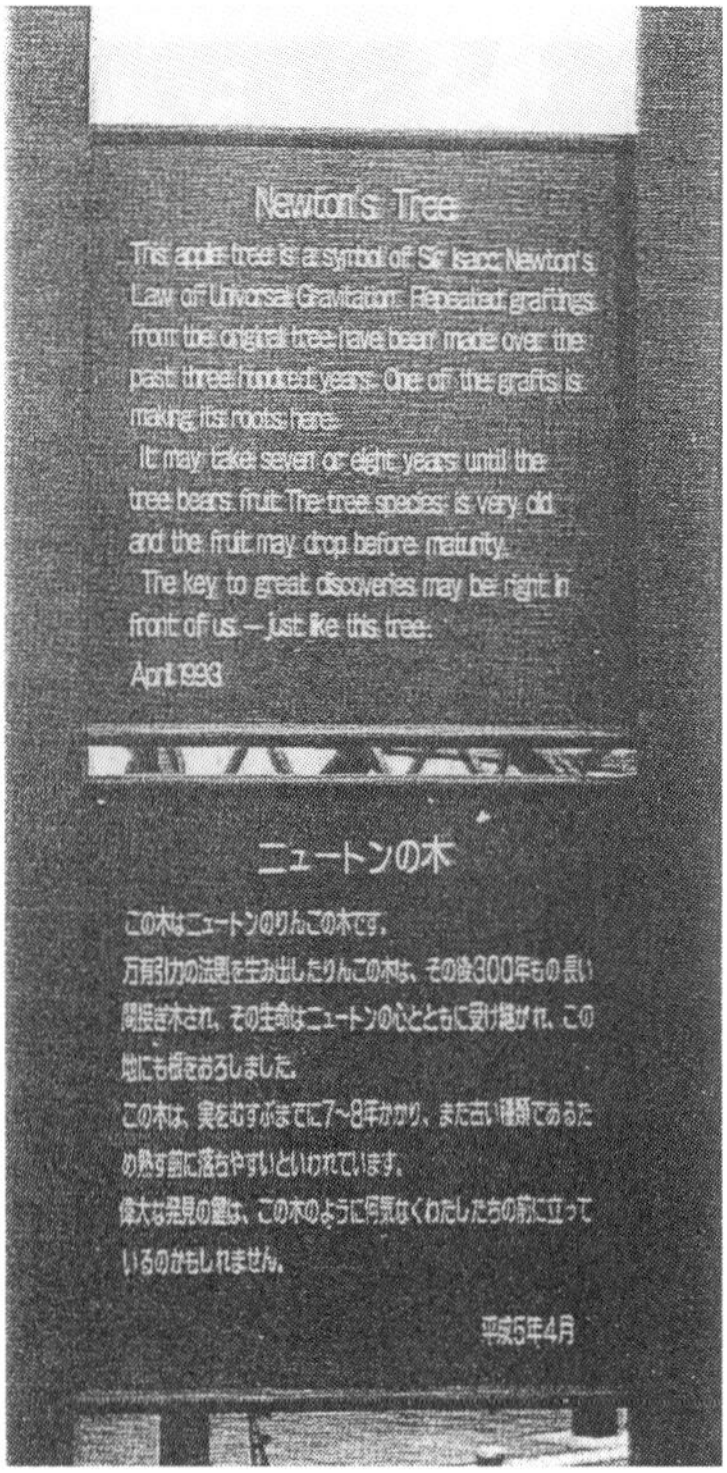

存され、日本にも来ている」と習ったのを思い出し、手配して貰って、青森県リンゴ試験場の原木から穂木を頂き、冷蔵して春の適期に女川現場で接ぎ木苗に成功しました。

程なく北上で廃業したリンゴ園から15本の老木を譲り受けた立派なリンゴ園が出来て、接ぎ木のニュートンリンゴの小さな苗木を植えても何のことか判らない。説明板を建てることにして、発電所勤務の方々から説明文を募集したのが前ページの写真です。末尾の「**偉大な発見の鍵は、この木のように何気なくわたくし達の前に立っているのかもしれません**」に感動してご紹介しました。

ニュートンリンゴの日本の原木は小石川植物園にあります。戦後まもなく英国での会議に出席した柴田雄次学士院長に英国物理学研究所長サザーランド博士から送られたもので、柴田院長が会食に出されたニュートンリンゴの種子を持ち帰らうとして、博士から「それは受粉した種子で本物ではない。本物は接ぎ木でクローンとして保存され、今のは3代目だ。後で本物をあげる」と贈られたものなのです。日本全国で商業目的を慎みながら１００本以上植えられています。

蛇足ながら、15年前にロンドンから北へ１６０kmのグランサムにニュートンの木を見に行き、地元での評判がイマイチなのに驚きました。郷土の誇り扱いではなかったのです。３００年前の彼は母親の胎内で父を失い、祖母に育てられた不幸を背負っています。地元の神童としてケンブリッジで学ぶ間にコレラの大流行で大学が休講となり、グランサム郊外の実家に帰省し、リンゴが落ちて万有引力の理論に確信を持ったようです。彼は一種の変人で84年の生涯妻帯せず、故郷へ見向きもしなかった。それで市庁舎前の広場に、サーも、アイザックも外した唯の「ニュートン」の銘板のある銅像が建てられている丈でした。恐らく頭が良すぎて田舎者を対手にしなかった。世間にはよくあることです。その心算でニュートンの肖像画を見ると意地悪そうな顔にいきあたることがありますね。

様々に恵まれてきた仕事人生

この間に造園土木業界にも頭を突っ込みました。「造園建設業協会専務理事、東北総支部長」の役が廻ってきたのです。毎年の東北支部総会では、「お集まりの皆さんは、日頃は商売敵だが、今日は同業者の集まりです。仲良くやってください」と挨拶しました。満席の中で争いを始める人が居るのです。

業界が建設省（東北地建）の指導で、『ふるさとの樹木を活かした樹種選定の手引き』（330頁、（社）東北建設協会　平成11年刊）を作りました。総支部長として携わったのですが、普通の図鑑は植物の奇麗な写真を使っているが、本職の植木屋らしく、冬枯れの風景を併せて入れることにしました。「晴れ姿だけでは駄目だ。逆境の姿も知って造園するのが本当の造園家だ」と信じて、官公署の他、周囲の方々にもお配りしましたが、今は絶版なのが残念です。

この業界では談合もやりましたね。仕事は客先からの指名を競うのです。「名刺くばり」から始まる営業も初体験でした。発注先へは殆んど毎日のように通いました。客先へ行って、先ず守衛さんにお仕儀（じぎ）。部屋のドアの前で次のお仕儀。ドアを開け、入ってお仕儀。客先に立って先ずお仕儀。名刺を差し上げ、口上を述べてお仕儀。退いてドアの前でお仕儀。ドアを閉めて又お仕儀。一回の訪問に13回お仕儀する。13回のお仕儀が営業マンの相場でした。

専務での営業廻りの中で暫くして、瀧島社長から「君の顔は阿り顔（おもね）だ」と一ト（ひ）言注意を頂きました。

卑屈になっていたのです。「40歳にもなれば顔に責任を持たねばならん」が身に沁み、以後、気を付けて今があります。有り難いことでした。

業界内では、造園業界では〝環境さん〟。環境業界では〝緑化さん〟と好意的に交際して貰えました。日頃の親しみはこんな処からも得られるもので、会社の名称も大切ですね。

４年相場の社長を６年勤めた後、非常勤取締役を勤めました。建設業法上の「事業監理責任者」として談合などで挙げられた時にお縄を頂戴する役目です。これには職歴の資格が要り、後任に予定した役員が突然関係会社に転出したので止むを得ない。酒田でこれが常勤職と知っていたから、形だけ部屋と机を置いて呉れ、と注文を付け、３年間勤めました。この間に役員給与の確定申告に40％もの課税が続き、年金からそれだけ持っていかれる不利に気付いて、期限の70歳まで申告を差し控えました。そのお蔭で40％増しの年金でタバコ銭に不自由なく暮らしていられるのです。65歳の年金開始時に相談センターで**申告制の年金は失効しない**。**事後受給の年金割増**のことを教えられていました。時前受給の兄貴が、時前のメリットを尽くして77歳で他界した今、78歳の受給メリットを越して安穏（あんのん）に暮らし長寿を維持していることを、私の幸運と有り難く受け止めています。

兎に角、昭和23年の大学授業料増額の直前に合格した親孝行の実績があり、その後の就職現場に恵まれて技術屋修業の揚句、世間から不遇と評価された現役の終わりに放り出された子会社での諸々の事ども、特に役員に任命されてバブル景気のなかでの事業成長繁栄にも恵まれて、**私の一生が幸運に恵まれ続けてきた**、と熟く（つくず）考えさせられるのです。この幸運が一生続くでしょう、これも確信を持って信じていられるのです。

7．身辺のこと

独身停年32歳のジンクス――家庭のこと

卒寿にもなった今から言うのはドーカと思いますが、60年前の私の青壮年期は「公」、つまり仕事を優先し、「私」の家庭を後廻しにしてきました。戦時中の小学校では、〝お国の為に〟が教育の主体。中学校では根津嘉一郎さんが見込んで開学を任せた武蔵高校の山本良吉先生が、英国イートン校仕込みのパブリックスクールを目指し、漢学で裏打ちされた**「公私の別」**を身に付ける教育でした。純粋培養で脇目を振らずに育った私は、その優等生。

青年期に入った22歳で念願の水力発電、然(しか)も天下の只見川大開発の建設現場に配属され、勇躍、仕事を学び乍ら、昼夜ブッ通しで仕事一途に励みました。只見川開発の前線基地宮下の社

片門５人組

小野淳雄（土木・故人）
斎藤寛治（電気・故人）
福西一彦（土木）
百足(ももたり)武雄（電気・故人）
大島達治（土木）

宅群。それに会津若松からの1時間以上かかる通勤など、「何で現場の独身寮を使わないんだ。非能率だ」と不思議に思っていました。それ程、開発現場は忙しく、殺気立ってさえいました。現場の社員がた皆さんが**「長い一生の間の一(ひ)ト駒を此の現場で過ごしているんだ」**と理解したのは、遙か後年、世間というものを知ってからのことです。

片門(かたかど)の昭和生まれ若手五人組が、会津若松での夜、私が未だ禄に飲めない酒を囲んでの写真があります。現場の幌付きトラックが迎えに来て呉れる夜11時まで、話の中身は仕事のことばかり。唯一、新婚の小野敦(あつ)雄さんが**「タッチャンのヨメサンは理知的で性欲の少ない女(ひと)が良い」**と言って呉れたのが耳に残りますが、彼は何によらず人間観察が精密抜群でした（平成25年没）。電気屋２人も既に故人で、後は、火力の土木工事でペアーを組んだ福西一彦さんと私の土木屋２人だけが生き残りました。〳〵思いも寄らず我一人、不思議にいのち長らえて〳〵です。その頃の私は嫁を取って家を持つことなど全然頭になかったのですが、セリフだけは不思議に覚えています。

ドライブ打法のフォーム

３年間の現場で「肺結核発病」と重い病を得て実家で療養した10ヶ月の間に兄貴が嫁を取り、両親は私のヨメサンも心配して呉れていたが、先行きの健康に責任を持てない身には、それ処ではない。翌年の26歳で初夏の仙台に復職し、６年間の寮住まいの間に本店卓球部に誘われて、無茶をやり乍ら上達して、稀には仙台のランキングプレイヤーに勝つことがあるようになりました。「無茶」というのは1時間もラリーを続け、疲れ果て、卓球台に２人で突っ伏す。

人事不省が5～10分続いて回復し、これを繰り返すうちに、**強いスポーツマンの本質は体力の維持と共に速い回復力にある**と体得するに到るまでやったのでした。それと、〝**自分が苦しい時は対手も苦しいんだ**〟と覚えて、勝てる対手が増えたのも貴重な体験でした。

これで健康に自信を取り戻し、親の薦める侭にヨメサンを取ったのが32歳。所謂るアテガイ扶持(ぶち)です。その頃の東北電力の若手土木屋には**32歳でヨメを取らないと40歳まで走る停年のジンクス**がありました。**元はと言えば薄給**。毎晩、仙台国分町に通う豪の者でも薄給には勝てない。私にはピンポン仲間の女友達に本能的な好意を覚えた何人かがいたが、財界人を目指し、家柄先行のオヤジが許して呉れる筈もない。一生を伴にする家庭を持つ意味を認識しない侭に、**独身停年32歳の縁談**に、出張上京時の2回の見合いで結婚というものに進みました。

オヤジには〝スポーツウーマンを〟と注文をつけてあったのですが、〝スの字〟もやらない。共通の園芸趣味だけが取り柄(とえ)の英文科出身の才媛で、英文科は土木屋の足しになるとは思えないが停年でやむを得ない。それでも、**お江戸本所の旧家の家柄で、根底にある、現代モノよりクラシック嗜好が共通**のお陰で今日まで60年もやってこれました。テレビ局が苦心しては時間を埋めている娯楽番組には先ず興味なし、タレント族など一ト(ひ)昔前の〝人に阿(おもね)る賎(いや)しい河原モノ〟との共通の差別意識が根底にあり、大衆に迎合する姿勢に抵抗があるのです。テレビ番組では教養モノと自然科学番組、とくに宇宙モノは興味が一致して欠かさず見るようにしています。若干の修飾はあるでせうし「ＮＨＫが偏向番組」と非難する向きがあるが、私にはそれを上廻るＮＨＫの努力があると評価します。歴史の過去を解説する番組が意識的に続けられているのです。これで私なりに過去を組み立て直すことが出来ます、これ丈(だけ)でも世間での素養に十分な知識の情報を持て、活用しているのです。

話を戻して。さりながら薄給に変わりはない。ピアノを持ってくると言うから周章(あわ)てて、仙台から離れて奥州白河へ赴任して居られた土木先輩のお宅を借りる手配を付けました。その家賃は給料の10％。これ以上の家賃は生計を損なうとの土木先輩の教訓に従い、家主も諒承して下さり、昇給の度に増額を申し出て、〃モウ良い〃と言われる迄続けました。

私の3人の男兄弟は何れもヨメサンが長女でした。だいぶ後の話ですが、オフクロ様は意識的にやったと言い、考えてみると、一姫二太郎の長女は、後で出世する親が**若年薄給の中での長女だから、地味な暮らしの幼年を過ごした経験を持っている**のが貴重だとのことのようです。

仲人を、昭和35年に副社長になって居られた平井弥之助さんにお願いしました。入社時からその後も親身に目を掛けて下さり、ヨメサンについてもご配慮下さっていたので、第二の親をお願いする。オヤジも同意見でした。

高輪光輪閣での結婚式当日、初めてヨメサンを仲人にご紹介した時に、眼鏡を外した花嫁姿のカミサンが現われ、人違いしたかと周章(あわ)てました。思ったより美人だったのです。こんなことは令和の現代では想像外でせうが、あの時代の世相の一端としてご披露します。**好いた惚れたも良いが、若年の視野の狭い話**。広い世間の、視野の広い仲人口の価値を無視しては不可(なり)ません。

新婚旅行から実家に帰ってのオヤジの訓戒。

「**イイカ。この安月給で貯蓄などすれば健康が危い。病気など不時の時には援助してやるから、給料は全部日常の生活に使ってしまえ**」

後年、子会社の役員として3組の仲人を勤めた折に、このオヤジのセリフを使いました。その頃の会社の給与ベースは低かったし。両家ご両親と一緒の席で訓戒を垂れました。

家庭を持って立て続けに3人生まれました。全部男の子です。日頃、「ダンナがヨメサンに惚れている間は女が出てくる。ヨメサンがダンナに惚れる様になって男だ。一姫二太郎がその証し」。私の周囲の統計からのタッチャン語録です。東京の両親から遠く離れての苦労からでせう。流石に四人目以降を生んで貰えませんでした。

9ヶ月で長男坊を授かって、オヤジに命名の相談を掛けたが「タツイチ」と帰ってくる。「俺が『タツジ』で分が悪い」と、祖父が付けて呉れた「達」を尊重して、「圭一郎」。土木部土木課です。次男坊は「洋介」。一般に「達」を「逹」と誤字される事が多いので、「半」ではなく「羊」を強調したい。三男坊には残った「辶」(しんにゅう)を使って「進平」。これで「達」を使い切って打ち止め。

会社の土木若手の先頭を切って管理職に任命されたのが所帯を持って3年後の昭和39年。ヨメサンを遅まきながら披露する自宅での酒振舞の後始末を終えて、カミサンから「貴方が話すのは仕事のことばかり。『過去に生きるおとこ』だ」と適切な寸評が出ました。これは図星でこたえましたね。40年も後になっての初めての自家出版『技術放談』の副題に使いました。正にピッタリでした。

現在、少子化対策が喫緊の急務になっています。子供が欲しくても授からないこともあるから、二人掛かりで三人育てなければ数が合わない。一人や二人育てるのに進学などでアタフタする世相では先が思いやられますね。「国家を維持する為に子供を三人持て」と絶叫する政治家が出ないのはどうしたことでせう。国政を預かる彼らが、こんな単純な理(ことわり)を言えない世界の風潮に、生物界の頂点にいる人類の危機を感じますね。これには多人数の家族を持つ幸福を政治面で強調するのが良い。不時の時には血縁の絆が最も頼りになります。今年の年賀状には「二人掛かりで拵える子供の三人目を家族で楽しく育てよう」と全国に提唱しました（303頁）。

家の中では亭主関白。カミサンを呼ぶのは「オイ」「オーイ」。オヤジがオフクロを呼ぶのがこれでした。オフクロを「トシ」と名前で呼ぶのを聞いたことがない。第一、新婚で「タミ子さん」などコッ恥ずかしくて言えない。私は初(うぶ)なオクテだったのです。アノ方面のことが一切済んだ今は兄弟付き合いのランクになったから、「タミちゃん」と呼ぶようにしているが、カミサンは気付いているかどうか。

住居（すまい）のこと

昭和36年。周囲の心配のお蔭で私がようやく所帯を持ったのはサラリーマン族には高度成長期のお蔭でマイカーを持てる望みが出始めた頃。車に乗るには重役になって社用車の黒グルマに乗る他はない雰囲気でした。

それにマイホーム。労働運動の成果の社宅全盛時代を過ぎてもマイホームは高嶺の花で、マンション時代以前の、棟割り長屋に毛の生えた程度のアパート住まいが精々でした。

マイカーのほうは流行り始めたゴルフのお蔭で3年後の昭和39年に曲がりなりにも実現したのでしたが、マイホームのほうはさうはいかない。借家の主が奥州白河での勤めを終わり、仙台に戻ってくることから、程近い市内の社宅へ移りました。特管職の特権的待遇のお蔭ですが、電話までは引いて貰えない。典型的な会社依存族でした。越後高田から東京への出稼ぎ技術者のオヤジが心掛け乍らも戦後ようやく焼け跡の土地を手に入れて、自前の新築を果たしたのが昭和26年。51歳の時でした。私のほうは壁の隙間から月が見えるオンボロ社宅に住み、3人の児を抱えながら女房と毎朝の新聞で土地広告欄を点検してチャンスを狙っていました。

秋田火力四号機の立地対策に秋田通いを続けていた昭和49年の事です。土曜日に仙台へ帰り、月曜日の朝、会社へ顔を出して報告の後、午後の終列車で秋田へ戻る土帰月来族。その午後早くにカミサンから電話がきて、「近くに適切な物件があり、不動産屋と話をつけたから」とのことに早速現場に行き、蔵王まで見通せる高台で、七夕の花火見物に近所の方々が集まる景色に、怪しげな造成で地震での地割れがある危ない物件だが即座に決めました。土木屋女房十何年かで或る程度の度胸と知識を蓄えていたのです。

この物件は、仙台北部の丘陵地帯を昭和30年代後半の土地ブームに乗って素人が段切り造成した代物でした。昭和42年の小牛田(こごた)地震で6mもの練(ねり)石積が3つに割れ、20坪の建屋の下まで地割れが延び、応接間の床が傾斜してゴルフボールが転がる。10年前にマイホームを建てた持ち主が怖がって格安で売りに出したのです。折よく銀行の秋田支店に勤務していたご本人にお会いし、私は土木技術者だから大丈夫と、**「瑕疵(かし)を承知の現況有姿」**で譲り受けました。急いで盛土地盤の危ない部分を取り除き、玉石積み擁壁を応急補強するなど、小学生の子供たちと総掛かりで取り組みました。

「土木屋は家を顧みるのを後廻しにするもんだ」との当時の土木首脳の言を真に受け尊重していたのですが、**気が付いて周囲を見廻すと家を建てていないのは私ばかり。**遂にマイホームを建てる決心をしました。昭和51年、47歳の頃でオヤジと同年代での自宅持ちに。

関西電力初代社長の太田垣士郎さんが、終世、阪神電鉄課長の頃に建てた旧屋住いだったと聞いていたので、**将来社長になっても使うことを心掛けての2階建て。**2階は3人の児にそれぞれ一室を宛(あ)てがい、20坪程の1階には応接間6帖を純和室にしつらえる贅沢をやりました。舟底天井の碁打ち部屋です。これは後年、**海外からのお客様のホームステイに、日本趣味を体験して貰うに役立っています。**

素(もと)より安普請なのですが、社会地位が上がってから必要な風格には植栽の佇(たたず)まいで補うこととし、現在は、40年も成長した植物たちに囲まれて、その余禄の実りものや、カミさんが一生懸命な園芸植栽、菜園での野菜を、小鳥、キジバト、カラス、ハクビシンたちのとの共生を楽しんで暮らしています。

そもそもは20年前に、100歳を越したオフクロ様が仙台に暫く滞在して呉れるとの意向を聞き、日中の友達に小鳥を呼ぶことを考えて、小鳥の餌箱を応接ソファーの前に吊るしたのが始まりでした。徐々に彼女らの信用を得て、色々集まって呉れていたのでしたが、「野鳥の会」のパンフレットで雀の寿命が一年～一年半と知り、彼女らが越冬で寿命が左右されることに同情して、とくに雪の朝の給餌に努めました。効果てき面で平常の2倍も集まるのでした。彼女らは鳴き声で情報を交換して集まり、その音声は5000～9000サイクルと、補聴器屋から聞いて知りました。

アメリカ・デンバーのロッキー山脈の麓から来たロータリアンをホームステイした春先に、「うちの畠の葉っぱを喰いにくる雀を狙って、猫が来る」と自慢したお返しが、「俺の畠には兎が来る。それを狙ってコヨーテが来る」と笑い合いました。現代での最高に贅沢な暮らしですね。これも自然を愛する者の余禄です。

貯金を使い果たしてのマイホームにオヤジが心配して400万円送って呉れました。結婚直後に〝不時のときは援助するから貯金などに精を出して安月給で健康を損なうことの無いように〟と話して呉れた延長です。何程安心感を持てたことか。その他、オヤジは身近に置きたいと、横浜金沢八景に80坪の土地を用意して呉れていました。この土地は私が相続したが、結局、このオヤジの遺志

冬至の蔵王落日（わが家の２階から）

に添えないで終わることに申し訳ない思いです。

建築資金には難渋しました。１０００万円を越える土地代には会社制度を活用して借金し、２０００万円の建築費には会社制度活用の他に銀行から１０００万円の住宅融資。これが6.7％10年の条件で、結局１５００万円返すことになり、家計を圧迫しました。昭和57年、酒田に単身赴任した時の実収は課長待遇の年７５０万円。年１５０万円の融資返済の他に、東京に遊学させた長男への仕送りが月に10万円。酒田・仙台・東京と３つの竈（かまど）を抱えてのその日暮らしを３年続けました。折から、制度が始まったキャッシュカードでやり繰りするのですが、支社長の体面からの出費が嵩み、電話で残高を確かめての引き出しが続きました。このことは課長待遇から部次長待遇に昇格し、酒田での地方紙に確定申告者番付で年収１０００万円クラスに揚げられた昭和60年に漸（ようや）く解消しました。

素人対手の真南向きに造成された此の１００坪の敷地ですが、地割れを避けて、やや西向きの設計にしました。その角度が23度西向き。偶然ですが地球の軸の傾角と同じで、２階ベランダ手摺りの方向が夏至の日没に一致しています。オヤジに倣っての高台借景に、蔵王連峰に連なる雄大な景色に恵まれながらの「気宇広大」を心掛けて今日に至っている幸福を噛みしめ、手造りの生活を楽しみ乍らの毎日を過ごして40年になります。

この危なっかしい土地の始末には平成10年の退職金を使って６ｍの擁壁を鉄筋コンクリートで改修し、その後、何回かの大地震にビクともせず、安心して次世代に引き継げます。気付いてみると、借家から社宅、自宅まで仙台北部の狭い地域での移動でした。子供の小学校もあってのことでしたが、**我々は農耕民族**なのだとつくづく思い知らされます。騎馬民族の自由奔放の精神とは程遠い民族性なのでしたね。

大震災に間に合った６ｍの擁壁

Ⅲ 後篇

日本再建・高度成長へ

――その中で 電気事業の果たした役割――

1. 供給責任を果たし、戦後の復興、再建を支えた電力会社

戦後10年。現場の過労で肺結核を発病した私が、幸いにも一年間の養生で病が癒えて復職した昭和30年は、復旧を果たした日本が、復興から再建への途（みち）をヒタ走りに邁進していました。戦後の宰相吉田茂さんが昭和26年に平和日本の講和条約で世界の仲間への復帰を果たし、彼の才覚で、あるべき軍事費を挙げて産業に投じ、**傾斜生産御三家＝鉄鋼・石炭・電力**がその先頭に立つ責任感に焔（も）えていました。

そのうちの**石炭産業**だけは、地下の鉱脈を掘り尽くし、かてて加えて苛酷な労働条件を背景にしての労働運動が革命を目指す共産党の全国的な指導に従った結果、経営が立ち行かなくなっての閉山が相次ぎ、先行きに暗雲が立ち混めていました。共産党は再建日本をどのような姿にしたかったのか、社会混乱に乗じての共産改革を目指したのでせう。

日本弱体化の**占領政策で2分割されていた鉄鋼業界**はそれにめげず、資源の少ない日本の独特の技術を競い合っていました。溶鉱炉の合理化大型化をはじめ、自動車用薄板、熔接に適する材料など、用途に応ずる材質・加工技術の大進歩が始まっていました。

我々**電力事業**は、と言うと、**絶え間なく増え続ける電力需要に対応する電源に火力を充てざるを得ない状況**で、全国に火力建設が進められました。当時はその燃料に石炭を使う外（ほか）はなかったのでしたが、石炭の国内確保が悲観的になり、石油火力に委ねざるを得なくなりました。それ迄の石油

火力は、石油の精製滓（かす）＝**「マッチでは焔（も）えない安全な重油」**が経済的に使われていたのでしたが量に限りがある。これを憂慮された松永翁は、昭和28年に電力各社から**売上げの1%**拠出を需（もと）めてご自身で設立された電力中央研究所に**原油生焚（なまだ）き火力の研究**を命じて居られました。あの石油化学原料のナフサやガソリンも何もかも含んだ原油を大型ボイラーで焚くと言うのです。玄人でも〝危険だ〟としり込みした事でせう。

これが松永翁出身母体の東邦電力を承継した中部電力の火力発電所で実現され、電力業界は一挙に原油生焚きに走りました。**資源が勿体ないと言っては居られない事態でした。**

その一方、原産会議設立（→１４０頁）と呼応して、東海村に国が設立した日本原子力研究所をはじめ、英国から輸入した技術、黒鉛を使うコールダーホール型の実用炉が同じく東海村に建設されたのが昭和30年代。これに応じて電

再建日本の経済成長と電源設備拡充の実績（全国）
『エネルギー・経済統計要覧』（資源エネルギーセンター刊、2013）より作成

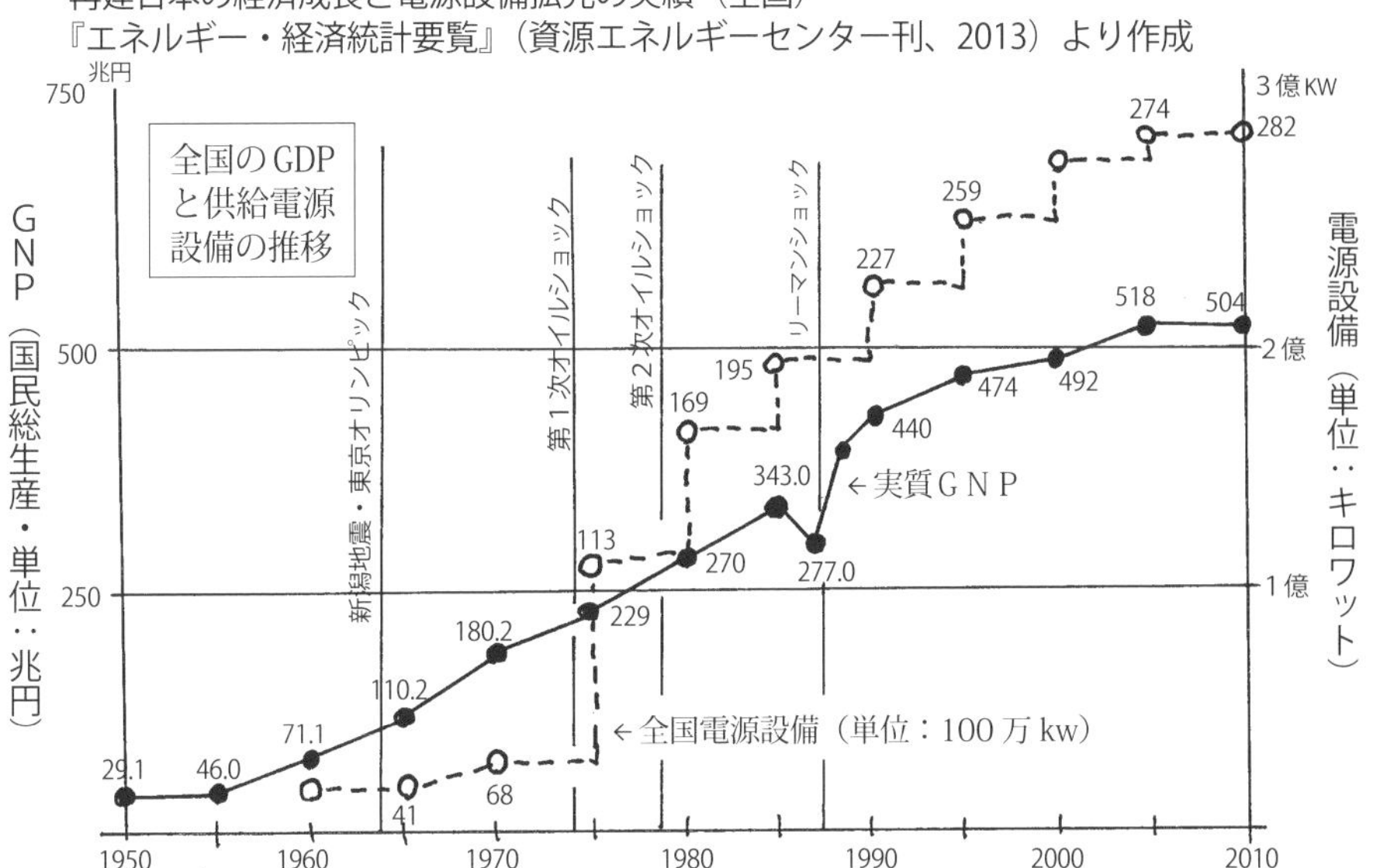

力各社とも１００万坪クラスの広大な敷地が必要な原子力建設地点探しに力を注ぎ、東京電力は福島県大熊村に、東北電力は隣の浪江町に、用地の手配を進めていました。その第一号は関西電力美浜原子力。此処は昭和39年の東京オリンピックに間に合わせる官民あげての努力の結果、60サイクルの電気を使う新幹線の開業と共に何とか間に合いました。

原子力とＬＮＧ（液化天然ガス）

その間にあって原子力以外の燃料ＬＮＧに注目した方が居られます。時の東京電力社長、木川田一隆さんです。彼は当時進められていたガスの液化輸送に着目されました。液化すると体積が８００分の１になり、輸送コストが合理化されるのです。これを「カナダから年70万トン輸入して東京ガスと折半使用する計画」として、東京電力常務会に提案されました。列席者全員反対のなかで液化天然ガス導入を社長として決定されたのです。ガスの主成分はメタン、エタンとプロパン。空気より比重が重く、漏れると上空に拡散せず地表に滞留する。これが引火爆発する事故を考え、事業者がたは皆、二の足を踏んでいました。大阪ガス社長からＬＮＧ採用について相談を受けた父も様子をみてからがよいと返答していたとのことです。

木川田社長は**「常務会は決定機関だ。審議機関ではない」**と強引に決定されたと聞いています。昭和42年のことでした。２分の１のＬＮＧ

LNG タンカー

35万トンは35万キロワット火力の燃料一年分に相当する。今日、日本をはじめ世界で大々的に使われているLNG火力の始まりでした。然（しか）し、これで燃料問題が解決する訳ではない。東電社内では〝早く原子力を〟との声が高まっていたようです。技術者がたが勉強の末、自信を増して居られたのでしょう。

木川田社長はこれら周囲の状況を慎重に勘案の末、かねて手配を進めていた福島県大熊村に原子力の着工を、昭和45年遂に決断されました。

決断の内容は、「GEの軽水炉BWR52万キロワットを〈**ターンキイ**〉で導入する」。これはGE社が現地の土木工事から発電設備までを一貫して一括受注し、完成時に「キイ（鍵）」を渡して運転に入る。〝運転開始後、何年間かの運転、維持を全てGEの責任範囲とする〟ものでした。これが**後発日本の原子力技術の基礎になる**と確信されてのことだったのでせう。

9年前の東日本大震災の事故の際、「非常用電源のヂーゼル発電機が建屋の最低階に置かれていて、津波浸水に直撃された」との報道を見て、「何で一番低いところに置いたんだ」と、技術者の疑問を持ったが、翌春、アメリカでの竜巻被害を見て、あの国では地下室が一番安全ナンダ、お国柄の相違だったのだと気付きましたね。

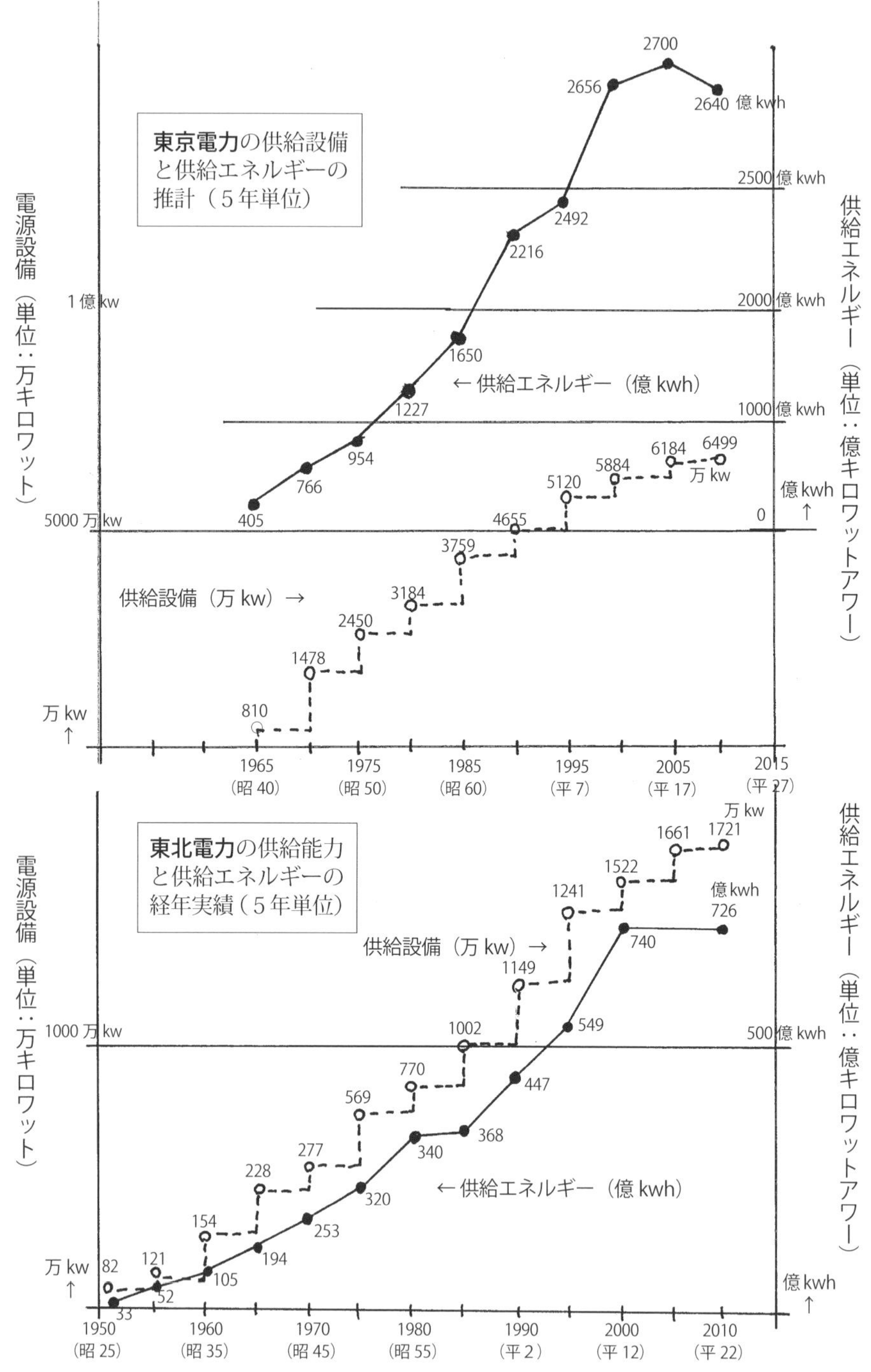
東京電力の供給設備
と供給エネルギーの
推計（５年単位）
電源設備（単位：万キロワット）
供給エネルギー（単位：億キロワットアワー）
1 億 kw
5000 万 kw
万 kw
2500 億 kwh
2000 億 kwh
1000 億 kwh
億 kwh
0
405
766
954
1227
1650
2216
2492
2656
2700
2640 億 kwh
← 供給エネルギー（億 kwh）
810
1478
2450
3184
3759
4655
5120
5884
6184
6499
万 kw
供給設備（万 kw）→
1965
（昭 40）
1975
（昭 50）
1985
（昭 60）
1995
（平 7）
2005
（平 17）
2015
（平 27）
東北電力の供給能力
と供給エネルギーの
経年実績（５年単位）
電源設備（単位：万キロワット）
供給エネルギー（単位：億キロワットアワー）
1000 万 kw
500 億 kwh
万 kw
億 kwh
82
121
154
228
277
569
770
1002
1149
1241
1522
1661
1721
万 kw
供給設備（万 kw）→
33
52
105
194
253
320
340
368
447
549
740
726
億 kwh
← 供給エネルギー（億 kwh）
1950
（昭 25）
1960
（昭 35）
1970
（昭 45）
1980
（昭 55）
1990
（平 2）
2000
（平 12）
2010
（平 22）

2. 高度成長の象徴、乱立する高層ビルの電気需要をまかなう努力

電力の供給責任を果たした発電所建設、そして送電線路確保

昭和35年頃の日本は、安保条約改訂に身を張って退陣した岸信介首相のあとを受けた池田勇人首相が、歴任した財務・大蔵時代に蓄えた構想、**所得倍増計画と東京オリンピック誘致**を実現し、これを産業経済面で支えた経済企画庁長官大來（おおきた）佐武郎さんを頂点とした経済官僚がたの働きで、日本中が元気になり、意気込んでいました。これが**国家事業新産業都市**をはじめ、多くの実を結んで、続く高度成長の原動力となったのです（→126頁）。

一つの象徴として霞が関ビルがありました。東大建築工学科武藤清教授と鹿島建設の努力で、地震国日本でも高層ビル建設が可能な技術が実証されたのです。その結果、あの保守的な監督官庁が認可の道を開いて呉れ、加えて容積率（＊）なる奇策のお陰で首都東京に超高層ビルが乱立しました。新幹線を実現してくださった十河信二国鉄総裁が、東京駅八重洲口に建設した駅ビルの基礎を、将来の20階建てに耐えるように準備して居られたことも我々の銘記したいことです。

霞が関ビルは一本で1万キロワットの電力を消費する。こんなビルが止めどもなく増えて、東京

＊容積率：建物の延べ面積の、敷地面積に対する割合で、100尺以下と決められてきた建物の高さ制限を緩和する

電力は供給力の充足に追われました。**世情は立地に厳しく、**結果として同社は**福島での原子力増設**を重ねざるを得ず、福島第1、第2の10基の原子炉を並べて900万キロワットもの世界で最大規模の原子力発電基地になりました。これと並行して**新潟**の立地獲得にも成功して、7基800万キロワットもの原子力を並べて、電力の供給責任を果たしてきました。

この蔭にある**送電線路確保の努力も忘れてはなりません**。送電線は電気エネルギーの流通手段として、他のエネルギー流通に較ぶべくもない優れた手段なのです。

800万キロワットクラスもの大電力を輸送する動脈は、新潟・福島から東京への各350kmもの長い送電線路の、どの一ヶ所でも故障すれば、ブラックアウトなど大変な事態になる。これに備えて**重要送電線路を複数にする手法**が世界的に採られています。この長い長い送電線路の用地を確保し維持することは大変な大事業です。一ヶ所でも用地が滞れば送電が成り立たない。**世間の理解と協力を得る為に関係者がどんな思いで、どんな努力をしてきたのか**。これは東京電力のみならず、電力各社に共通の難題で、各社それぞれ各地の事情に応じた企業努力で今日の供給責任を何とか果たしてきていることも、皆さんに見守って頂きたいことです。

電力の供給を支えた造船技術、鉄鋼技術

電力供給は世界規模の燃料物流問題としても捉えなければなりません。遥か彼方のペルシャ湾から

石油を日本へ運ぶ事が日本の生命線になっているのは、**昭和年代の造船技術に負うことをあらためて感謝しなければなりません。**昭和54年のイラン国の崩壊で世界が揺れているさ中の、世界的に批判的な雰囲気のなかで、断固として石油の大量買い付けを敢行した出光佐三さん。これを可能にしたのは**10万トンタンカー日章丸の出現**でした。戦中・戦後の造船界は日米とも鉄鋼熔接技術で建造船の応急の需用に対応してきました。戦後初期までの熔接技術は十分ではなく、戦後のアメリカは戦時標準船の熔接事故続出で、その標準船を全船廃棄していました。**日本の造船技術者はこれを徹底的に研究して10万トンタンカー、さらには20万トンタンカーまでも世界に先駆けて実現して呉れていました。**このことは**資源小国日本の生きる道**として、豪洲からの鉄鉱石輸入を始め、原料輸入の日本の生命線確保の責任を痛感し、**業界が一致して努力された成果**と、我々国民が心に刻むべきことです。

電力の質を支えた系統制御技術

電気事業のほうはというと、**電力の質の確保の努力**も知ってほしいことの一つです。

電気という商品は、今やこれ無しには全世界の人類が成長発展できない処に来ていて、**「エレキの必要性」は人類滅亡の最後まで続くでせう。**電力は技術上の必要から**交流電流**を使っています。送電コストを下げる為に高圧電流を使うのですが、昇圧、降圧の変圧器に交流を使う手法が世界的に採られているのです。発電には回転機を使うのですが、需用が増減すると発電機の回転数に影響が出ます。結果として交流のサイクルが変動する。一つの系統全域が、部分的に電圧は変動するが交流電流の波形は全域同時に同じ波形で流れます。電力の使い方によってはサイクル変動の影響が大きく、世界的にサイクルの変動を少量に抑える制御技術に苦心しているのです。

このことは、昭和30年頃の北海道室蘭製鉄所の圧延ロールの動力を供給する虻田発電所の事故で表に出ました。2分間隔でロールに赤熱したインゴットが来る。ロールを廻すためのモーターが2分ごとに働かねばならない。この為、洞爺湖から導水しているトンネルの水量を2分間隔で増減する。その結果、発電所直上の水槽の水が溢れる事故が起きたのです。洞爺湖と水槽の間は水理学で言う連通管になっていてこの固有周期が2分。これで**水面変動の共振現象**が起きたのです。**共振現象は、電波など波動を利用する世界では、これを活用する事で微少な現象を拡大して理解できる。**あらゆる処に応用されている技術の基本です。冥王星の観測通信など、この精華で宇宙の果てまでの情報を得ているのです。

事ほど左様に、供給電力のサイクル変動を抑える事は今後とも電力供給事業の最大使命の一つなのです。電圧変動も同様です。鉄鋼業界が品質確保の技術努力を怠らないと同様、**電力業界も、サイクルと電圧の品質維持の技術努力が生命線**なのです。

現在もて囃される**風力発電**は、回転数を正確に維持する、コストの掛かる同期発電機設備では成り立たない。勝手な回転で発電して、**サイクルの違う電力を電力系統の容量で吸収させて影響を実用限度内に収めることで何とか実用化している**のです。私が電源開発調査室に勤務していた昭和50年代には、サイクルを合わせる風車技術が未熟で、日本での実用化には程遠いと判断されて居ました。現役を離れた平成10年に初めて乗った旅客機の眼の下のデンマークで風車が多数廻っていました。帰国して周囲に、「あれは誘導発電機か?」と聞いた時、「左右だ」との返事。海外では多少のサイクルの違いを無視して強引に発電機を廻して実務的に使っていたのです。日本の電気技術者がたは、秀才なだけに同期発電機でのサイクル維持を最優先にしていたのでした。この為に、遅ればせ乍ら、今では日本各地で「自然にやさしい電力」として風力がもて囃されています。

脱炭素エネルギー。さらに脱熱機関へ

それと**太陽光**。これは注目すべき手法です。

地球は太陽から年間５０００Ｑもの熱量を受けています（→１３２頁パトナムレポート「太陽エネルギーの図」参照）。前述のパトナムレポートによれば、膨大なこの熱量は地球面積3分の1の海に注がれ、海水の蒸発を原点とする気象現象が常に全地域で巻き起こっていて、その結果が雨となり、恵まれた日本の水力発電の基礎となっています。そのほか、植物を媒体とする光合成。これが40億年の地球の化石燃料となり、現在、その恩恵を最大限に受けています。それを上回る太陽光。このエネルギーは熱帯では1㎡当たり1キロワットと評価されている程、大きいものです。太陽光を電気に変換する太陽電池の技術が発達して、当初効率の10％が、現在では20％近く迄進歩しているようです。色々、問題を抱えながらも全国に普及していることは歓迎すべきでせう。但し、10万キロワット発電の為には、50万㎡、１００ｍ×５㎞もの用地が要る。実務的に問題なしとせず関係者が苦心している事も世間に知ってほしいことの一つです。

それよりもさらに、１７８０年に始まった産業革命で、往復運動を回転力にすることから始まった手法を踏襲してきた**熱機関を使う発電手法の現状に私は異論を呈したい**。熱機関は回転力を得る

有力な手法ですが、その効率が如何にもよくない。蒸気機関車の効率は10％台。自動車も20％前後のようです。熱力学の教えるところでは50％もの効率を獲得するためには、１３００度もの熱機関が必要で、現在はジェット機や発電用がその段階までできている技術者の努力を多とすべきです。然し、効率外の50％はジェット排気や冷却水の温度上昇を介して地球大気に戻り、地球温暖化の大きい要素となっているのです。

これを越える次の技術として、発電用に**放射線を直接エレキに変換する技術**を次世代の目標にして頂きたい。太陽光を直接「エレキ」に変換する技術が出来たのだから、何とかならないか。どれ程の効率が実現できるかの自信はないが、これが実現すれば「原子力発電セット」の分割小型化が可能になり、火力発電所リプレース用として電力業界に革命をもたらすでせう。

それと**貯蔵のきかない電力**の欠点を補う電池について。

原子のなかの電子の質量は１８００分の１の微細なもの。「この電子だけを取り出して蓄える電池が造れないものか。頭が良いと自負する電気屋がやって欲しい」と悪口を叩いてきたが、ノーベル賞のリチウム電池が実現しているのだからと、次世代に期待しています。

日常の変動する電力需用に対応する為、揚水発電が大々的に使われていますが、揚水発電所は揚水に使う動力の2分の1くらいしか使えず、効率30～40％の火力が最終的には15～20％しか使えないエネルギー効率の悪い手法なのです。大容量蓄電池を使えればこれを大幅に改善することになる。

放射線を直接電力化する技術と、大容量蓄電池の技術が成功すれば、電力業界のエネルギー効率は格段に向上する筈です。

Ⅳ 終章

令和を担う次世代へのメッセージ

1. 日本再建に東北で従事した只見川開発の先駆者と指導者

戦後の日本は、復旧・復興から15年で再建を果たしました。その原動力は、前述の通り、強固な民族意識に加えて、戦時中の兵器開発に一途に励んだ〝ものづくり〟の技術者がたが海外の実状を学んで戦中の空白を埋め、敗戦の鬱憤を励みとして、最先端の技術にまっしぐらに進んだことにあったと思います。

家電業界は「白モノ」で早くに成果を挙げ、**自動車**、**造船**とその基盤の**鉄鋼産業**、それに**化学工業**も、折からの世界に吹き荒れたスケールメリットの風にも煽られて、程なく最先端の実力に達しています。基幹エネルギー産業の一つ**石炭業**は日本では程なく限界に到ったが、**電気事業**は年率10％までもの需要急増に応えて今日に到りました。**敗戦当時は水力発電に支えられ**、戦時中も全国的に調査と開発計画が優先的に進められていて、物資が揃えば何時でも着工する準備が進められていました。

その代表例の一つ、東北での只見川開発の先駆者をご紹介します。これは、ご教導を受け育てられた私の義務です。当時の水力開発に込めた意気込みを受けとめて下さい。

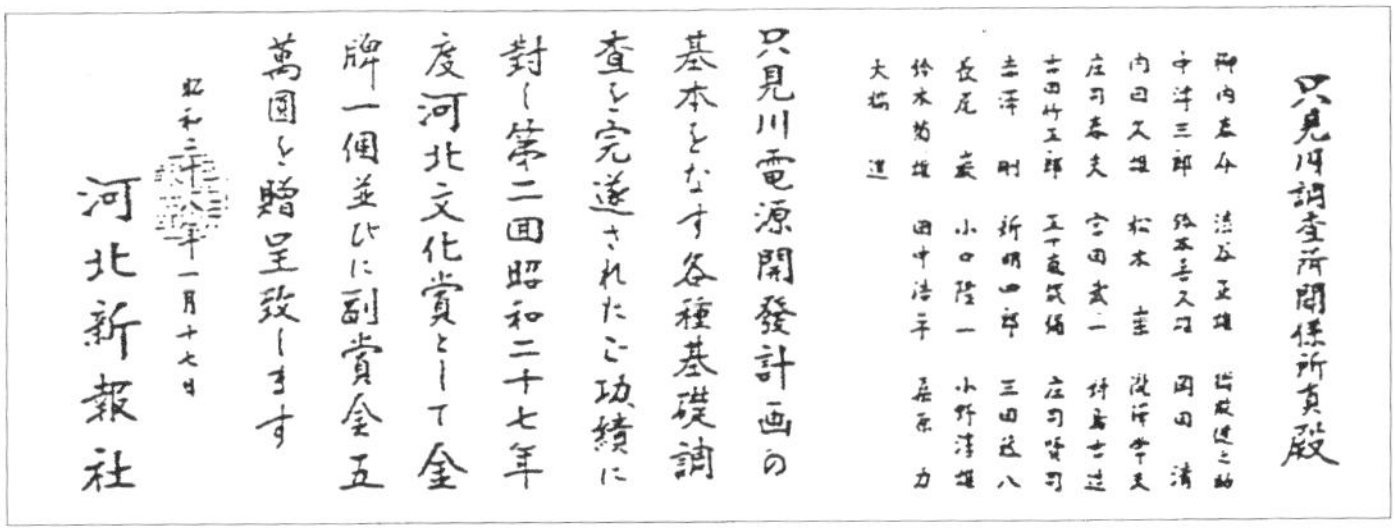

只見川調査所関係所員殿

只見川電源開発計画の基本をなす各種基礎調査を完遂されたご功績に対し第二回昭和二十七年度河北文化賞として金牌一個並びに副賞金五萬圓を贈呈致します

昭和二十八年一月十七日

河北新報社

只見川開発のこと

この川は電気事業が日本に根付いた大正初年から注目されていました。その調査拠点として**水源地の尾瀬ヶ原**に東京電灯㈱が東電小屋を作り、今も一般に利用されています。標高１２００ｍの尾瀬ヶ原を雪融け水の大貯水池にして、下流只見川が日本海に注ぐまでの２００㎞に一連の水力を開発する**ロマンに満ちた構想が脈々と受け継がれていた**のです。

物資不足の戦時中にもこの夢の具体化に尽力された先輩が居られました。**〝只見川開発の鬼〟と言われた北松友義**さんです。東京電灯㈱から日本発送電㈱に継承され、東北支店土木部長として部下を督励し、人跡未踏の水源地の調査に当たられました。何十枚かの五万分の一地形図を貼り合わせた大枚を自宅の天井から吊るして、１００万キロワット開発の構想を日夜、練って居られたとのことです。水力開発は、男の仕事として魅力に満ちていました。

これを支えたのは当時の支店工事課長後藤壮介さん始め、豪雪に閉ざされる奥只見の山奥で越冬した調査所の面々。命取りになりかねない盲腸炎に備えて盲腸を切って山に籠ったとの伝説もあった（実際はペニシリンを用意したようですが）、そんな話が出るほど、危険を冒し、覚悟して取り組んで居られたのでした。このことは**昭和27年、第2回河北文化賞**として公にされています。

この成果は、自然を尊重して尾瀬ヶ原の環境を残した以外、東北電力㈱と電源開発㈱によって昭和30年代に合計170万キロワットの一連の開発を完成しています。敗戦直後の全国の電源690万キロワットと較べて下さい。この開発の先頭に立ち、陣頭指揮された二人の大先輩をご紹介します。

・東北電力常務建設局長　平井弥之助さん

(↓161頁)

日本発送電時代からの発電土木の総親分で、東北電力へ移られてからは、白洲次郎会長・内ヶ崎贇(うん)五郎社長の全面的な信頼の下に一切を任されて只見開発を指揮されました。電源開発㈱が開発を担当した田子倉水力にも初代建設所長として着工を果たされています。

その他最高の〝ものづくり〟として数々の事績を残されたことを記述してきましたが、東北での電力経営者としての基本姿勢をご紹介します。

平井さんは父竹治と叔父文平の友人、入社のお世話から私の仲人までお願いした私の社会での「お

やじ」です。社会人として目を掛けてくださったご訓育の数々を今回「真徹居士遺訓」として数多くのご教示を骨子に集約しました。

彌翁真徹居士　平井弥之助さん

（『技術放談―半寿の娑婆にまなぶ（平成27年5月）』大島抄約）

真徹居士遺訓（骨子）

公益事業に従事する社会人として

・公益事業は供給責任を果たすことが唯一最大の使命である。
・社会は権利と義務のバランスで成り立っている。
・第三者的な評論を慎み、自分の判断と考えを持って行動すること。
・一般に流通している規定・基準は馬鹿でもやれる最大公約数。これでは新技術に発展できない。自分の工夫を持て（構造物の保守技術も含めて）。
・自然環境に畏敬の念を失ってはならない。日常の観察からこれを弁えて不時に備え、結果責任を**必要最小限の安全率**で遂行して結果責任を果たすのが本当の技術者だ。
・土木構造物は確実な基礎を持たせることが設計条件の基本として最も重要である。基礎の確実さを確かめられる仕事をせよ。

・事業の計画にあたっては、構想を大風呂敷と言われる程大きくして取り掛かれ。全体像を掴み、世間相場のあることも弁えて計画を進めること。

さり気なく結果責任を果たし乍ら一代を築いた、超一流の大先輩がたに共通の真摯な姿勢を、平井師匠から身近に感受しています。アノ記録的大ダム田子倉の、計画から建設を指揮され、さり気なく予算内で完成されたことは、**周到な思慮を巡らせて結果責任を果たされた**好例と言えるでせう。

もうひとつ、平井さんが、「発電水力誌」（現在は「電力土木誌」）に巻頭言として投稿されたご見識をご披露します。これも「かたりべ」の務めの一つでせう。

巻頭言

東北の電気事業雑感（「発電水力誌」第47号　昭和35年発行）　東北電力副社長　平井弥之助

我国における電気点灯の歴史は、明治11年に始まる。東北地方では、明治19年（ママ）宮城水力製糸紡会社が、工場用水車を利用して夜間仙台市三居沢の工場に点灯したのが始まりであるが、電気事業としては明治27年7月仙台電灯会社が、前記宮城製糸紡会社より卸売された電気を受電して販売するという方式で、東北最初の電灯供給が始まり逐次東北全域に拡がって日露戦争頃までには、東北7県の12都市に一応電灯供給をなすに至った。

その後、日本経済は第一次世界大戦を経て、飛躍的に発展したとは言え、これは概ね東京以西に於いて華々しく、東北は農業依存の姿で且つ労働力の供給地として知られ、当地方の商工業の発展は、遅々として牛歩の状態であった。

之を要するに古来中央の施策が、関東並みにその以西に集中した結果の所産でもあり、加えて投資力の貧困、無気力な運命観並に従順性とが、わざわいしたものと思われる。

かかる状態において種々施策もあったであろうが、とにかく不遇のまま経済発展が阻まれていた矢先、昭和9年東北は稀有の大冷害によって、飢饉に見舞われ、その日の食に飢えるもの数を知らず、一家の為に身を挺する子女の相次ぐ世相となって一大社会問題を惹起するに至ったのである。

ここに至り時の政府はその救済の施策を進める一方、抜本的に東北地方将来の振興を策して東北の疲弊克服と各種産業の振興を目的として、昭和11年10月東北興業及び東北振興電力が、設立されるに至った。

明治以降、昭和11年末までに開発された東北の水力発電設備22万キロワットに比し、東北振興電力は設立以来16年までの5年間に13万キロワットの開発を行なうと共に８６０kmに及ぶ送電線の建設を完成し、ここに電力供給系統化の基礎が出来上がった。之は東北の電力史上特筆さるべきことである。

一方、昭和の初頭以来大陸に於ては、暗雲低迷してその去就を知らず、世情は必ずしも楽観できぬ状況にあったが、この頃より電力国家管理の構想が胎動しはじめ、昭和14年４月日本発送電株式会社の創立、配電統制令による同17年４月配電会社の設立等があって、電力の国家管理体制が確立され第二次世界大戦を迎えたのである。

この間電力界に於ても、電源拡充の為多大の労苦が払われたのであったが、資材人員の不足がわざわいして思った程の発展も出来ぬまま、敗戦の憂き目を見たのであった。

戦後一時減少した電力需要も国力の回復と共に急激に増加の一途をたどったが、供給は必ずしもこれに対処できず、全国的に多難を予想せられるに至った。

あたかも昭和26年電気事業の再編成により、９電力会社が発足し供給力の拡充、配電の整備等に徹したことは周知の如くである。

以降現在に至るまで東北地方電気事業の発展はめざましいものがあり、昭和34年度末現在、東北の発電設備は昭和26年東北電力発足当時の2倍以上に達し、更に伸び行く需要に対して新鋭火力発電所の建設を含め水力の開発が活発に行われている。

又当地方特有の顕著な電力需用の伸びは、水力による低廉な電力の供給によるものであり、電炉電解等重化学工業を初め、幾多の工場が東北に誘致され、各工場の拡張も盛んに行われている実情にある。

更に昭和32年４月制定された東北開発三法の実施は産業の基盤を強化する媒体となり、益々広汎な分野にまで確実な発展を約束されたるに至ったのである。

・北松友義さん

只見川開発をライフワークとして真摯に取り組んでこられた意気込みと手腕をご紹介します。

〝軽石先生〟北松友義翁

（『技術放談―半寿の娑婆にまなぶ（平成27年5月）』大島抄約）

只見川の鬼といわれた北松さんは実に頼母しい、誰にでも分け隔てなく親近感を持って接してくださる大先輩でした。酒の席での不躾な女性関係の質問に「軽石先生だよ！」（カカトバカリスル）と即答して居られたのが、今に残る私の初印象で、題名の由来でもあります。

戦前の東京電灯・東北振興電力時代から水力屋として只見川開発を着想立案、田子倉発電所完成までの働き盛りの50年間。その後も次世代水力開発と、これを発展させた国土開発への飽くことを知らない意欲と努力で一生を全うされ

た茶寿翁の生涯は、東北に骨を埋めてくださった大先輩として、忘れてはならないことです。

平成14年8月29日没

叡祚院泰寿友譽居士　享年108歳（茶寿）

電力土木技術協会が昭和60年に企画した「電力土木人物銘々伝・東北電力」から翁の記事を再録してご紹介します。その後半の25周年記念会でのご挨拶が全てを表わしていると私は思います。

シリーズ特集「電力土木人物銘々伝」より抜粋

北松友義　和歌山県出身、大正3年東京電灯入社。

水力部に配属されてライフワークの水力に船出した。刻苦勉励「北松コンター学」を創出して水力設計合理化に新機軸を編み出して後輩を指導し、「信濃川発電所ならびに猪苗代湖面低下工事における土木工事の完成」により昭和17年逓信協会総裁から表彰を受ける等、東京電灯時代からの一代記『**私の歩いた道**』（**昭和38年刊**）に水力屋の面目躍如たるものがある。

昭和17年日発に承継、昭和19年東北支店工事課長として赴任したのが仙台との縁の始まりである。この時には、東北振興電力から引継いだ建設中の法量、蔵本、先達の建設所長を兼務して、終戦前後の混乱期の処置に当った。

これと時を同じくして、後藤壮介係長と只見川本流一貫開発を企画し前述通り苦心調査の末、日発本社に具申した。日発在任中に定年を迎えたが余人を持って替え難く、嘱託参事土木部長として留任を要請された。

昭和26年、東北電力に理事土木建設部長として迎えられ、年末の雪を冒しての只見川出陣の先頭を切って乗込んだ。

初代建設所長として柳津、片門の工事を軌道に乗せ、本名・上田の着工準備中の昭和27年は、本流・分流案の論争、政争酣の時であり、会津現業部長として八面六臂の忙しさであったが、還暦を目の前にして持ち前の負けん気と機智で乗切った。

後年、柳津・片門25周年の記念会（柳門会として両現場の建設に携った人々の会が今も続けられている）では、「**1年前にこの企画を幹事から聞いてからの毎日は、当時を思い返し、彼はどうしているか、あの男はその後どうなったか、等の思いの連続であった。気が付いてみれば今日になっていた**」との情の篭った挨拶に、全力投球された当時の一端が偲ばれる。

これ等の工事が進められる一方、上流田子倉の開発が電源開発の担当で準備されており、昭和28年に兼務で所長代理を委嘱され、東北電力監査役を退任した昭和31年には建設所長として移籍、昭和35年電発を退社されるまで、只見川の鬼として水力屋を全うされた。

北松友義『私の歩いた道』より　第1話

雪掻き賃は一メートル十円

二つの発電所を同時に着工するのだから現場は工事の準備で玩具箱を引っくりかえしたような騒ぎとなった。私は二地点をあちこち忙しく飛びまわっていたが、赴任して十日経った11月27日、前の晩に柳津の会社の寮に泊っていたのだが、朝起きて見ると驚いたことには夜のうちに雪が降って六〇センチも積っている。

私は雪を見ると、いよいよおいでなすったナと思って腹の底から勇気が湧いてきた。六〇センチばかりの初雪はすぐ消えてしまうが、そのうちには根雪が降り、それから毎日のように御見舞いとなるだろう。冬の工事はこの雪との闘いだ。雪に勝たなければ工事は出来ないのだ。私は朝食を済ますと身支度をして子犬のように勇んで雪の中に飛び出した。

寮から三粁ばかり離れた建設事務所に飛びこむと、次長の後藤壮介君も事務次長の伊与久君も出勤していた。私は、

「おい、雪掻きはどうした。手当ては済んだか…」

すると、

「どうしたらいいのですか…」とキョトンとしている。

雪掻きと言っても事務所のまわりを掻き散らす程度にしか感じなかったのだろう。そこでちょ

いと悪戯気が出たものだから、
「午後から東山温泉へ遊びに行くつもりだがこれでは自動車が通らない。ここから七曲りのあたりまで雪を掻けば後は車が通るだろう。早速人夫を集めて昼までには自動車が通るようにしてくれ…」。人夫を集めると言っても現場の工事人夫はそう手軽には集まらないのは判りきっている。後藤君は「人夫を集めるにはどうしたらいいですか。」と聞く。

そこで私は前から考えていた手段を話した。附近の全部落に連絡して、それぞれの部落の受持区間を決めて雪を掻かせるのだ。これは猪苗代臨時湖面低下工事のときに経験して、実効は保証済みだ。ただ雪掻き賃は少々高くなる。しかしこれは仕方がない。六〇センチの初雪を見る間に掻き除けて、すぐ自動車が通れるようになれば、現場の士気はグンと上る。雪を怖れなくなる。雪を掻いて仕事をする意欲が出てくる。効果は絶大だ。掻き賃のことを言ってはいられないのだ。

「掻き賃はどうしましょう…」と後藤君にも伊与久君にも見当はつかない。

「一メートル一〇円だ。一〇粁だからシメて一〇万円。すぐ銀行から金を出してきてくれ」

当時の金で一〇万円は馬鹿にできない。「一雪ごとに一〇万円払っていたのでは、これは大変なことになる」と伊与久君などはすぐ頭の中で計算したらしい顔をしている。

「これくらいの雪で驚いていたのでは冬の工事はできないヨ。五〇センチや一米くらいの雪は薄化粧みたいなものだ。これからは一晩に一メートル降ろうと二メートル降ろうと、降った雪を掻き除けなければ仕事にならンのだから、いくら金がかかろうと雪掻きはやる…」

そう言って私は二人をせき立てた。

案の定、十粁の道の雪掻きは午前中に仕上ってしまった。私は車が通れるようになっても別に東山には行かなかったが、伊与久君が心配したのと反対に部落のほうは大喜びだったらしい。雪はこれから毎日降る。毎日一〇万円ずつ入ってくれれば、見る間に公民館の一つも建とう、と皮算用をしたらしい。

しかしそうはいかなかった。それから幾日も経たないで待望のブルドーザが到着したのだ。ブルドーザがあれば雪掻きはぐんと楽になる。毎日雪掻きに一〇万円ずつ使っていたのではいくら何でもやり切れない、ブルドーザが来るのがわかっているから一メートル一〇円も払えたのだ。一メートル一〇円は高いようだが実際には決して高くはない、と私は腹の中で計算した。現場から一〇粁の間にある部落全部に触れまわって大袈裟に除雪作業をしたことで現場がピーンと緊張したのだ。私ははじめから「雪が降っても工事は雪のない時と同じにやる」と言っていたのだが、現場では工事請負者はもちろん、会社の人間までが半信半疑だった。「あんなことを言ってるが、毎日降る雪が掻ききれるものか。冬の中は適当に過して、本格工事はやはり春になってからだろう」と思っていたのが、初雪の思い切った除雪作業で「オヤオヤこれは本気らしいぞ」という気になった。それだけでも大きな効果だった。

『私の歩いた道』より　第2話

人生の裏通りは面白い

世の中の表通りを自動車に乗って飛ばすようなのは、安全で気楽かもしれないが、しかし何の変哲もなく面白くもない。裏通りを歩くと、タマにはドブ板を踏み抜いて向う脛をスリムイたりすることもあるが、人世の裏側が見えて興味津々ということもまたあるものだ。

私が只見川にいたときにOCIのある毛唐（原文ママ　以下同様）の技師に色々サービスした。毛唐のことだから、日本へ来たらこうするものだと思いこんでいるのだ。こうしておけば気嫌がいいし、こちらの言うこともよく聴くのだ。女は東山温泉の芸妓だった。旦那があるからイヤだというのを、毛唐が気に入って名指しなのだから仕方がない。お国の為なのだから我慢しろ、とムリに因果を含めて納得さした。トンダ今様お吉さんだ。

女は旦那の通う日と毛唐の来る日とをうまく辻褄を合わせて仕切ってきたが、ある日のこと、どうにも二人が鉢合わせをしなければならないことになった。その旦那と言うのは地元の下らない土建屋なのだが、それにしてもワケを話したところで譲るような男ではない。毛唐のほうはこれが唯一の楽しみで、ヤニ下っている、飛んでもないハリスさんなものだから、私もホトホト困った。思い余って県知事に電話をした。懇意な間柄だものだから、ワケを話して、一晩でいいから土建屋をブタ箱にほうりこんでくれと頼んだものだ。これには県知事も驚いて「途方もない無茶を言う奴だ。ブタ箱にほうり込めと言ったところで、何もネタのないのにそんなことができるか」と言う。しかし「どうせ叩けばホコリの出る土建屋なのだから一寸来いと言えば脛に創持つ手前おとなしく来るだろう」と言うわけでまんまと引っかけた。身から出た錆だとは言いながら土建屋は一晩臭いめしを喰わされて翌朝女のところで「ひどい目に会ったヨ」と、それでも何事もなかった安心に胸撫で下ろしたという。全くひどいことをしたものだ。

こんなことも表通りにはないことだが、仕事をしていると、技術屋が技術だけではすまないことがある。これも技術のうちだと私は思い、やることはちっとばかり愚劣でも、出来上る仕事のことを考えると、愚劣もヘチマもあるものかと割り切ったものだ。

只見川の本流案と分流案では、福島県と新潟県が本気になって噛み合った。案の利害は直接県民の生活に繋がっている。水騒動では人殺し騒ぎが持ち上るのは再々で、この時両県の人びとの意気込みというものはすさまじかった。

会津の東山温泉は、両県のお偉ら方がここを舞台として丁々発止と渡り合ったところだが、ここの芸妓は地元福島と出稼ぎ新潟の出身が大体半々になっている。これが本流案側と分流案側に分れて睨み合い、今から思うと正気の沙汰ではないくらいにイガミ合った。新潟の女で福島側からスパイをやったと吊し上げられ、とうとう東山に居たたまれなくなって新潟に逃げ出した、などという話もある。

本流案と分流案、只見川の水を福島に流すか新潟に流すかなどということは、直接東山の芸妓には関係のない話のように思えるが、仔細に見ると新潟芸妓は分流案の客の肩を持ち、地元芸妓は本流案にテコ入れするのは、これは直接女たちの生活につながっている。真剣にならざるを得ないではないか。これが裏通りから見た素顔の人生なのだ。
私は大学などというものを出てはいない。いわば小僧から叩き上げたので、そもそものはじめから裏通りを歩き出した。もっとも一生裏通りばかりを歩いたとは、決して思ってはいないのだが。

こんなことは今では許さるべくもないが、当時の世情を知る縁(よすが)として、敢えてご紹介します。何しろ「衆議院の廊下で白昼堂々と政治工作の現ナマ札束がやり取りされていた」と、これは昨夜のテレビで93歳の渡辺恒雄さん(読売新聞グループ本社代表取締役主筆)のお話。そんな時代。誰しもが目的に向かって我武者羅(がむしゃら)に突き進んでいましたね。現在の世情に迫力が感じられないのはマスコミが怖くて責任回避が先に立つからで、矢張り「昭和」は面白かった！〝させて頂いている日本〟から覇気(はき)が、言葉と一緒に何処かへ行ってしまったのが、次世代への最大の憂いです。

・戦後復興の蔭にあった乱雑な世相

これら先輩がたの実績が**当時の社会情勢のなかで如何に苦労に満ちていた**ことかの一端として、当時の世情をご紹介したい。**戦後の日本が15年で再建を果たした蔭には、全国各地各業界でこの乱雑な世相を克服した真摯な努力のあったことを、民族の誇りとして心に留めて頂きたい**のです。

只見川のこと　（『技術放談―半寿の娑婆に学ぶ（平成27年5月）』大島達治　より）

昭和26年に東北電力が着工した一連の只見川開発は、電力再編成で発足した同社の〝日本の光は東北から〟の社是の第一歩でした。同年22才で入社した私の社会体験が此処から始まりました。程なく最下流片門発電所建設の現場に配属されて大いに勇み立ち、同時にあま多の諸先輩を差置いての光栄に責任を果す義務を身に感じました。

当時の世情

今では想像もつかないでせうが、戦後の混乱期が何とか乗り越えられた、とは言うものの、インフレ物価で公務員初任給（6級1号棒）が昭24年の２７００円から25年は５１００円、26年には６３００円に急上昇するなど、物資も全て不足し不自由な時代でした。

給与システムは労働運動最盛期の「生活給」。現場の倉庫番の給料が建設所長よりも高額で、それが不自然と思われなかったのです。２００人の片門現場では学卆と言っても最低の給料でした。年令給、家族給が主体だからそうなるのでした。

物価もさること乍（なが）ら何よりも喰うモノが不足。米の配給統制が続き一日2合3勺（約４００ml／約１４００キロカロリー）の配給が厳格に守られ、外食券を持たないと旅行はおろか食堂にも入れない。さう言った世情でした。現場の働き盛り、とくに筋肉労働者には全く足りず、ヤミ米を大量に調達するのが事務方の役目。会津若松周辺でようやく調達して運ぶトラックが警察の検問で捕まり、それを貰い下げに行くのが課長の仕事だったと聞きます。

　ヤミの世界と言えば、現場から盗まれた鉄筋が翌日には上流の町宮下のヤミ売場に出ていた話もあり、特に銅材（アカ）が高値なので発電所基礎に埋設するアース線を、盗まれないようにと、継ぎ代（しろ）の10㎝だけ残したコンクリートから、その10㎝すら折曲げて取っていかれ、次の打設の前に10㎝掘り出す手間など、困りごとが充ちあふれていました。（後略）

これ等の乱雑な世情であったが、窃盗と強盗が横行しながらも暴動にまではいきませんでした。これはＧＨＱ管理下だったとはいえ、小学校からの１００％教育のお蔭と、その結果の民族性と誇ってよいでせう。この民族性のベースを基に大目的に向かって、経験と智慧と胆力を活かして奮闘された各界の大先輩がたの努力を知って民族の誇りとし、今後の予測のつかない世界情勢に覚悟と決断をもって対処できる次世代を築いてください。

2. 私のバックボーン

「昭和のかたりべ」を自負する私が身に付けた数々の恩師・先輩からの教訓を、重複を厭わず記します。

・内海清温先生（↓183頁）

東大土木工学科・発電水力講座の内海講義冒頭の一（ひ）ト言。

「私は富士川筋12ヶ所の水力建設に従事してあらゆる土木構造物を経験し、構造技術者として『**構造的に正しいものは美しい。私が美しいと見る構造物は正しい、と自信を持った**』と喝破されました。この一ト言は重い。私なりにこの一ト言を「**正しいものを美しく、見て美しいものは正しいと見る眼を養うこと**」と自分なりに拡大して、私の一生の指針とし、「**正しい**」**には各人各様の受け止めがある**と承知しながら周囲にもお奨めしています。

この「美しいもの」の第一要素に各氏が**一生懸命、真摯（しんし）に励んでいる**ことを挙げます。その前に、「目的が正しいか否か」の感覚が必要ですが、それには各氏が属ししている「群（むれ）」の一員として共通の目的を踏まえての判断でなければなりませんね。漠然としてのことでも良いではないですか。「**生物の本能である美しさを求める姿勢**」を持ち続け、自分なりの美意識を育みませう。

私が育んできた美意識の基本は、〝**バランス**〟と〝**ハーモニー**〟でした。〝安定感〟と〝内容の調和〟。構造力学から会得したものですが、何も構造物に限ってのことではない。庶民の日常生活活動の殆んど全てのことに拡張して考えることだと思うし、この美意識が人類にとって正しいと確信しています。

・平井弥之助師匠（↓266頁）

就職のお世話になって以来、上司として、更には師匠と仰いだ平井さんから数え切れないご教導を頂きました。その始まりは病気休職の折の「**病を得たからには休むのが権利。再発しないまで治すのが義務**」の教えでした。当時は復職を急いで肺結核を再発して寿命を縮める事例が頻発していたのです。**社会が権利と義務のバランスで成り立っている**ことを体で認識しました。

〝愚か者は経験（失敗）に学び、賢者は歴史に学ぶ（ビスマルク）〟。貞観津波の歴史に学び、女川原子力を救った平井さんはまさに現代最高の賢者でした。

・北松友義さん （→272頁）

只見川開発の鬼と言はれ乍ら、あらくれ土木屋どもを心で統率された言動を（前述）今でも財産の一つにしています。東京電灯㈱の一介の職員から身を興し、夜学で勉強しての努力でこの境地に達しられたことに敬服しています。

北松さんの奥様が先に逝かれたお葬式でのご挨拶。「女房は俺（わし）が100歳までは面倒をみると言っていたが、本当に100歳を越えたら逝ってしまった」夫婦愛の極致ですね。奥さんは、偉大な苦労人友義さんを支えて、明治人らしく内助の功に徹して一生を通し、旦那の友義さんも明治人らしく応えておられました。

・宮本保さん

旧国鉄の方々はご存知ですが、宮本さんは明治29（1896）年2月9日のお生まれで、大正9年、東京帝国大学工学部土木工学科を卒業して鉄道省へ入省された、日本の土木界、国鉄でひときわ群

を抜いた最高令者・大長老でした。惜しいことに、平成11年11月に満１０３歳で逝去されましたが、色々なご縁から、私を後輩、いや天折されたご長男の代わりとして40年間の長きにわたり眼をかけて頂きました。

仙台でのゴルフ界・囲碁会の大先輩としてのご指導は、**自分が強くなることよりも同好の士を育成する**ことが主体でした。ＩＴ世代の人間交流が疎になっている現在、この教えを私は大切に守っています。

・育ての母体、豊島師範附属小／成田千里校長、武蔵高校／山本良吉校長

卒寿の年齢まで永らえて、私のバックボーンが小中学生の頃から形成されていたことに今更ながら気づき、このことを一文に草（そう）し、同窓諸兄姉はじめ手の届く範囲に配りまくりました。私が権利よりも義務を優先していることは明治天皇御製「身にあまる　重荷なりとも……」が身に沁みこんでのこと。ここに「豊島『成田校訓』の展開」と「山本良吉校長遺訓」を再掲いたします。

民族主義、国家主義時代の教育ではありますが、そのことが、乱れている国の現況を見直してほしい気持ちと共に、その時点では解らなくても将来社会人になって活きてくる。教育とはかくありたい、との思いからです。

豊島「成田校訓」の展開　大島達治

昭和11〜16年の5年間学んだ頃の豊島師範の校訓は、昭和7年着任の成田千里第5代校長が昭和9年に制定されたものでした。

明治天皇御製
身にあまる　おもになりとも国のため
人の為には　いとはざらなむ

校　訓
正しく　強く　美しく
親しく　朗らかに

明治天皇御製（ぎょせい）とともに雨天体操場正面の左右に大きく掲げられていましたが、今、その写真が手に入らないのが残念です。社会人として70年も過してきた私ですが、振り返ってみるとこの「成田校訓」が無意識のうちに自分の生きざまのなかに活きてきたことに、改めて気付くのです。

敗戦で民主国となって個人の権利意識が闊歩し、訴訟社会となって終った昨今ですが、権利よりも義務を私が優先しているのは、意味の判らぬガキの頃からこの御製を体で覚えて（暗誦）きたからでした。

社会人になって**権利と義務は表裏一体**と知り、**個人差で両者が必ずしもイコールでなくても**社会的に許されると知っても**義務優先は変わらない**し、**日本の現状は義務観念が余りにも蔑ろ（ないがし）にされ過ぎている**と見ます。このことを自覚しようとしない民族に堕落した今、独立国を維持していくことに危機感を拭えませんね。

校訓前半の**「正しく　強く　美しく」**を肌で認識したのは大学工学部（土木工学科）発電水力講座で、内海清温講師（日本技術士会創始者。後に電源開発㈱第3代総裁）が、構造技術者として**「構造的に正しいものは美しい。美しいと見える構造物は正しい。と自信を持った」**と喝破された時のことです（前出↓283頁）。

技術を志す者としてのこの感動は何時しか日常身辺のことに及び、**「正しいものは美しく、美しいものは正しく見える眼と感性を養うこと」**が自分を磨くことであると自覚し、周囲の方々にも推奨してきました。

第5代成田千里校長

昭和7年7月29日成田千里第5代校長となる。
「俺は成田である。成田千里である………。」「おんとし49才である……。」 桜井校長のあとをうけて赴任された成田校長の第一声には生徒はもちろん，教官一同もどぎもをぬかれた。この第一声から校地の整備，施設の改善，組織の変更，新教育の実施等々，数えあげれば限りがない程の事業（？）が行われていった。
（昭9　松村　謙）

（写真でつづる豊島六十年、撫子会）

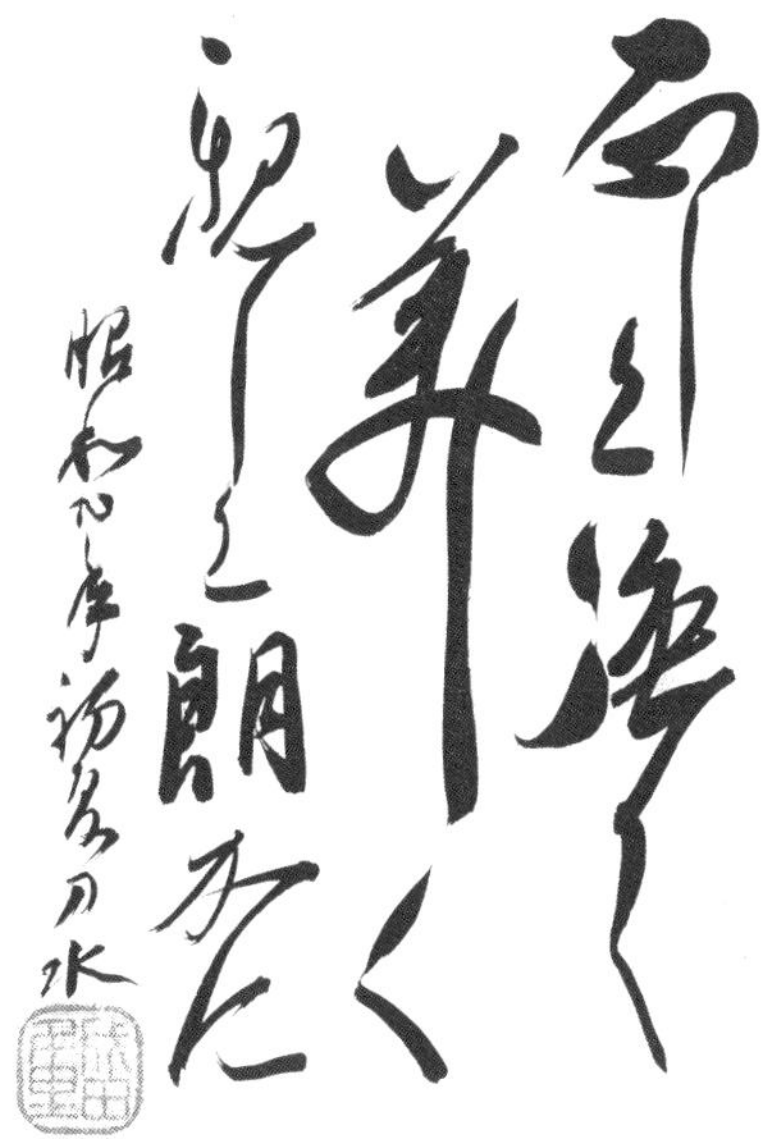

美意識には個人差がありますが、正しさについても、例えば技術の世界で、地震予知の分野が科学の進歩に伴って結論が正反対になったケースなど、変わることが多々あります。それが社会的にも戦後世界の趨勢として**「正しい」ことが各国・各民族、各個人それぞれに同一ベースではない**ことを思い知らされています。

人倫のことについてすらも同様です。かてて加えて、「真実を求め、正義を主張するのは外交の仕事ではない。只管(ひたすら)国益を追求するのが外交」（磯田道史語録）とテレビで知り、国力を背景とする外交の現実にあらためて眼を見開かされました。校訓の「強く」が此処にあったのです。

成田校長の意図されたものは、**〝正しいものが最後に勝つ〟**の信念でしょう。**〝強さ〟を背景にしてでも正しいこと通すことが人類を滅亡から救う**との信念を持つのは容易ではありません。国際間でも日常の周囲のことでも同様でしょう。

この信念に到るに必要な**〝強さ〟**について、あの頃はスパルタ教育で**「気力」**を育てられました。気力の基になる体力は、生身の人間はもちろん、団体さらに国家までも年を経て衰えるものです。これを補うものは**「智力」**ですね。これを活かさない国が滅亡したのは歴史の教える処。個人についても同様と思い私は勝負ごと（囲碁とゴルフ）で、**〝強いと上手いは違うんだ〟**と90才の今でも強がりを言って気力を補っています。

「親しく　朗らかに」は、行動派成田校長の、他に例を見ない独特のものでしょう。フェイクニュースに象徴される、虚偽に満ちた現在の社会に信用を取り戻すには、何よりも人と人との交流（コミュニケーション）から始めることが必要です。その要諦はこの「親しく　朗らかに」

に尽きます。私は親近感を現わす為に意識してワープロを使はず手書きで通しています。〝朗らかに〟と併せて〝**プラス思考で友人の輪を拡げよ**〟との成田校長の教えが、特に現代に必要と私は理解していますが如何でしょう。

85年も前の校訓がこのように私のなかに活きています。時代の変遷はあってもそれに応じて通用する。これが〝**美しいもの**〟の実体であり、幼時教育の本質だと思います。**直ちに判らなくても繰返して体に滲み込ませ将来に活きる。**教育とはかくありた度いものです。

山本良吉校長遺訓　大島達治

私たち20期生は日米開戦直前の昭和20年4月に中学生となり、八重桜を窓外に見ながら山本校長が7月に74歳で急逝される迄の第一学期3ヶ月を「国民の教養（昭和17年刊）」を教科書に、直接ご訓育を頂きました。当時は、「小学校の修身」に相当する授業と受け止めていましたが、先生は日常の挙措（きょそ）と躾を主体に、**教養を身に付ける指導**を意図されたと思います。児離れした中学生の最も大切な時期の躾を、校長先生が率先して、信念を持って直接教育に当たられたのです。ですから我々は「**山本校長の最後の弟子**」と胸を張る資格ありと思うのです。

畢生の著書『国民の教養』を理解するには未だ幼年で、

その内容に「武蔵の三理想」

一、東西文化融合の我が民族理想を遂行し得べき人物
二、世界に雄飛するにたえる人物
三、自ら調べ、自ら考える力ある人物

に到達する道程が具体的に示されているであろうことを理解しない侭、今日に至っているのですが、僅か3ヶ月間の最後の授業を思い出して、諸兄の武蔵を偲ぶ足しにして戴ければと考え、70年前の鮮烈な記憶を頼りに小文を草しました。チビの私は最前列の机で、教壇の先生を仰ぎ見ながら終始緊張していました。思い出す侭に幾つかご紹介します。

一、まず最初の授業で、黒板に「public right duty」と大書され、各自のノートに書写するよう命じられました。当時は英語を敵性国語としていて、小学校では一切触れず、家庭で教えるなどとんでもない。中学でのアルファベットの英習字から始まるご時世で、山本先生の走り書きされた英文字を、見よう見まねで曲りなりに模写するのに大変難儀し時間もかかったと思うが、先生は黙って見守って下さっていたように思います。

二、次に「**勉強し覚えるには筋肉を使う習慣が基本である**」。これは何回も繰り返されたように覚えています。〝音読〟と〝書写〟することに筋肉を使うことで〝眼で覚えるよりも筋肉が覚えることが肝腎なのだ〟と再三力説され、〝muscle（筋肉）〟の英字もノートに写しました。

社会人になり暫くして、山本先生が冒頭から強調された**public（公）right&duty（権利と義務）**が民族社会を成立させる基本と識ったのは大変あとのこと。「豊島師範付属小での成田校訓と明治天皇御製を暗譜させる教育」と同様、時間が経って本人が体で理解して身に付くのが若年教育の真髄なのでしょうね。

筋肉のことは『国民の教養』に記して居られます。その一つを転載します。「筋肉を使う躾が身に付くように規律で教えることが学校教育の本質」との信念が貫かれていると私は受けとめました。

第十三　筋　肉

頭で覺えた事は、時がたつと忘れることもある。しかし筋肉についた癖は、中々忘れぬ。物を言ふのは、口の筋肉を働かすのである。親に丁寧に物を言ふ癖のついた者は、いつまでたつてもそれが取れぬ。敬禮は全身の筋肉でするのである。先生に丁寧に敬禮する癖のついた者は、後になつてもその姿勢は變らぬ。かく丁寧に物をしたり、敬禮をすることによつて、尊敬の心がいつまでも保たれる。筋肉は心を養ふものである。（中略）

筋肉を働かして實地にした事は、中々忘れぬ。頭で學び、頭で覺えた事は忘れることもあらうが、筋肉に刻みつけた事はいつまでたつても、わが身を離れぬ。或る人が幼い時、茶の湯を少し習つた。その後久しくやめて居たので、自分は全く忘れたと思つて居た。中年になつてから、偶然茶人に招かれて、抹茶をのんだれば、主人が見て、「きつと茶の心得があらう」といふ。少しもないといつたが、主人は中々承知せぬ。客がどうしてわかるかと問うたら。主人は、茶碗をもつ手つきが、全くの素人とは違ふといつたので、さては、幼時に少しばかり教はつたのが、尙わが手の筋肉に殘つて居るかと、驚いた。

わが國では、邦音の發音について、口の筋肉を正しく働かすことが、十分に敎へられてない。そのために發音法が一般に甚だ不正確である。これも小さい時から、口の筋肉について、正しくならさねばならぬ。

『国民の教養』（山本良吉）より

未だに定説のないのが、山本先生のアメリカ嫌いです。ベースボールを意識的に排除した理由が様々に言われているが、『国民の教養』の中で、それと思しき項目の一つにだけ行きあたりました。

第十四　國家的慣習

一國民と他國民との差は、實は國家的慣習が身にしみこんで居ると居らぬとの差である。國が大きな變革にあふと、從來の慣習が破られ易い。その中に、成長した者は、舊來の慣習にもしまず、固より新しい慣習はできては居らず、國民といつても、實は浮動の情態に居ることが多い。かゝる者が自國の道德を興さうとしても、學藝を盛んにせうとしても、自國本來の慣習が身について居ないために、これがこの國の道德や學藝の本體であるとの自信がない。かくては眞の文化は成立できない。國家を進め行かうとするにも、まづ國家の慣習をわが身につけねばならぬ。

山本先生は、民族として、過去の体験から歴史的必然性を持って残った民族の本質が世界各国の基本である国家的慣習と捉えて居られたようにお見受けします。この国は歴史が浅く、先生が確信を持って評価されるに値する慣習が完成前とみて居られたのではないでしょうか。新興国として世界に抜きん出る実力を持ち乍ら「グローバリズム」を掲げて全世界の産業・経済を席巻する。産業・商業・金融資本主義の欠陥がようやく批判の対象となる趨勢になってきた現在、これを山本先生はどう評価されるでしょうか。

「歴史が浅い」はこのような本質を内蔵している。さしたる失敗を経験せず、産業での成功経験をひた走りに続けていた戦前の彼国に真の文化は成立していない。このことを予見された山本校長が哲学者として考え抜かれたこの道筋を我々も学ばねばならんと思います。

私はこの遺訓を守り、書状の内容と宛名書きには、煩瑣（はんさ）を厭わず筋肉を使って、ワープロ・パソコンの類を一切排しての手書きが頭の体操になり、心の通う交流になると、これを通しています。

それと今一つ気にかかるのは**民族の言葉づかいです**。「……させて頂いております」に象徴される責任回避の表現が謙譲の美名に隠れて全国津々浦々まで民族の本質として浸透して終いました。何とか**第一人称で各個人が責任を持つ表現**に戻せないものでしょうか。明治以前の切腹文化に象徴され、世界での信用を博した民族の自信は何処へ行って終ったのでしょうか。民族の言葉遣いを大切にされ、民族文化復興を終生主張された山本先生がご健在ならば必ず強硬に主張されると信じます。

山本先生略歴

明治4年10月10日	出生
明治21年7月10日	第四高等中学校予科卒業
明治23年2月1日	石川県立尋常中学校教務嘱託（石川県）
明治25年9月23日	依願解嘱託（同校）
明治28年7月	選科生として帝国大学文科哲学科修了
大正9年6月	欧米における学生生活状況調査
大正11年1月1日	武蔵高等学校教頭を嘱託す
昭和11年2月25日	武蔵高等学校校長を依嘱せらる
昭和17年7月12日	急逝（勲四等に階叙せらる）

民族の言葉づかいについて、以前まとめたものを再掲します。民族のことばを取り戻さうではありませんか。

ことばと民族

『技術放談―半寿の娑婆にまなぶ』（私家版・平成27年刊）

「ことば」と「民族性」について因果関係を感ずるのは私だけではないと思う。ドイツ語が〝合成されたことば〟を一つの〝ことば〟として使うが、これが理屈っぽい民族性と無関係ではなかろうし、〝ことばの組み合わせ〟で表現する国は、それなりにそれぞれの民族性に直結していると感ずるのである。

これを日本語についてみると、先ず**表意文字**。視覚に訴え微妙な表現の日本文化を形成している。

次に、**主語の人称・人格を特定しないこと**で、表現解釈に幅を持たせている。

更に、**敬語・謙譲語**を用いることで社会性をも表現している。

こういうことを西欧語との大きな違いとして挙げてみると、一神教と多神教の民族性の相異の原点と気付くのである。

そしてこれが現在の**日本社会の欠陥＝国家意識・民族性の喪失**の底流にあることを私は憂う。

勿論これには政治・経済のグローバル化の中で、特に商業資本主義に毒されている世相が主因であることは論ずるまでもないが、その**底流にある日本語の誤用・悪用**を認識し、此処から国家意識・民族性の復原をはかることを提唱したい。

発端は昭和56年新幹線仙台駅が開業した時のこと。「ドアが閉まります」の発車アナウンスに大きな違和感を持った。〝ドアは閉めるもので、閉まるものではない！〟果たせるかな平成の世になって間もなく、沼津駅で夜学生の外套をドアに挟んでの発車で死亡事故が出た。「閉めて」いればこんなことは起きない。

以後注意していると、日本語の用法の根源的誤用、そしてこれを悪用している例の多さに気付く。

筆頭は「…させて頂いております」。政治用語から始まり全ての分野の日常語に蔓延して終(しま)った。私見だが竹下登あたりから始まったと推測する。一見謙譲の美徳のようであるが、私には耳障りだ。**直接責任を回避するマスコミ対策**が見え見えではないか。

「…ではないかと思う」も同義である。何故、「…と思う」と自分の意見を直接表現できないのか。

次に、「…して頂いて宜しいでしょうか」。病院で「レントゲンを撮るので上着を脱いで頂いて宜しいでしょうか」と言われて仰天したことがある。「ダメだと言ったらどうするの」と即座に雑(ま)ぜ返し、院長に用語の意味を考え乍らの対応を求めておいたものである。

コンビニでも会計が「○○円になります」が常用語になって終った。何故、「○○円頂きます」

と言えないのか。「高いのは私の故（せい）ではない」との意味でもあるのかと邪推する。この話を受けて、仙台名士が東京のレストランで「水を呉れ」と注文したら、「お水になります」と持ってきた。何時（いつ）水になるのだろう、と暫し眺めていたとのことである（氷でも入っていたのかも）。ゴルフ中継で、「お疲れ様でした」に「お疲れ様でした」の鸚鵡返しのプレーヤーが多い。折角労（いたわ）って呉れるのに何故素直に「有難う」と返さないのだろうか。知力を疑う。テレビ放送で冒頭の「ドーゾヨロシク」に「ドーゾヨロシク」と殆んどの人が返す。「ドーゾヨロシク」は対手に「ウマクヤッテクレ」との依頼なのに、オーム返しでは何方（どちら）に責任があるのか判らない。「此方（こちら）こそ」と良い日本語があるではないか。「コンニチハ」には「ヤアコンニチハ」と一言付けて返せば親近感を増すのに勿体ないことである。

以上を通じて、**ことばの意味を考えずに慣用語となり、折角の美しい日本語を台無しにしている**世相に、旧世代の教育を受けた者として寂寥（せきりょう）を感ずるのであるが、そんなことよりも、用語の全体が第一人称を離れていることに愕然とするのである。

抑（そもそ）も西欧語と日本語の基本的な相異は、人称・人格の扱い方にある。人称人格（責任の所在）を特定しないことで、そこはかとなく滲み出る雰囲気が日本文化の底流をなしてきたし、そのことが〝無機質化しつつある世界の人間交流の欠陥を補う時代に活きる〟と鈴木孝男氏（＊）の指摘される一面でもあろう（＊鈴木孝男氏：慶大名誉教授。『ことばと文化』（岩波新書）著者）。

これを、こともあろうに政治家どもが謙譲語と併せて悪用し、その侭一般に普及して終った。責任ある事業経営者までこれに倣っているのは言語道断と思うが、完璧・無謬主義と単年度決算性の世相からやむを得ない面もあろう。

何よりも緊急肝腎なことは、**ことば遣いが民族性を左右する**と再認識しなければならないことである。

謙譲語が無責任性を内蔵することと、敬語が重複使用により慇懃無礼になることを、言論界の方がたが認識して、日本の国内に強調して欲しいのである。

現在の乱れたことばが、日本社会に**主体性の喪失と責任回避の体質を定着させ、特に無意識・無自覚のうちの結果である**ことが重大である。社会の衰退を憂う議論が、各方面で自由活発に交わされていることを歓迎しながらも、その底流にあると私の見る、**ことばの誤用と悪用に因る民族性の衰退**を先ず緊急に改善することを、言論界が先頭に立って推進して頂きたい。

日本語の誤用についての出版物は、私のみた範囲では文法上の論議の域を出ていない。矢張り学者の議論である。ことばの本質に沿った論議と普及を、重ねて言論界に期待する。

追記

〝ふるさと〟は〝故郷〟でなければならず、〝かこく〟は〝苛酷〟でなければ意味をなさない。

「韓国に抗議させていただいた」――主体性のない民主党の総理大臣は、それだけで不信任に値するのに。野党は特に、民族としての問題視する動きが見られない。曽野綾子女史が「抗議はするもので、させていただくものではない」と唯一抗議していただけ。本文を起草した由縁である。

追記2

ではどうするか。

復活したいことばを使いませう。

○「馬鹿なことを言うな！」

「詰まらんことを言うな！」

これは先年、大阪方面でのＰＴＡで〝給食の前後に「いただきます」「ご馳走サマ」と言わせないでほしい。給食費は父兄が払っているのだから〟との記事を見て驚いたからです。

こんなことが横行するようでは教育にならない。これ一発で片付くのを教師はやらない。教育する気迫を持たないのか、日教組の組織がそうさせるのか。何を怖がっているのか。教師を養成する教育大学も確りして貰いたい。

マア、先生だけの話ではなく、世間一般にも、世界的にも必要なことですね。

3. 〝ものづくり〟になってよかった

〝ものづくり〟の家系に育ち、小中学生の戦中に兵器、とくに飛行機に憧れ、敗戦でその夢は破れたが、叔父の手引きでの第2の憧れ〝水力発電〟を目指す土木工学に進み、首尾よく開発現場に配属されて幸運でしたし、結局は電源開発関連に一生携わることが出来て幸福でした。

と言うのは、一品生産の発電土木で〝計画→設計→現場工事〟、とくに段取り八分と言われる現場実務の全過程の経験を積むことが出来て、の果報です。このものづくり経験の過程で〝何処から考えたら良いのか〟**〝職人として勘どころに先ず眼を遣る〟**ことを会得したのです。このことはあらゆる社会活動すべてについて、その仕組み、とくに他人の活動すべてについて**〝段取りを含めて、彼が問題に取り組むについての工夫と努力に先ず眼がいく〟**ことが、日常の自分の身に付きました（〝タクシーで行き先を告げると運チャンがすぐに経路を頭に浮かべる〟。これです）。

「他人への思い遣り」などは文字だけの空文に過ぎません。彼の工夫と苦心の中味を考えてあげるのが先です。些細なことを論うマスコミなど、彼等が記事で稼ぐときに当人への思い遣りに眼がいくことがあるのだろうか。

このことについて当面の問題は中国。習近平は「**偉大な中華の復活**」を唱え、「**侵略の要素を持つ偉大な中華**」の彼の本意が明らかではない侭に、我々には不快な思いが続いています。然しその一面、彼は13億人にも増えてしまった人民を喰わせる責任を果たす為に苦慮していることでせう。

共産党をベースに、〝嘗ての皇帝以上の権力を振っている〟と新聞は書くが、彼の国の現在の官僚機構は「明・清時代」と比較にならない程肥大化、広域化していることでせう。これを動かすには皇帝と比較にならない強烈な権力と権限を必要とすることでせう。

ましてや現在は自由・民主国群の政情に影響されながらのことです。「一帯一路」など批判の対象にされる巨大な諸行動について、情状酌量の余裕を持たせた記事に出来ないものでせうかね。これで記者は習近平を超えることになるのではないですか。

可成り以前からこのことに気付いた私が、他人（ひと）への思い遣りを持ちながら一生を全う出来るであろうことは**〝ものづくりをライフワークとした特権〟**でせう。娑婆では「プラス思考」と言うのか、他人（ひと）様の工夫・努力が彼の懸命な姿勢と共に私には美しいと見える。**〝ものづくり〟で良かった！**

このことについての失敗もご紹介しなければ！　それはアノ津波のことです。大学で習った津波は段波（ボアー）という水理現象の一つで、波速がv (m/sec) ＝$\sqrt{gh}$（h：水深m、g：重速度9.8m/sec^2）と綺麗に解明されていました（※）。実務担当者として、狭い谷に入って急加速して予想外の高さに遡上することと、引き波での被害が大きいとまでは理解していました。それが実際は第一波の寄せ波が地上の物体を浮かせてぶつかってくる。比重1.0の真水では考えられない破壊力なのでした。

※実例　太平洋の平均的な水深（h）を2,500mと仮定して、

$\sqrt{gh} = \sqrt{9.8\text{m/sec}^2 \times 2500\text{m}} \fallingdotseq 500\text{m/sec} = 1800\text{km/h}$

津波が太平洋をジェット機の速度で伝播する。

実際に見たことがないというのは言い訳になりません。自然界への畏れを真剣に実務的に考えることが不足していました。何事も実証的に実務的でなければなりませんね。三陸の人たちは、**津波にやられたら10年で元へ戻せばよいと根性を据えています**。あの海はそれほど生産力が豊かなのです。

それと今一つ、長い間電源立地に関係していた過程で体得したこと。「この先、何時何処(いつどこ)で、何方(どなた)様のお世話になるか、お世話をお願いすることになるか判ったものではない。人としての信用が第一であり、日常のことに不義理は一切できない。**律儀(りちぎ)者との評価を得る心掛け**」を会得しました。

また**何を頼まれても〝yes〟から始める**。俗にプラス思考ということでせうか。これ等が身に付いたのも〝ものづくり〟の特権の一つですね。このことは、子会社への出向を命じられ、閉鎖社会の電力会社から娑婆に移って切実になりました。年賀・暑中の節季のご挨拶ハガキを切手代がモッタイナイと意識的に使うことに気づき、その内容も単なる儀礼ではなく、近況から始まり、最後は社会問題への自己主張にまで拡張し、最大1000部を印刷して全国に配り捲りました。東北に居て意見を述べる手段として、現在でも500部を続けています。今年の年賀状をご紹介します。

賀正　――放談こと始め――

改元で〝昭和は遠くなり〟**一ト(ひ)桁族が「かたりべ」の務めを果す時が来た**と唆(そそのか)されて半年掛りで**「かたりべ　昭和の撫子」**(50頁)を大量印刷して配り捲ったこの一年でした。撫子(なでしこ)は

> 明治天皇御製
> 身にあまる
> おもになりとも国のため
> 人の為には
> いとはざらなむ

母校豊島師範附小の校章。「御製(ぎょせい)」が雨天体操場に掲げられ全校生で日常斉唱した事が身に付いて**「公を優先　私は後廻し」**が私の基本姿勢、**ガキの教育**が肝心ですね。今の教育は、親たちも含め躾(しつけ)とパワハラを混同して腰が引けている事に注意を喚起したい。

出版社のお奨めで、「かたりべ」後篇**「ものづくりの歩いた道」**を書きながら気になるのは、今の国内は**国家意識が後退し、急がれる民族少子化対応にも策がない。「二人掛りで拵(こしら)える子供の三人目を、家族で楽しく育てよう」**でないと数が合わない。有識者や政治家は算術が出来ないんじゃないか！

こんな事を含め春には出版したい。その折改めてご案内します。

今年一年のご健康を祈ります。

令和二年　元旦

承認番号31015号

宮城県「仙台・宮城観光PRキャラクター　むすび丸」

4．大島竹治語録とタッチャン語録

父・大島竹治語録

父が折に触れて何気なく漏らして呉れた片言隻句が、処世訓として私に生きています。これ迄の記述との重複を厭わずまとめてご紹介します。

・**「工場見学は二度行くもの。一度で判るものではない！」**
これは何事にも同様です。私は、最近の知識を補って呉れる優れたテレビ番組の再放送を意識的に見て理解を自分のものにしています。

・**「技術屋と技術家は違うんだ！」**
これは〝ものづくり〟の間口の広さの問題で、内海清温先生が尽瘁された「技術士制度の基本」が此処にあります。（↓183頁）

・**「入社5年は誰でも不満を持つもの。入社10年でようやく世間が判ってくる」**

大学卒業の前年、入社勧誘に来られた先輩がたの年齢と経験を聞かれての話。自分の意見を自分の判断で決める為の親心でした。

・「電力の人たちは〝真理は一つ〟と思い込んでいるが、我々娑婆は無数無限の真理で成り立っているのを知らない。困ったことだ！」

電需連（電力需要家連盟）事務局長として各社営業部との料金交渉での感想。

・「日本の役人は世界に誇れる優秀な人が多いが、視野が狭い！」

理屈が合えばそれで良いと思い込み、全体の見える人が少ない。〝真理は一つ〟は官僚も同様。縦割り閉鎖社会に共通のことです。彼等は些細な理屈を思い付くと、これを法令化するのを手柄にする人種なのです。

・「役人と研究者。それに評論家には絶対なるな！」

役人は前述の通りで、日化協（日本化学工業協会）専務理事現職の間は、天下りを受け入れませんでした。**在野精神の活力**を尊重したのでせう。

研究者が研究に成功して飯を喰える人は少数。便利に使われるだけで社内の地位は上がらない。

評論家は何か言わねば飯が喰えないから色々捻（ひね）り出して言う。然し、結果について責任を取った試しがない。このことを、現在〝世界〟を動かしている経済学者にも感じるのは私の錯覚でせうかね。

・**「東京に居れば時世が変わっても何とか飯だけは喰える！」**

私を東京の手元に戻すことに心を砕き、横浜に土地を手配までして呉れて居ました。そのことについて質した答えがこれ。概して人口の二乗に比例して仕事があるようです。悪い表現を使えば、**喰えない連中が止め度もなく集まる大都市**はインフラや果てはカジノ誘致などの仕事口まで際限なく面倒をみなければならない。これは、世界共通のようで現在の都市問題の核心の一つだと思いませんか。東京の物流機能、インフラは限界に来ているのに！

・**「共産主義は思想として優れたもので優秀な人がのめり込むに値するのだが、人間の心理の要素が入っていないから、我々は真っ向から反対するのだ！」**

成程、権力を持つと人が変わり、人民には飯だけ喰わせて組織の道具として扱い、大量虐殺をも意に介さない。その上、権限を持つ分だけ賄賂が横行する。生きた実際の心理では、誰もがこういう方向に行きますね。

タッチャン語録

竹治語録には及びもないが、私の自己主張も少しご紹介しませう。

・「学生挙がりは試験が来ないと勉強しない。その代わり、一夜漬けでモノにする腕力に長（た）ける！」

私自身の実感なのですが、多くの方も身に覚えがあるでせう。試験の年齢を過ぎては社会実務の諸問題がこれに代わります。隠居しても社会問題意識を絶やさなければ頭の体操になり、私の気力や体力の維持に役立っているのです。

この件については竹治語録もあります。「**アンダースタンド**は5分間で良い。しかし**マスター**は数年の経験、深い感銘がないと得られない」。私はこれに、「**経験は失敗を重ねて本物になる**」を追加します。それが次の言葉につながります。

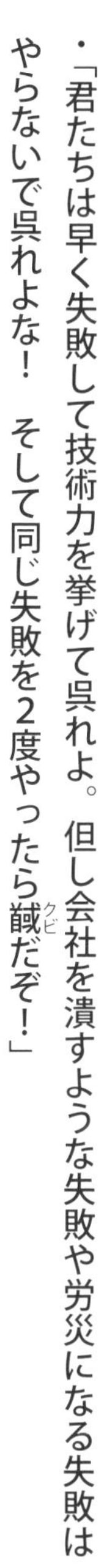

・「君たちは早く失敗して技術力を挙げて呉れよ。但し会社を潰すような失敗や労災になる失敗はやらないで呉れよな！　そして同じ失敗を2度やったら馘（クビ）だぞ！」

技術屋の多年の経験は失敗の連続で、そのお蔭で技術が進歩する。現場の若い諸君に、機会ある毎に（流石にお酒の席で）失敗を奨励していました。脇に居る所属長は渋い顔だが、ナニ構うもんか。

・**「社会には権利があるが義務もある。そのバランスで社会が成り立っているのだが、必ずしもイコールでなくても良い。それで世の中が面白いんだ」**

私は義務意識のほうが強い。明治天皇御製のお蔭です（↓286頁）。

・**「企業倫理」ばかり問題にするんじゃない。「倫理」は相対的なもの。**社会が企業に倫理を求めるなら、その**社会が企業に対する倫理がある筈。**その一つは企業の懸命な工夫・努力を素直に受け入れ、**些細な失敗を論（あげつら）わず許容すること**だ。そして企業のほうも世間様に認められる努力を積むことが肝腎だ！

・**「こっちが辛い時は対手（あいて）も辛いんだ！」**

これは仙台職業人卓球に励んでいて会得したもの。気付いてから勝率が上がり、極く稀ですがランキングプレーヤーに勝つこともありました。日常の一般社会生活にも応用できるでせう。政治家も同様で、お奨めです。

・**「強いと上手（うま）いは違うんだ！」**

勝負ごとに敗けて、悔しまぎれに思わず出たセリフですが、考えてみると年とともに落ちる体力を智力で補うのは自然の姿でしたね。

・「手前（テメエ）の屁は臭くないが、他人（ひと）の屁は臭い」――目的と手段について

〝わがものと、思へば軽し傘の雪〟をモジったもの。

あの馬鹿げた禁煙ファッションへの猛烈な抵抗心から編み出したセリフです。

折しも、禁煙が世界的な制度化に向かっている根拠はなんでせう。この既成事実化していることを「目的」と「手段」の面から吟味し、**禁煙の目的が公衆健康以外の処にある**と私はみます。

何より、タバコを人類が喫うようになってから４００年。これまでタバコで人類が絶滅する惶（おそ）れを聞いたことがない。禁煙の健康被害が言われますが、私の知る範囲で病理学的に証明されたものはない。最近、ＰＭ2.5の害が脚光を浴びたが、タバコの煙の粒子は遥かに大きく問題ない、と可成り前から知られています。

唯一根拠とされている疫学のデータからの受動喫煙などは作られた理屈に過ぎないと酷評せねばならない。疫学と謂う不正確な科学は、統計で結論を出しているようですが、統計値の処理の仕方で作意的に結果を出せる危険性を孕むもの。特に母数が大きい程、結果を左右する要素が多くなり、恣意的に操作できるシロモノ、と技術者の私は理解（誤解？）しているのです。

このことは世界的な発癌物質研究者であり、武蔵高校時代の同期である榎本眞君が近著『昭和維新人のつぶやき』（日本地域社会研究所刊　２０１８年）のなかで具体的に言及して呉れているのでご紹介します。彼は肺がんに直接原因するのはＰＭ2.5などの超微粒子であり〝見える煙〟の大きい微粒子ではない。これは肺胞末端に到る過程の気道で排除されるとの見解です。

喫煙者の健康問題（『昭和維新人のつぶやき』榎本眞著より抜粋）

喫煙や飲酒はいわゆる嗜好品です。こういったものは個人個人が自分の好みと自制心で嗜むものと考えます。したがってのみ方は自分流でよいと思います。

喫煙の功罪は次頁の表に左右に分けて羅列してしめしました。煙の中にふくまれるニコチンの薬理作用は中脳の部にあるニコチンの受容体をへて発揮され、ドパミンという一種のアミンの作用が賦活されて眠気をさましたり、学習能力を増したりすると薬学会発行の成書に記載されています。

同時に依存性を高めることは、マイナス面であると述べられています。ニコチンは血管を収縮して血圧をあげる作用をしめしますので、高血圧や心臓病の患者や妊婦は危険度を高めることになります。禁煙してください。

さて、喫煙ではたばこの吸入時にその火で７００度近くも熱が上がりますので、大気中に含まれる発がん性や毒性物質を活性化する可能性があり、とくに気管の粘膜中にはこれらの化学物質、ベンズピレンなどの多環式炭水化物類の受容体があり、余計に障害が増すおそれがあります。室内では喫煙室でも非喫煙室でも、空気中の発がん物質の量はほとんど差のないという測定データがありますので、安心してよいのです。

しかし過度の飲み過ぎや、吸い過ぎは当然さけなければ害があらわれます。ここでは喫煙者の健康維持で肝要な諸点を述べます。

喫煙の功罪

喫煙文化
○嗜好と憩い
○ストレス減退
○学習能力賦活
○覚醒作用

喫煙の害：ニコチン中毒
×心・血管系臓器や肺・呼吸器系障害
×口腔吸引による障害（歯など）
×大気中の汚染（PM2.5、発がん性）物質の肺への吸入を増す
×依存性

周囲への悪影響
×マナーへの弊害
×妊婦・胎児への害
×火災の原因

まず喫煙は、空に星がたくさん見えるような地域以外では、できるだけ室内でおこなうのが健康を保つ第一の方法です。世間ではよく喫煙は屋外でとすすめますが、自動車社会の現在、がんの原因の話の中で前述したように、大気中に発がん物質や毒性物質の多く含まれる粒子状物質のＰＭ2.5が存在しますので、健康上危険です。

とくに喫煙行為は口呼吸をしてしまうため、これらの汚染物質をたばこの煙といっしょに鼻を通さず口から直接気管や肺に吸い込むことになり、からだをよけいに障害する原因となってしまいます。

鼻が生物の呼吸で外来の汚染物質を防御する大きな役目をもつことを、ふしぎなことに呼吸器系の臨床医はあまり認識していません。鼻は耳鼻咽喉科の臨床領域と考え、その機能や鼻腔の構築などに無関心な結果でしょう。しかし、動物も魚も食べ物を食べる以外では、口をとじて鼻で息をしているのが常態です。

人間は話をしたりする以外でも、口を無意味に開け

ているひとが増えているようですが、汚染されている大気中では健康上好ましくないのです。ひとは日々二十四時間呼吸しています。汚染された大気の環境内に長期生活していると、喘息や肺の細気管支炎といった病気にかかる可能性が多いのです。とくに就寝まえに鼻をかみ、喀痰を排出する習慣をすすめます。

夜空に星の見えるような、汚染のない地域で生活していた米国インディアンや江戸時代から昭和の戦後二十年ほどの間の日本人には、肺がんがほとんどなかったことは確かな事実です。日本が自動車社会となった昭和四十年頃から五十年ほどたったいまでは、胃がんよりも多発して第一位の発生がんとなっています。

以上から、**禁煙運動の根拠に人類として重大な誤りがあり、何時かは改める時がくる**と思っています。〝マーガリンは健康的でバターは駄目〟と女房に安価なマーガリンを喰わされてきたが、最近は逆転したようですね。

未だ結論が逆転した大きい問題があります。地震学で予想震度マップが、50年前には〝今迄来ないからこれからも来ない〟で作られていたが、最近は、〝今迄来なかったから今度は大きいのが来る〟と180度違う考え方に変わっています。外にも考え方が正反対になった例があるのでせうが、この禁煙運動も例外ではないと思うのです。一事が万事、こんなことで世界が動くようでは人類の将来が思いやられますね。

さりながら、**タバコの臭いを嫌う人の前で喫うのは、他人様の鼻先で屁をたれるようなもの、**と冒頭のセリフで遠慮するのが妥当です。今一つ。吸殻をポイ捨てする欧米の習慣（毎朝掃除人が働いている）を排除して、お行儀よく喫いませう。

・「亭主がカミサンに惚れている間は女の児が生まれる。男の児が欲しければカミサンが惚れる亭主になれ！」

私の周囲を見廻しての結論です。その証拠の一つに「一姫二太郎」。嫁さんを貰って嬉しいのが一姫。嫁さんに見直されて二太郎。

・「目的と手段をトッ違えるな」

何でも計算できるコンピューターやSNSで情報過剰の現在、日常のことについても手段に拘りがちです。特に政治の世界で。政党は政権奪取に専念して本来目的の「国をどうしていくか」の議論がない。結果として世界に伍する機運に遅れを取りかねないのです。

・「二人掛かりで拵える子供の三人目を家族で楽しく育てよう」

子宝に恵まれない人もいるから、これでないと人口は減る一方です。今年の年賀状に使いました（→303頁）。民族として家庭団欒（だんらん）の楽しさを強調することが先決です。非常時に何より最後に頼りに出来るのは血縁ではないですか。このことを「群れの効用」として未完のままご紹介します。

群れの効用（試論）

最近の私は「群れ」のことに注目しています。地球45億年の歴史のなかで生き延びて種族を保ってきた生物は、動植物とも「群れの力」で自然淘汰を免れてきたように思えるのです。動物は数の威力で生き残りを保ってきました。植物は群落の力で他種を排除して適者生存の結果を得ていると思える節がありますね。

「群れ」の定義は定かではありませんが、私は「共通のルールを持つ集団」と考えます。その筆頭は宗教。これに固執する一神教徒間の争いが地球を動かしかねないことは取り越し苦労でせうか。人種問題も、白人優位がいまだに底流にあるのではないでせうか。自由主義社会と全体主義社会の確執も同様な要素を持ってはいないでせうか。

「群れ」は大きい程〝何処へ行くのか不定の要素を持っている〟と近年の動物行動学から懸念されます。ポピュリズムの弊害の元は此処にあるのではないでせうか。このことが人類の問題として吟味され、**現在の急進歩した文明を人類の文化とすることを次世代にお願いしたい。**

それにしても、群れの威力は非常時に顕著になりますね。非常時に頼りにできるのは、最後は血縁関係になるのではないでせうか。難民問題の最後は此処に往くのでせう。

世界各地で抱えている少子化問題も此処にいくと思います。世界中の眼が経済に向いてしまって、生物本来の姿から外れています。此処は本来の姿に戻り、各国・各民族がそれぞれ群れの意識を取り戻すことを提唱したい。我が日本では祖先から連綿と続いてきた家族意識がそれです。良い職業にありつく為に子供に高等教育を与え、その結果、家族が離散する今の世界の現実は、生物の本来の姿に反するのではないでせうか。**家族で生き抜いていく楽しさ**を何とか取り戻したいものです。これが日本の少子化対策の根幹だと思います。

　趣味の世界、伝統を守る世界、その他、何れも群れとして人生を楽しく過ごす手段として有効ですね。これ等のことを今後展開してみることが有意義だと考えています。

・「人類の有史以来の大発明は（1）酒の発見（2）囲碁ゲーム（3）原子力の発明である。地球上のエネルギーが行き詰っている現在、将来の為に原子力の活用に進もう」
　他にもあるでせうが、私はこの３つを推します。
（1）お酒の発見については言うに及ばず。
（2）人類のゲームとしての囲碁は、①白黒の石の交互着手　②同形反復を禁ず　③死活の定義の僅か３か条が基本ルールです。このルールで19×19＝１８１の盤上で深奥幽玄の世界を現出する。このような単純明快なルールで複雑含蓄（がんちく）に満ちたゲームは人類社会に類を見ないものです。
（3）原子力については、人類が発展し、これ程多量のエネルギーを消費する社会となって終って先行きの見通しのたたないこの時期に、このエネルギー源を開発したことを人類の傑作の一つに挙げてよいでせう。カテテ加えて、高速増殖炉での熱媒体に放射能に関係のない水銀を使う、の発見も。

水銀を作っておいて呉れた神様に感謝しなければならないでせう。これを発見して高速増殖炉に取り組んでいる技術者がたが、運命を感じながら、恐らくライフワークとして取り組んで居られることに、技術者の一人として満腔の賛意を捧げます。

・とっておきの話

敬愛する平沢哲夫さんがフラリと電源開発調査室へ現われて、「さる高名な人の処へ挨拶に行き、鄭重に口上を述べて手を膝から下へおろしたら敷いてあった熊の毛皮に触れた。ハッと気が付いて、そうそう妻(サイ)からも宜敷くと申して居りました。どうだ、最高の猥談だろう」。

これ程高級ではないが、私も一つ。世帯を持ち子供が生まれてみると、それ迄熱心にやっていた釣りを、鮒にも親も子も居ると菩薩心が先に立って止めていました。子供が成長するにつれて、狩猟本能を持たせねばと釣りを復活することにして、貞山堀のハゼ釣りに連れていきました。ハゼだから容易に釣れます。

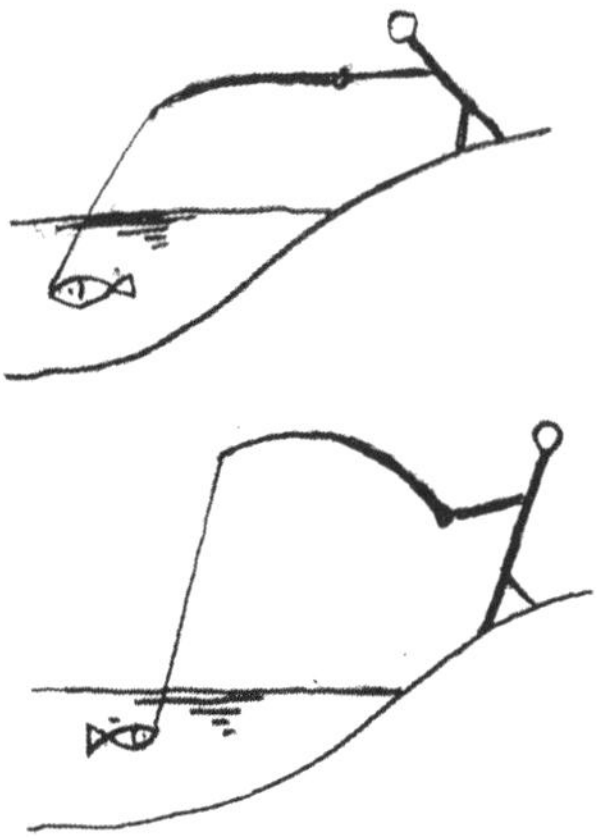

女房の棹にもかかりましたが、ウロウロして魚が上がりません。あんなに小さい魚に引っ張られているのです。思わず「**腰を入れて！　棹を立てて！**」と叫んでハッとしました。脇に3人の子供たちが釣っていたのです。どうでせう。これが私の精一杯の猥談だと思うのですが。

5．令和の世情に向けて

榎本眞君の『昭和維新人』について

前出の畏友、榎本眞君が彼の近著で、１２０％私が共感する〝戦中戦後のわれわれの思い〟を記述して居られます。その冒頭に、

時代の背景（抄）『昭和維新人のつぶやき』より

日本で大正末期から昭和初期に生まれたひとは、今ではごくかぎられた層に属しており、発育期に神国日本の教育をうけ、終戦ではなく、文字通り、敗戦日本を生きながらえ、かずかずのつらい体験を通して日本の再建に協力したこの層こそまさしく昭和維新人とよぶべきでせう。

と**「昭和維新人」を提唱**しておられます。同輩として元より大賛成なのですが、調べて貰ったところ、「明治維新」は幕末の志士が口にしていたが、明治16年に、岩倉具視が大政官に政府の公文書に「明治維新」を明記して使うよう指示したようです。即わち、明治初期の国政に関与した方々が「明治維新」を意識して国事に奔走されていたと窺えるのです。

今思うと、我々は国体を変革する事態だったから**「昭和維新」を意識して事に当たるべきであった。**

この提唱がなかったのは、一つには昭和初期に軍部の一部急進派が先取りしていたこともあったのでせう。従って、榎本君の提唱は後世の歴史家の評価を待つ外はないように思ひます。

「令和維新」の問題意識の提唱

さりながら、令和の現状は全世界が混渾し、自由主義と共産主義の接攘壊地帯にある日本にとって、**何時激変して国の在り方に大変革が降りかかってこないでもありません。その時こそ、国を挙げて「令和維新」を掲げて突破せねばならない**でせう。さういう時が来ないでもない。その時には政治と言論界が率先して**「令和維新」を旗印に国民を結集せねばなりません**ね。榎本君の提唱を私はこのように受け止めます。

私の提唱「お陰様で」と「勿体ない」

昭和の御世を生き乍らえた吾が身に、歴史の当事者としての役割を、ひしひしと感じます。

特に「ものづくり」を通してきた者として、何よりも**他人様のやることとそれぞれについて、彼の考えたことと、苦心に思いを致することが日常の身に付いています**。些細なことを殊更誇大に吹聴して稼ぐマスコミに惑わされては不可ない。結果として、〝他人様の苦心のお陰で今日の人類社会がある〞。**「お陰様で」**の台詞を次世代に引き継ぎたいのです。

それと「**勿体ない**」。この台詞はノーベル平和賞を受賞したワンガリ・マータイ女史がいみじくも、日本の美徳として紹介して呉れたものですが、「ものづくり」の本質であり、公害対策の基本でもあります。この「お陰様」と「勿体ない」の気持ちが、環境問題も含めて、地球の将来を救うものと確信します。

こんな結論で目下の安心立命を持つことが出来る我が身を「ものづくり」に徹したお陰と感謝し、これを**金融資本主義に毒されて破滅の道を進んでいるかに見える世界**の次世代への教訓にして欲しいと念願します。世界各国、各民族がそれぞれ独自の歴史と文化に基く道を歩んでいるにせよ、**「お陰様」と「勿体ない」を人類将来の共通指標に出来ないものでせうか**。

それと、異常とも言うべき発展の道を進んでいる電子社会。現在の私はこれに意見を言う資格、能力はないのですが、何処までいくのでせう。人間同士の交流が廃れて無味乾燥な人類社会になることを憂いているのですが、**次々世代はガキの頃から電子社会の世界で鍛えられている**。彼等はそれなりに地球での将来を見据えた人類社会を築いて呉れることでせう。期待します。

〝ものづくり〟どもの育んだ文明を地球文化に！

人類は、各民族が時の文明に応じ、独自の文化を育んできた歴史を持ちます。我が日本も遣唐使が中国文明を取り入れて、平安王朝文化を育みました。地球規模では、古代ギリシャでの**4年ごとに戦を止め競技に集うオリンピック活動が**、クーベルタンの提唱した**近代オリンピックの地球文化**になっているし、学術面での**ノーベル賞**も**権威ある地球文化**と言えるでせう。更に時を経た幾多の大戦の末、各地の復興を優先し、それまでは敗けたほうが戦費を全額負担していた**戦争賠償金を求めない戦後処理の文化**まではきました。

現在の地球文明は、産業革命に始まって現在のデジタル革命まで進歩し、特に科学分野での急成長から宇宙の果てまでを解明して、神様・仏様の居場所が見つからない処まで来ています。**天上極楽を基本とする宗教人**がどうされますか？　チベット佛教のダライ・ラマは、お経は人が作ったものだから科学的に誤りがあるのがわかれば、修正するのが当然だと事も無げに言っています。新しい教義が求められ、如何わしい動きが世界で散発しているようですね。現在の4次元を超える**第5次元の世界**が必要になってきていると思います。

大きい地球での小さい存在だった人類が、産業革命を契機に経済活動を加速して地球システムに大きな負担をかけ、**遠くない将来に循環型環境を破壊する懸念が現実化しつつあります**。この片棒を担いできた我々「ものづくり」の努力にも、方向を転換することが求められるでせう。「消費は美徳」の時代を変えねばなりません。

わが電力業界にも非効率な熱機関を使っての発電方式を勿体ないと反省することが遠からず求められるでせう。私はその大きな一つとして放射線を直接エレキ変換することを夢想して262頁に提起しました。

科学者がたが、現在のデジタル革命を、地球の永続性の方向へのシステムに転換する動きが始まっているようにみえます（参考：『小さな地球の大きな世界』Ｊ・ロックストローム著　丸善出版2018）。

これ程のベースがあるのだから、**「地球文化」を意識する時期**なのではないでせうか。そしてその中に地球環境の変化もさること乍ら、人類の将来のエネルギー問題に真正面から取り組んだパトナムレポート（130～133頁）をあらためて現代版に改定して加えてほしい。あのレポートから70年も経ち、地球世界は激変しているのです。

これは次世代に託す他はないが、今の世界は個々の国の利害に基く政治屋が動かしていて地球文化にまでは届かない。その一方、大戦の反省で発展した国連ベースでの種々の活動の現状は、1972年にローマクラブ（＊）が提唱した地球の「成長の限界」（＊）に始まり、**「永続性のある地球に頭が廻る処まではきました**。公害問題を突きつめることに気づいたのです。

宇宙天文学の科学者がたは地球規模での観測を結集して偉大な成果を得ているし、或いは目下の新型コロナ・パンデミック対応も同様でせう。いずれ何とか解決して、**人類を結集する文化**に移行する兆しとみます。

SFの世界の話でせうが、将来、宇宙人が地球に来るとき、或いは攻めてくるときの備えとして、早い時期にこの文化を実現しておく必要があると思うのですが、これを今の政治屋の世界に望むのは非現実的です。彼等は目前の利害関係に動かされるので、纏まる筈がない。いろいろ調べているうちに大西洋憲章に行き当たりました。第二次世界大戦にアメリカが参戦する直前の1941年8月に、ルーズベルトとチャーチルがこの大戦の行方について、戦後世界の構想と国連の基礎理念について話し合っていたのです。現在の世界にこれ丈の見識を持つ政治家が居ない筈がない。要はこれをバックアップする世界の世論が無いから、出てこないのでせう。衆愚政治に毒されている〝所謂る世論〟が障害になっていると思わざるを得ない。

此処は利害を超えた**広い視野と見識をを持って行動する**大国の**本当の政治家**が、チャンスを捉えて地球文化を推進してくださるのを待つことにせざるを得ない。そのときに**「お陰様」**と**「勿体ない」が地球環境対応の柱**の一つとして纏めるに有力だと提唱するのです。

次世代に地球文化を推進する本物の政治家(か)よ、表に出でよ！　所謂る有識者のご尽力を期待します。

国際連合の設立

発足への道程

1941年8月　**大西洋憲章**：ルーズベルトとチャーチルの会談。戦後世界の構想と国際連合の基礎理念確立

1942年1月　**連合国共同宣言**：太西洋憲章の原則を確認

1943年10月　**平和機構設立宣言**：モスクワでの外相会議における宣言。国際連合設立の一般原則

1944年7月　**ブレトン＝ウッズ会議**：44カ国参加。国際通貨基金（IMF)、国際復興開発銀行（世界銀行）の設立決定

1944年8月　**ダンバートン＝オークス会議**

1945年4月～　**サンフランシスコ会議**：国際連合憲章採択。連合国50カ国の憲章書名

1945年10月　**国際連合発足**

大西洋憲章

アメリカ合衆国大統領および連合王国〔イギリス〕総理大臣は下記の共同宣言について合意をとげ…

第1に、両国は、領土拡大、またはその他のいかなる膨張をも欲しない。

第2に、両国は、関係〔する〕人民が自由に表明した願望に一致しないいかなる領土的変更をも欲しない。

第3に、両国は、すべての人民の政府形体を選択しうる権利を尊重する…

第5に、両国は、経済的分野におけるすべての国の最大限の協力の達成を欲する。

第6に、ナチス専制主義の最後的破壊ののちに、両国は、…平和を確立することを欲する。

(『西洋史料集成』平凡社より抜粋)

＊**ローマクラブ**：スイスのヴィンタートゥールに本部をおく民間のシンクタンク。資源・人口・軍備拡張・経済・環境破壊などの全世界的な「人類の根源的大問題」に対処するために設立された。1970年3月に正式発足。会員は主に世界各国の政治家、外交官、社会科学者、自然科学者、企業人、学識経験者など約100名。

＊**「成長の限界」**：1972年、ローマクラブが発表したレポート。『成長の限界―ローマクラブ「人類の危機」レポート』。アインシュタインクラスの現代最高の英知を動員して、人口増加や経済成長を抑制しなければ、地球と人類は、環境汚染、食糧不足などにより100年以内に破滅すると警告。世界中に衝撃を与えた。

次世代への期待

現在の世界は変転極まりなく、嘗(かつ)ては武力に訴えた世界が原子爆弾を実質的に使えなくなった現在、経済力での覇権を競って、永続性ある地球環境を損なう処まできたようにみえます。力(ちから)まかせのアメリカ文明は何処までいくのでせう。我々が過ごした、安定した昭和後年は〝**個人の幸福追求でこれたが、世界的にそれが自己満足に過ぎなかった**〟と悔やまれます。次世代の方々が世界に遅れない為には、**宇宙で生き残った生物の基本的本能「群れ」を強く意識することが必要**です（↓３１４頁）。わが国では先ず個人のことを後廻しにして、民族主義・国家主義の群れを是非取り戻して下さい。これをベースに地球文化を造りあげる本物の地球規模の政治家を、実力あるわが日本から出す為に、それに値する人材を、国を挙げて育む意欲的な努力を次世代に期待します。

当面の（令和２年春）コロナパンデミックの対応に、世界各国がそれぞれに苦心しています。その中で我が日本のそれは寒心に耐えないものがあります。パチンコやバーベキューなどの遊びを我慢できない、公共心を失った困った人たちが後を絶たない現状はどうしたことでしょうか。平和ボケした市民の「非常事態」の認識が成っていないと言わざるを得ませんね。日本に理性を取り戻してほしい。

〝弾丸（コロナウイルス）が飛び交う戦争状態なのだ〟と行政が何故訴えないのでせう。**非常災害時に最後に自分の身を守るのは自己責任の自分自身なのだ**。と、あの大震災で学んでいるのに、10年経ってケロリと忘れられている。パニックを恐れてのことかもしれないが、民族の底力を信じないで、ポピュリズムとそれに便乗する五月蠅いマスコミ対応に先ず頭が向く政治行政には、今後何時来るか判らない本当の非常時への対応能力に疑念を持たざるを得ません。

「**我々は目下弾丸が飛び交う戦場に居る。政治行政でやれることは尽くすが、国民全員が自分の身を自分で守って下さい。それが国民全体の為になるのです**」と首相や各首長が何で言わないのでせう。経済の実情を考えて腰が引けている。このウイルス戦争が終わってから、この対応を世界規模で反省し、研究して「**新しい地球文化**」に結晶するチャンスですね。毎日の報道を我々国民は固唾を呑んで見ています。**未だに呑気な平和日本にとっても戦時（非常時）体験の良いチャンスと活かすようにしてほしい**。日本に理性を取り戻して下さい。それには日常の言葉遣いから。旧友との〝オレ・オマエ〟から始まる分け隔てない交友関係を表に出すことからです。民族の将来を左右する言語からです。謙譲語に毒されている現代を考え直して下さい。

この侭では、次世代が強い日本を目指すには全体主義の要素が必要になって、上からの目線で号令するナチスヒトラー調ファシズムの復活が懸念されます。**一人一人の自覚なしにはウイルス（非常時）に勝てない**ことを宣言することが先だ。

現在の自由主義社会はポピュリズム（大衆迎合）からくる政争に暇ないように見えます。その弊害を克服する**進歩的自由主義**の路線が模索されるでせう。その結果は必然的に全体主義的傾向が強くなると思います。このことは**保守対革新の歴史で、「保守」が「革新」の長所を取り込んで自分のものにする。革新は常に「その先を行く進歩」**を追及していく**宿命**を負わされていることから、全体主義指向といえども、新高値の進歩を追うことになるでせう。その結果、昭和初年のわが国の軍国主義、全体主義復活の方向も困る。しかし世界の趨勢がその方向にいかないとも限らず、地政学でいう接壌地帯から動けない日本はその時に平和憲法を抱えてどうしたらよいのか。

幸せに過ごした昭和に恵まれた私たちは、年の功として次世代の難しさを予見し、頑張ってくださいと言う外はありません。次世代、次々世代の諸君に期待します。一世紀を永らえてきた「昭和のかたりべ」として懇願します。

あとがき――歴史の当事者として

お気づきでしたでせうか！　この本は、私〝生まれは次男坊、野球はキャッチャー、会社勤めの3分の2は補佐職〟と、**生まれながら組織の2番手**を運命づけられた**「冴えないタッチャンの一代記」**でした。生まれもさることながら、稀代の電力技術指導者・平井弥之助師匠の知遇を得て、技術スタッフとして鍛えられた反面、リーダーとしての経営を伝授して頂く直前に平井師匠が退陣を余儀なくされて土木分野での志を述べる機会を得ず、平井技術哲学を後世に伝承するかたりべに止まらざるを得ないのが残念です。これも宿命ですね。

しかし、この間にも、父に督励(とくれい)された**事業経営者への心構えを持ち続け、数多くの事業経営者がたの言動を心に留め、その幾つかをご紹介しました。**このことは、48年間の勤めの3分の1の15年間を電力子会社経営に携わった中で、そこそこに活きたと自負するものですが、それにも増して、世間をみる範囲が広がりました。

とは言っても、大事業のリーダーとしてではなく、かたりべの実歴の範囲を出ないのですが、それ丈けに、自分で言うのも烏滸(おこ)がましいが、**客観的な見方からの問題意識**を育んでこれたと思っています。その一端として今後の天変地異対応への問題意識を紹介します。

現在の日本には、大きな自然災害が目白押しに迫っているようにみえるし、令和の時代にも続くことでせう。然し、眼を45億年の地球の歴史に転じれば、**これ丈け複雑な地形が出来る過程に比べれば、目前の天変地異は驚くに足りない**、と覚悟すべきです。所詮は日本再建の過程のように、**自己責任の自助努力で**自分を衛る外はないと知り行動すべきだと思ひます。でないと、**地球上の生物の辿った自然淘汰の歴史に巻き込まれる**ことになり兼ねませんね。

こうしてみると、〝ものづくり〟の道を歩いてきたことで、災害を受ける身辺のライフラインが、**電気が日単位、水道は週単位の期間で機能を回復するだけの国力を備えている**ことを知るのが有難い。これが自己責任の判断に活きると、感謝しないわけにはいきません。ですから、この本の内容が、私の時事問題意識と共に、皆様の処世の問題意識に些（いささ）かでもお役に立つことを期待します。

終わりに

戦後日本の裏面史的な報道・放映で〝吉田内閣がＧＨＱの食糧放出が始まるまで内閣の発足を遅らせたのは食糧確保の責任を占領軍に負わせる為だった〟ことなど、アーソーダッタカと得心のいく記事が最近続いています。ＮＨＫはじめ各社の回顧番組が大変参考になりました。とは言っても、政治・社会の裏面史が大部分で、産業再建の裏面史は極く僅かです。このことについて、当時若年の私が、化学工業界のことを、関係していた父からの伝聞で極く一部をご紹介するのが精一杯でした。

それでも〝一介の電力土木技術者の見た再建日本の産業の大きな流れ〟を意識した産業史の一部分を辿ってこれたとは思っています。次世代のリーダーとそれを志す諸君の問題意識と処世観のご参考にして戴ければ幸いです。

謝辞

仙台ロータリークラブの戦後史の企画から契機を得てかたりべの役目を自覚し、畏友榎本君のお蔭で日本地域社会研究所とのご縁が始まり、落合社長のお奨めで本書の出版に到りました。担当された大泉洋子さんの〝次の面白い原稿が待ち遠しい〟のご激励で此処まで漕ぎ着けることが出来ました。皆様のご好意とご尽力に心から感謝し御禮を申し上げます。また、テレビ各社の回顧番組も大変参考になりました。担当された各社の方々のご努力にも満腔の敬意を捧げます。

尚、本書の前身『昭和の撫子』その他多くの自家出版の際には、仙台の大成印刷株式会社さんに〝自分の印刷所と思って使って呉れ〟と言っていただき、長い間、全面的にお世話になっています。併せて感謝します。

令和二年四月

仙台小松島の偶居にて　蔵王山の落日を眺めながら

大島 達治

参考文献

・『昭和の撫子 戦中戦後七十年』 豊島師範附属小学校十七組文集編集委員会 平成18年 露満堂
・『私の歩いた道』 北松友義 電気情報社刊 昭和38年
・『昭和維新人のつぶやき』 榎本眞 日本地域社会研究所刊 平成30年
・『日本軍用機の全貌』 昭和30年発行の増補改訂版の復刻版 せきれい社
・『グローバルワイド 最新世界史図表』 第一学習社
・『技術放談――過去に生きるおとこ』 大島達治（私家版） 平成15年1月 大成印刷
・『技術放談――半寿の娑婆にまなぶ』 大島達治（私家版） 平成27年5月 大成印刷
・『かたりべ「昭和の撫子」』 大島達治（私家版） 平成31年2月 大成印刷
・『理科年表』

※本作品は、著者の日本語への尊敬の念から、常用漢字以前の漢字や旧かなづかいで表記されている部分が多くあります。今ではあまり使われない言葉づかいや漢字も出てきますが、そのあたりも楽しんで読んでいただけると幸いです。

また、戦前戦後の日本人社会や世相のなかで一般的に使用されていた表現を使っている部分もございますが、作品の時代背景、状況を考え、そのまま表記しています。ご理解いただきますようお願い申し上げます。

著者紹介
大島 達治（おおしま・たつじ）
昭和4年（1929）東京生まれ。東京府立豊島師範附属小、私立武蔵高等学校（旧制7年制）を経て、東京大学工学部（土木工学科）昭和26年卒業。同年、日本発送電㈱入社、東北支店配属。東北電力㈱に承継。昭和26年～29年只見川水力開発に従事、以後、本社で電源開発分野に従事。この間、昭和31年～43年には東北大学工学部非常勤講師（土木工学科）発電水力講座を務めた。昭和57年、東北発電工業㈱に出向、酒田支社長。昭和60年、東北緑化環境保全㈱ 専務取締役。平成3年、同社 取締役社長。平成9年、同社取締役(非常勤)。平成12年、同社退任。平成17年、土木学会名誉会員。技術士（建設部門・昭和61年登録)。仙台ロータリークラブ 平成19年～20年 会長。著書（私家版）『技術放談－過去に生きるおとこ』（平成15年1月)、『技術放談－半寿の娑婆にまなぶ』（平成27年5月）

「昭和（しょうわ）」のかたりべ
日本再建（にほんさいけん）に励（はげ）んだ「ものづくり」産業技術史（さんぎょうぎじゅつし）

2020年8月23日　第1刷発行

著者　大島達治（おおしまたつじ）
発行者　落合英秋
発行所　株式会社 日本地域社会研究所
〒167-0043　東京都杉並区上荻1-25-1
TEL (03)5397-1231(代表)
FAX (03)5397-1237
メールアドレス tps@n-chiken.com
ホームページ http://www.n-chiken.com
郵便振替口座 00150-1-41143
印刷所　中央精版印刷株式会社

ISBN978-4-89022-246-9

日本地域社会研究所の好評図書

小野恒ほか著・中川恵一監修…がんの治療法は医師ではなく患者が選ぶ時代。告知と同時に治療法の選択をせまられる。正しい知識と情報が病気に立ち向かう第一歩だ。治療の実際と前立腺がんを経験した患者たちの生の声をつづった一冊。

前立腺がん患者が放射線治療法を選択した理由
がんを克服するために

46判174頁／1280円

中本繁実著…細やかな観察とマメな情報収集、的確な整理が成功を生む。アイデアのヒントは日々の生活の中に埋もれている。好きをお金に変えようと呼びかける楽しい本。

こうすれば発明・アイデアで「一攫千金」も夢じゃない！
あなたの出番ですよ！

46判205頁／1680円

三浦清一郎著…「やること」も、「行くところ」もない、「毎日が日曜日」の「自由の刑（サルトル）」は高齢者を一気に衰弱に追い込む。終末の生き方は人それぞれだが、現役への執着は、人生を戦って生きようとする人の美学であると筆者は語る。

高齢期の生き方カルタ
〜動けば元気、休めば錆びる〜

46判132頁／1400円

久恒啓一・八木哲郎著／知的生産の技術研究会編…梅棹忠夫の名著『知的生産の技術』に触発されて1970年に設立された知的生産の技術研究会が研究し続けてきた、知的創造の活動と進化を一挙に公開。巻末資料に研究会の紹介も収録されている。

新・深・真 知的生産の技術
知の巨人・梅棹忠夫に学んだ市民たちの活動と進化

46判223頁／1800円

宮﨑敏明著／地球対話ラボ編…東日本大震災で甚大な津波被害を受けた島の小学校が図画工作の授業を中心に取り組んだ「宮古復興プロジェクトC」の記録。災害の多い日本で、復興教育の重要性も合わせて説く啓蒙の書。

大震災を体験した子どもたちの記録

A5判218頁／1389円

斉藤三笑・絵と文…近年、東京も国際化が進み、町で外国人を見かけることが多くなってきました。日本に来たばかりの生徒も、この本を見て、すぐにみんなと将棋を楽しんだり、将棋大会に参加するなんてこともできるかもしれません。（あとがきより）

日英2カ国語の将棋えほん
漢字が読めなくても将棋ができる！

A4判上製48頁／2500円

日本地域社会研究所の好評図書

三浦清一郎・森本精造・大島まな共著…共働き家庭が増え放課後教育の充実が望まれているのに、学校との連携が組織上不可能で進まないのが現状だ。健全な保育機能と教育機能の融合・充実をめざし、組織の垣根をこえた飯塚市の先進事例を紹介。

子どもに豊かな放課後を

学童保育と学校をつなぐ飯塚市の挑戦

４６判１３３頁／１４００円

奥崎喜久著…過疎化への対策は遅れている。現状を打破するための行政と住民の役割は何か。各地で人口減少にストップをかけてきた実践者ならではの具体的な提案を紹介。過疎地に人を呼び込むための秘策や人口増につなげた国内外の成功事例も。

地方創生のヒント集

「過疎の地域」から「希望の地」へ　新時代の地域づくり

４６判１３２頁／１５００円

黒川康徳著…石門心学の祖として歴史の一ページを飾った江戸中期の思想家・石田梅岩。今なお多くの名経営者が信奉する。勤勉や正直、節約などをわかりやすく説き、当時の商人や町人を導いたという梅岩の思想を明日への提言を交えて解説。

新時代の石門心学

今こそ石田梅岩に学ぶ！

４６判２８３頁／２０００円

久恒啓一編著…３６６の人生から取りだした幸せを呼ぶ一日一訓は、現代人の生きる指針となる。平成の著名人が遺した珠玉の名言・金言集に生き方を学び、人生に目的とやりがいを見出すことのできるいつもそばに置いておきたい座右の書！

平成時代の３６６名言集

～歴史に残したい人生が豊かになる一日一言～

４６判６６７頁／３９５０円

大澤史伸著…キリスト教会の表現するイエス像ではなく、人間としてのイエスという視点で時代を読み解く！　人間イエスが見た現実、その中で彼はどのような福祉実践を行なったのか。人間としてのイエスは時代をどう生き抜いたかをわかりやすく解説。

聖書に学ぶ！　人間福祉の実践

現代に問いかけるイエス

４６判１３２頁／１６８０円

八木哲郎著…国や軍部の思惑、大きな時代のうねりの中で、世界は戦争へと突き進んでいく。高遠家と中国・天津から来日した中国人留学生。時代に流されず懸命に生きた人びとの姿を描いた実録小説。

中国と日本に生きた高遠家の人びと

戦争に翻弄されながらも懸命に生きた家族の物語

４６判３１５頁／２０００円

日本地域社会研究所の好評図書

三つ子になった雲
難病とたたかった子どもの物語　新装版

船後靖彦・文／金子礼・絵…ＭＬＤという難病に苦しみながら、治療法が開発されないまま亡くなった少女とその家族をモデルに、重度の障害をかかえながら国会議員になった船後靖彦が、口でパソコンを操作して書いた物語。

Ａ５判上製３６頁／１４００円

思いつき・ヒラメキがお金になる！
簡単！ドリル式で特許願書がひとりで書ける

中本繁実著…「固い頭」を「軟らかい頭」にかえよう！　小さな思いつきが、努力次第で特許商品になるかも。出願、売り込みまでの方法をわかりやすく解説した成功への道しるべともいえる1冊。

Ａ５判２２３頁／１９００円

誰でも上手にイラストが描ける！　基礎とコツ
知っておけば絶対トクする優れワザ

阪尾真由美著／中本繁実監修…絵を描きたいけれど、どう描けばよいのかわからない。または、描きたいものがあるけれどうまく描けないという人のために、描けるようになる方法を簡単にわかりやすく解説してくれるうれしい指南書！

Ａ５判２２７頁／１９００円

子ども地球歳時記　ハイクが新しい世界をつくる

柴生田俊一著…『地球歳時記』なる本を読んだ著者は、短い詩を作ることが子どもたちの想像力を刺激し、精神的緊張と注意力を目覚めさせるということに驚きと感銘を受けた。ＪＡＬハイク・プロジェクト５０年超の軌跡を描いた話題の書。

Ａ５判２２９頁／１８００円

神になった猫
天空を駆け回る

一般社団法人ザ・コミュニティ編／大泉洋子・文…ゆくえの知れぬ主人をさがしてさまよい歩き、荻窪から飯田橋へ。たどり着いた街でたくさんの人に愛されて、天寿（享年２６）をまっとうした奇跡の猫の物語。

Ａ５判５４頁／１０００円

次代に伝えたい日本文化の光と影

三浦清一郎著…新しい元号に「和」が戻った。「和」を重んじ競争を嫌う日本文化に、実力主義や経済格差が入り込み、歪みが生じている現代をどう生きていけばよいのか。その道標となる書。。

４６判１３４頁／１４００円

―――― 日本地域社会研究所の好評図書 ――――

知識・知恵・素敵なアイデアをお金にする教科書
億万長者も夢じゃない！

中本繁実著…あなたのアイデアが莫大な利益を生むかも……。発想法、作品の作り方、アイデアを保護する知的財産権の取り方までをやさしく解説。発明・アイデア・特許に関する疑問の答えがここにある。

46判180頁／1680円

AI新時代を生き抜くコミュニケーション術

大村亮介編著…世の中のAI化がすすむ今、営業・接客などの販売職、管理職をはじめ、学校や地域の活動など、さまざまな場所で役に立つコミュニケーション術をわかりやすく解説したテキストにもなる1冊。

46判157頁／1500円

誰でも発明家になれる！
できることをコツコツ積み重ねれば道は開く

中本繁実著…自分のアイデアやひらめきが発明品として認められ、製品になったら、それは最高なことである。誰にでも可能性は無限にある。発想力、創造力を磨いて、道をひらくための指南書。

46判216頁／1680円

人生遅咲きの時代
ニッポン長寿者列伝

久恒啓一編著…人生後半からひときわ輝きを放った81人の生き様は、新時代を生きる私たちに勇気を与えてくれる。長寿者から学ぶ「人生100年時代」の生き方読本。

46判246頁／2100円

現代医療の不都合な実態に迫る
患者本位の医療を確立するために

金屋隼斗著…高騰する医療費。競合する医療業界。増加する健康被害。国民の思いに寄り添えない医療の現実に正面から向き合い、現代医療の問題点を洗い出した渾身の書！

46判181頁／1500円

体験者が語る前立腺がんは怖くない

前立腺がん患者会編・中川恵一監修…ある日、突然、前立腺がんの宣告。頭に浮かぶのは仕事や家族のこと、そして治療法や治療費のこと。前立腺がんを働きながら治した普通の人たちの記録。

46判158頁／1280円

※表示価格はすべて本体価格です。別途、消費税が加算されます。